SPUTNIK, MI AMOR

colección andanzas

Obras de Haruki Murakami
en Tusquets Editores

Escucha la canción del viento y Pinball 1973
La caza del carnero salvaje
El fin del mundo y un despiadado país de las maravillas
Tokio blues. Norwegian Wood
Baila, baila, baila
Al sur de la frontera, al oeste del Sol
El elefante desaparece
Crónica del pájaro que da cuerda al mundo
Underground
Sputnik, mi amor
Kafka en la orilla
Después del terremoto
After Dark
De qué hablo cuando hablo de correr
Sauce ciego, mujer dormida
1Q84 (Libros 1 y 2)
1Q84 (Libro 3)
Los años de peregrinación del chico sin color
Hombres sin mujeres
De qué hablo cuando hablo de escribir
La chica del cumpleaños
La muerte del comendador (Libro 1)
La muerte del comendador (Libro 2)
Tony Takitani
Música, solo música
Primera persona del singular
La ciudad y sus muros inciertos
Retratos de jazz

HARUKI MURAKAMI

SPUTNIK, MI AMOR

Traducido del japonés por Lourdes Porta
y Junichi Matsuura

TUSQUETS
EDITORES

Título original: スプートニクの恋人 *(Supūtoniku no Koibito)*

1.ª edición: septiembre de 2002
10.ª edición: mayo de 2023
1.ª edición en esta presentación: febrero de 2026

Traducción: © Lourdes Porta y Junichi Matsuura, 2002
Reservados todos los derechos de esta edición para
Tusquets Editores, S.A. - Av. Diagonal, 662-664 - 08034 Barcelona
www.tusquetseditores.com
ISBN: 978-84-1107-725-5
Depósito legal: B. 122-2026
Fotocomposición: Realización Tusquets Editores
Impresión y encuadernación: Limpergraf, S.L.
Impreso en España

Sputnik, mi amor

1

A los veintidós años, en primavera, Sumire se enamoró por primera vez. Fue un amor violento como un tornado que barre en línea recta una vasta llanura. Un amor que lo derribó todo a su paso, que lo succionó todo hacia el cielo en su torbellino, que lo descuartizó todo en un arranque de locura, que lo destrozó todo por completo. Y, sin que su furia amainara un ápice, barrió el océano, arrasó sin misericordia las ruinas de Angkor Vat, calcinó con su fuego las selvas de la India repletas de manadas de desafortunados tigres y, convertido en tempestad de arena del desierto persa, sepultó alguna exótica ciudad amurallada. Fue un amor glorioso, monumental. La persona de quien Sumire se enamoró era diecisiete años mayor que ella, estaba casada. Y debo añadir que era una mujer. Aquí empezó todo y aquí acabó (casi) todo.

En aquella época, Sumire luchaba literalmente con uñas y dientes para convertirse en escritora profesional. Por infinitas que sean las opciones que puedan tomarse en esta vida, para ella no había otra que la de ser novelista. Su decisión era firme como una roca eterna, innegociable. Entre su vida y sus creencias literarias no se abría una grieta donde cupiera un cabello.

Al acabar el bachillerato en un instituto público de Kanagawa, Sumire ingresó en el Departamento de Arte de una minúscula universidad privada de la provincia de Tokio. Pero aquella no era, bajo ningún concepto, la escuela apropiada para Sumire. Y acabó sintiéndose profundamente decepcionada por la falta de espíritu aventurero, por el convencionalismo de la universidad, por lo poco que casaba con la práctica literaria —y en su caso era así, por supuesto—. Sus compañeros de estudio eran en su mayoría unas medianías (a decir verdad, yo era una de ellas), seres aburridos, mediocres sin remedio. Esa fue la razón de que, antes de pasar a tercero, Sumire cursara la solicitud para abandonar los estudios y se perdiera lejos de la universidad. Había llegado a la conclusión de que era una pérdida de tiempo. También yo lo creo así. Pero, si se me permite formular una anodina teoría general, en nuestra vida imperfecta las cosas inútiles son, en cierta medida, necesarias. Si de la imperfecta vida humana desaparecieran todas las cosas inútiles, la vida dejaría de ser, incluso, imperfecta.

En resumen, Sumire era una romántica incurable, era intransigente, cínica y, dicho con un eufemismo, una ingenua. Cuando empezaba a hablar, no callaba, pero ante personas con las que no congeniaba (en suma, ante la gran mayoría de los seres humanos que conforman este mundo) apenas abría la boca. Fumaba en exceso y, cuando cogía un tren, siempre perdía el billete. Si se le ocurría alguna idea, incluso se olvidaba de comer, estaba delgada como un huérfano de guerra de esos que salen en alguna película vieja italiana, y solo su mirada mostraba cierta inquietud y vivacidad. Más que explicarlo con palabras, lo mejor sería, si la tuviera a mano, mostrar una fotografía, pero desgraciadamente no tengo ninguna. Detestaba con todas sus fuerzas que la fotografiasen y tampoco abrigaba el deseo de legar a la posteridad un «retrato del artista adolescente». Si tuviera una fotografía de la Sumire de aquella época, esta sería, con toda seguridad, un documento único sobre uno de los ejemplares más peculiares de la especie humana.

Pero volvamos al principio. La mujer de quien Sumire se enamoró se llamaba Myû. Todos la llamaban por este diminutivo cariñoso. Desconozco su verdadero nombre (y no saberlo me causaría complicaciones más tarde, aunque esta es otra historia). Era de nacionalidad coreana, pero apenas supo alguna palabra de coreano hasta que, ya con veintitantos, se decidió a estudiar ese idioma. Nació y creció en Japón y, como había estudiado en un conservatorio en Francia, aparte del japonés, hablaba con fluidez el francés y el inglés. Vestía siempre de forma sofisticada, llevaba con desenvoltura pequeños y carísimos accesorios y conducía un Jaguar azul marino de doce cilindros.

La primera vez que vio a Myû, Sumire le habló de una novela de Jack Kerouac. En aquella época estaba totalmente metida en el mundo de Kerouac. Cambiaba de forma periódica de ídolo literario y, por aquel entonces, le tocaba el turno a un autor un poco «fuera de temporada»: Kerouac. Siempre llevaba embutidos en los bolsillos *En el camino* o *Lonesome Traveler* y los hojeaba en sus ratos libres. Si descubría un párrafo excelso, lo marcaba con lápiz y lo memorizaba como si fuera un valioso sutra. Entre estos párrafos, el que más le robó el corazón lo encontró en *Lonesome Traveler,* en el capítulo sobre la guardia para la prevención de incendios forestales. Kerouac pasó tres meses solo, como guarda forestal, en una cabaña que estaba en la cima de una alta y perdida montaña.

Sumire me citó el párrafo.

> El hombre, al menos una vez en la vida, debe perderse en un erial y experimentar una soledad absoluta, sana, un poco aburrida incluso. Y así descubrirá que depende completamente de sí mismo y conocerá sus capacidades potenciales.

—¿No te parece fantástico? —me dijo—. Todos los días plantado en lo alto de una montaña mirando trescientos sesenta grados a tu alrededor, hasta donde alcanza la vista, vigilando que desde ninguna montaña se alce una humareda negra. Y ese es todo tu trabajo. Además, puedes leer cuanto quieras, escribir novelas. Al llegar la noche, grandes osos peludos merodean alrededor de la cabaña. Ese es, exactamente, el tipo de vida que yo quiero llevar. Comparado con eso, el Departamento de Arte de la universidad es una porquería.

—El problema es que todo el mundo debe bajar algún día de la montaña —aventuré yo. Pero a ella, como de costumbre, no le emocionaron mis opiniones realistas y vulgares.

A Sumire le preocupaba seriamente cómo poder llegar a ser tan salvaje y auténtica como los personajes de los libros de Kerouac. Embutía las manos en los bolsillos, se despeinaba adrede el pelo y, aunque no tenía ningún problema de visión, llevaba unas gafas de plástico de montura negra a lo Dizzy Gillespie, y clavaba sin más los ojos en el cielo. Vestía casi siempre chaquetas de *tweed* que le iban grandes, compradas en tiendas de ropa usada, y calzaba sólidos zapatones. De haber conseguido que le saliera barba, seguro que se la habría dejado crecer.

A Sumire no se la podía calificar de belleza en el sentido convencional del término. Tenía las mejillas hundidas y la boca un poco demasiado larga. La nariz era pequeña, ligeramente respingona. Era muy expresiva y le gustaba el humor, pero raras veces se reía a carcajadas. Era bajita y hablaba en tono agresivo incluso estando contenta. Un lápiz de labios o un delineador de cejas no creo que los hubiera utilizado en toda su vida. Que hubiese tallas de sujetador dudo que lo supiera a ciencia cierta. A pesar de ello, Sumire poseía algo especial que cautivaba a los demás. Soy incapaz de explicar con palabras en qué consistía. Pero, al mirar sus pupilas, siempre podías verlo allí reflejado.

Habría sido mejor que lo hubiese advertido de buen principio, claro está, y es que yo estaba enamorado de Sumire. Desde la primera vez que intercambiamos unas palabras me sentí fuertemente atraído hacia ella y, poco a poco, esa atracción fue mudando hacia un sentimiento sin retorno. Para mí, durante mucho tiempo, solo existió ella. Como es natural, intenté confesarle muchas veces mis sentimientos. Pero ante ella, no sé por qué razón, era incapaz de traducir mis sentimientos en las palabras justas. En resumidas cuentas, quizá haya sido mejor así. De haber podido manifestarle mis sentimientos, seguro que no me habría tomado en serio.

Mientras mantenía con Sumire una relación de «amistad», salí con dos o tres chicas. (No es que no recuerde el número. Serían, según se cuenten, dos o tres.) Si incluimos a las chicas con las que solo me acosté una o dos veces, la lista se alarga un poco más. Mientras pegaba mi cuerpo al de esas chicas, pensaba a menudo en Sumire. Porque, en algún rincón de mi mente, su imagen siempre estaba más o menos presente. Incluso soñaba que, en realidad, era a ella a quien tenía entre mis brazos. Todo esto no era muy normal, evidentemente. Pero en vez de pensar en si era correcto o no, lo cierto es que no podía evitarlo.

Volvamos al encuentro de Sumire y Myû.

A Myû le sonaba el nombre de Jack Kerouac, y también recordaba vagamente que era un escritor. Sin embargo, no le venía a la memoria qué tipo de escritor era.

—Kerouac, Kerouac... ¡Ah! Ese debe de ser un sputnik, ¿verdad?

Sumire no logró entender a qué venía aquello. Con el cuchillo y el tenedor suspendidos en el aire, reflexionó unos instantes.

—*¿Sputnik?* ¡Pero si el *Sputnik* es un satélite artificial soviético, el primero que fue lanzado al espacio, en la década de los cincuenta! Y Jack Kerouac es un escritor americano. Claro que la época sí coincide, pero...

—¡Ah, ya! ¡Por eso deben de llamar así a esos escritores de entonces! —dijo Myû, mientras dibujaba con la punta del dedo círculos en la mesa como si rebuscara algo en el fondo de un jarrón de forma peculiar lleno de recuerdos.

—¿Sputnik...?

—Sí, mujer. Es el nombre de una corriente literaria. Hay muchas de esas, cómo diríamos..., escuelas, ¿no? Como la Shirakaba-ha.*

Sumire, entonces, cayó finalmente en la cuenta.

—¡Beatnik!

Myû se enjugó las comisuras de los labios con la servilleta.

—¡Beatnik! ¡Sputnik!... Siempre olvido esos términos. Que si la Restauración Kenmu,** que si el *Tratado de Rapparo...**** De todas formas, hace ya mucho de eso, ¿no?

Durante unos instantes, reinó un ligero silencio, como una alusión al paso del tiempo.

* Nombre de una escuela literaria cuyos miembros se agrupaban alrededor de la revista *Shirakaba,* que empezó a publicarse en 1910. La postura de estos autores era muy idealista frente a los cambios que estaba experimentando la sociedad japonesa de la época. La mayor parte de ellos eran hijos de familias nobles. De carácter cosmopolita, se interesaban más por el arte internacional que por el japonés y creían en el valor positivo del individualismo. *(N. de los T.)*

** *Kenmu no chûkô,* en japonés. Instaurada por el emperador Godaigo en 1933 tras derrotar al gobierno de Shogunato da Kamakura. *(N. de los T.)*

*** Se refiere al Tratado de Rapallo *(Raparo no Jôyaku),* firmado entre Alemania y Rusia el 16 de abril de 1922. *(N. de los T.)*

—¿El *Tratado de Rapparo*? —preguntó Sumire.

Myû sonrió. Fue una sonrisa íntima, añorada durante largo tiempo, como arrancada del fondo de algún cajón. La manera de fruncir los ojos fue maravillosa. Después alargó la mano y, con sus cinco largos y finos dedos, despeinó un poco más aún el alborotado pelo de Sumire. Fue un gesto tan natural y espontáneo que Sumire, sin querer, le devolvió la sonrisa.

A partir de aquel momento, y en su fuero interno, Sumire empezó a llamar a Myû «Sputnik, mi amor». Sumire amaba la resonancia de esa palabra. Le traía a la memoria la perra *Laika*. El satélite artificial atravesando en silencio la oscuridad del espacio. Las dos negras y brillantes pupilas de la perra atisbando por el pequeño ojo de buey. ¿Qué debía de mirar en aquella soledad infinita del cosmos?

La historia del *Sputnik* surgió en el banquete de bodas de una prima de Sumire que se celebró en un hotel de primera categoría de Akasaka. No era una prima a quien estuviera muy unida (más bien la detestaba); además, para Sumire, asistir a un banquete, fuera de quien fuese, representaba una tortura, pero en aquella ocasión no pudo librarse con ningún pretexto. A ella y a Myû les asignaron un asiento contiguo en la misma mesa. Myû no dio demasiados detalles, pero, al parecer, le había dado clases a su prima, de piano o algo así, cuando se había presentado al examen de ingreso del conservatorio. Su relación no era especialmente larga ni estrecha, pero, por lo visto, la prima se sentía en deuda con ella.

En el preciso instante en que le acariciaba el pelo, de una manera tan rápida que casi cabría calificarla de acto reflejo, Sumire se enamoró. Fue de improviso, como si un rayo la hubiese fulminado mientras cruzaba una vasta llanura. Debió de ser algo parecido a la inspiración artística. De modo que el hecho de que casualmente fuera una mujer a Sumire no le pareció, en aquel instante, ningún inconveniente.

Que yo sepa, Sumire jamás había tenido algo parecido a un novio. En sus años de instituto había tenido algunos amigos. Chicos con quienes iba al cine, a nadar. Pero me imagino que ninguna de esas relaciones fue demasiado profunda. Lo que ocupaba gran parte de su cerebro era, exclusivamente, el ferviente deseo de ser novelista, y además no parecía que se hubiera sentido atraída por nadie hasta tal punto. Aun suponiendo que en sus años de instituto hubiese tenido relaciones sexuales (o algo parecido), no habría sido por amor o deseo, sino impelida, tal vez, por la curiosidad literaria.

—La verdad, ¿sabes?, es que no entiendo muy bien eso del deseo sexual —me había confesado Sumire en una ocasión poniendo una cara terriblemente reconcentrada. (Creo que fue poco antes de que abandonara la escuela. Se había bebido cinco daikiris de plátano y estaba muy borracha)—. ¿En qué consiste? ¿Tú qué piensas?

—El deseo sexual no es algo que pueda entenderse. —Como de costumbre, le di una opinión sensata—. Es algo que simplemente existe.

Cuando le dije eso, Sumire se me quedó mirando unos instantes de hito en hito, como si observara una máquina que funcionase con algún extraño motor. Luego alzó la vista hacia el techo como si hubiera perdido el interés en el tema. Ahí acabó la conversación. Quizá pensó que no valía la pena hablar conmigo de esas cosas.

Sumire había nacido en Chigasaki. Su casa estaba a orillas del mar y, de vez en cuando, ráfagas de viento arenoso azotaban con un seco rumor el cristal de las ventanas. Su padre era dentista en la ciudad de Yokohama. Era un hombre excepcionalmente guapo y su nariz, en especial, te traía a la mente la de Gregory Peck en *Recuerda*. Por desgracia —lo decía ella misma—, Sumire no había heredado esa nariz. Tampoco su hermano. ¿Adónde habrían ido a parar los genes que habían conformado una nariz tan hermosa?, se preguntaba Sumire con extrañeza. Si habían quedado sepultados en el fondo del río de la corriente genética, tal vez pudiera hablarse, incluso, de pérdida cultural. Tan magnífica era aquella nariz.

Como es natural, su muy bien parecido padre tenía una popularidad legendaria entre las mujeres con afecciones dentales que vivían en los alrededores de Yokohama. En la clínica se encasquetaba un gorro hasta las cejas y se cubría el rostro con una gran mascarilla. Lo único que veían sus pacientes era un par de ojos y un par de orejas. Sin embargo, no podía ocultar que era un hombre guapo. Su hermosa nariz alzaba la máscara de una forma gallarda, sexual; al verla, casi todas las pacientes se ruborizaban y —a pesar de que eso no lo cubría el seguro médico— se enamoraban al instante de él.

La madre de Sumire había muerto joven, a los treinta y un años. Tenía un defecto congénito en el corazón. Cuando murió, Sumire aún no había cumplido los tres años. Lo único que recordaba de ella era el tenue olor de su piel. Fotografías de la madre, apenas las había. El retrato del día de su boda, unas instantáneas tomadas justo después de nacer Sumire. Había sacado el viejo álbum y contemplado esas fotografías innumerables veces. Si nos basamos solo en la apariencia, la madre de Sumire era, dicho con moderación, una persona de las que dejan «poca huella». De baja estatura, peinado vulgar, vestida sin gusto, una sonrisa incómoda en los labios. Parecía a punto de retroceder y fundirse con la pared a sus espaldas. Sumire se esforzó en grabar los rasgos de la madre en su cabeza. Tal vez así lograra encontrarse con ella en sueños. Quizá pudiera asir su mano, hablarle. Pero no resultó. Sus rasgos, por más que los memorizase, se borraban enseguida. Y no solo en sueños; incluso en pleno día, de haberse cruzado con ella en la acera misma, puede que ni siquiera la hubiera reconocido.

Su padre apenas hablaba de la madre muerta. En realidad, casi no hablaba en general, y por añadidura, tendía a evitar (como si fuera una infección bucal) muestras de emoción en cualquier aspecto de la vida cotidiana. Tampoco Sumire recuerda haberle hecho preguntas sobre la madre muerta. Solo una vez, cuando era muy niña, le preguntó: «¿Cómo era mi madre?». Sumire recordaba vivamente aquella conversación.

Su padre desvió la mirada y reflexionó unos instantes. Luego dijo:

—Tenía muy buena memoria y muy buena letra.

Era una extraña manera de describir a una persona. A mí me parece que él, en aquella ocasión, debería haber dicho algo que quedase profundamente grabado en el corazón de su pequeña hija. Unas palabras cargadas de sentido que representaran una fuente de calor que la confortara. Palabras susceptibles de convertirse en la columna y el eje que sostuvieran, mal que bien, aquella existencia de inestables fundamentos en el tercer planeta del sistema solar. Sumire, con un inmaculado cuaderno abierto por la primera página, las esperaba expectante. Por desgracia (no se puede calificar de otro modo), el guapo padre de Sumire no era capaz de pronunciarlas.

Cuando Sumire tenía seis años, su padre volvió a casarse y, dos años después, nació su hermano pequeño. Su nueva madre tampoco era bonita. Ni siquiera tenía muy buena memoria. Tampoco puede decirse que escribiera con buena letra. Sin embargo, era una persona cariñosa y justa. Para la pequeña Sumire, que se convertiría en su hijastra, aquel fue un acontecimiento afortunado. No, «afortunado» no es la palabra exacta. Porque, al fin y al cabo, quien la había elegido era su padre. Y él, como padre, tal vez dejara algo que desear, pero en cuanto a la elección de su compañera, mostraba siempre inteligencia y realismo.

El amor de la madrastra por Sumire no flaqueó durante los largos y difíciles años de su adolescencia, y, cuando Sumire manifestó su deseo de abandonar la universidad para escribir novelas, la madrastra —pese a no callarse su opinión— respetó básicamente su voluntad. También había sido la madrastra quien había celebrado la pasión que, desde pequeña, Sumire había manifestado por la lectura, y quien la había alentado en sus propósitos literarios.

La madrastra se aplicó en convencer al padre y, al final, decidieron pasarle una pequeña cantidad de dinero para su manutención hasta que cumpliera los veintiocho años. Si para entonces no había podido labrarse un porvenir que le permitiera salir adelante con la escritura, tendría que espabilarse sola. Sin la mediación de su madrastra, Sumire tal vez hubiera sido arrojada, sin blanca y sin las dosis necesarias de sentido común y equilibrio para desenvolverse en el mundo, a este erial desprovisto de humor —por supuesto, la Tierra no se desloma girando alrededor del Sol para divertir a los seres humanos— que llamamos realidad. Pero, a lo mejor, eso habría sido positivo para Sumire.

Sumire conoció a «Sputnik, mi amor» a los dos años y poco más de abandonar los estudios.

Había alquilado un apartamento tipo *loft* en Kichijôji, donde vivía con el mínimo número de muebles y el máximo de libros. Se levantaba poco antes del mediodía y, por la tarde, paseaba por el parque de Inogashira con el fervor de un peregrino. Si hacía buen tiempo, se sentaba en un banco del parque, mordisqueaba un poco de pan y leía fumando un cigarrillo tras otro. Los días de lluvia o frío se metía en una vieja cafetería donde ponían música clásica a todo volumen, se hundía en un desvencijado sofá y leía con expresión reconcentrada escuchando sinfonías de Schubert o cantatas de Bach. Al anochecer, tomaba una única cerveza y cenaba la comida preparada que había comprado en el supermercado.

A las diez de la noche toma asiento frente a la mesa. Delante de ella hay un termo lleno de café hirviendo, un tazón (se lo regalé yo por su cumpleaños; lleva un cuadro de Snufkin dibujado), una cajetilla de Marlboro y un cenicero de cristal. Y un procesador de textos, por supuesto. Cada tecla de la máquina muestra su propio signo.

En la estancia reina un profundo silencio. Su mente está clara como el cielo de una noche de invierno. La Osa Mayor y la Estrella Polar emiten la luz debida en el lugar asignado. Y Sumire tiene mucho que escribir. Muchas historias que contar. Una vez que encuentre la boca de salida correcta, ardientes pensamientos e ideas brotarán como la lava, se traducirán en conceptos y conformarán un corpus de obras originales. La gente se quedará boquiabierta ante la repentina irrupción de una «genial escritora novel de excepcional talento». En la sección de cultura de los periódicos saldrá la fotografía de Sumire esbozando una serena sonrisa y los redactores se disputarán el privilegio de visitar su apartamento.

Pero eso, por desgracia, no ocurriría. En realidad, Sumire no logró completar una sola obra que comprendiera principio y final.

A decir verdad, ella podía escribir indefinidamente, tanto como quisiera. Jamás había experimentado angustia ante el papel en blanco. Era capaz de traducir en un torrente de palabras todo lo que le viniera a la cabeza. Su problema era, más bien, que escribía demasiado.

Siendo así, parece obvio que hubiese bastado con eliminar la parte superflua, pero no era tan simple. De lo que había escrito, Sumire era incapaz de discernir entre lo necesario y lo que no lo era. Al día siguiente, al releerlas una vez impresas, todas las frases le parecían imprescindibles y, según cómo, todas le parecían superfluas. A veces, en un arranque de desesperación, rasgaba todas las hojas que tenía delante. Si hubiera sido una noche de invierno y en la estancia hubiera habido chimenea, le habría dado —igual que en *La Bohème* de Puccini— bastante calor, pero en el apartamento de Sumire, como era de esperar, no había chimenea. Ni calefacción ni teléfono. Ni siquiera un espejo que le devolviera fielmente su imagen.

Al llegar el fin de semana, Sumire tomaba entre los brazos todos sus escritos y venía a mi apartamento. No hace falta decir que eran solo los textos que habían escapado a la masacre, pero, con todo, conformaban una cantidad considerable. Y la única persona de todo este ancho mundo a quien Sumire podía enseñárselos era yo.

En la universidad, yo iba dos cursos por delante y, además, nuestras especialidades eran distintas, así que apenas teníamos algo en común. Intimamos por casualidad. Un lunes de mayo, tras un largo puente, estaba yo en la parada del autobús cerca de la entrada principal de la universidad leyendo una novela de Paul

Nizan, que había descubierto en una librería de viejo, cuando una chica bajita que se encontraba a mi lado alargó el cuello, echó una ojeada a mi libro y me preguntó que cómo era que aún leía a Paul Nizan. Su manera de interpelarme fue bastante agresiva. Como si hubiera querido meterse con alguien y, a falta de un objetivo más apropiado, me hubiese elegido a mí. Al menos esa fue la impresión que me dio.

Sumire y yo nos parecíamos mucho. Ambos devorábamos libros con la misma naturalidad que respirábamos. Cuando teníamos un momento libre, nos sentábamos en un lugar tranquilo y volvíamos interminablemente una página tras otra. Novelas japonesas, novelas extranjeras, obras nuevas, clásicos, libros de vanguardia, *best sellers,* leíamos cualquier cosa que nos provocara excitación intelectual. Éramos asiduos de las bibliotecas y podíamos pasarnos todo el día entretenidos husmeando por las librerías de viejo de Kanda. No había conocido a nadie, aparte de mí mismo, que leyera con tanta pasión, con tanta profundidad y diversidad, y creo que a Sumire le ocurría lo mismo.

Me gradué por la misma época en que Sumire decidió dejar la universidad, pero, incluso entonces, ella siguió visitándome dos o tres veces al mes. A veces la visitaba yo, pero su apartamento era, a ojos vista, demasiado pequeño para los dos, y lo más frecuente era que viniese ella. Cuando nos veíamos, como es lógico, hablábamos de novelas e intercambiábamos libros. También solía prepararle la cena. No se me daba mal cocinar y, por su parte, Sumire era del tipo de personas que prefieren no comer antes que meterse en la cocina. Como muestra de agradecimiento solía traerme algo de los lugares donde hacía trabajos de media jornada. Una vez que estuvo en el almacén de una empresa farmacéutica me regaló seis docenas de preservativos. Todavía deben de quedar algunos en el fondo del cajón.

La novela (o los fragmentos de novela) que por aquel entonces escribía Sumire no era tan horrible como ella creía. No dominaba aún las técnicas narrativas y, a veces, su estilo parecía un *patchwork* elaborado, sin mediar palabra, por un grupo de amas de casa obcecadas, cada una con sus propios gustos y manías. Esta tendencia, dado el temperamento neurótico de Sumire, hacía que las cosas se le descontrolaran. Encima, por desgracia, a ella solo le interesaba escribir una obra decimonónica de gran envergadura, una «novela total», donde pudiera embutir cualquier fenómeno que apuntara a su alma y a su destino.

Sin embargo, pese a adolecer de numerosos defectos, sus escritos tenían una frescura especial y en ellos se traslucía la voluntad honesta de querer relatar con sinceridad algo importante que había en el interior de su autora. Como mínimo, su estilo no era una imitación del de nadie. Tampoco eran simples artificios construidos con habilidad. A mí esto me gustaba. No hubiera estado bien reducir aquella fuerza natural e incrustarla en un trabajo preciosista. Aún le sobraba tiempo para dar rodeos. No era cuestión de precipitarse. Tal como dice el proverbio: «Quien crece despacio crece bien».

—Tengo la cabeza atiborrada de cosas que quiero escribir. Como un granero atestado de cualquier manera —me dijo Sumire—. Imágenes, escenas, retazos de palabras, figuras humanas... Están llenos de vida dentro de mi cabeza, lanzando destellos cegadores. Y oigo cómo gritan: «¡Escribe!». Pienso que de ahí tendría que surgir una gran historia. Tengo la impresión de que van a conducirme a algún lugar nuevo. Pero, llegado el momento, cuando me siento frente a la mesa e intento traducirlos en palabras, me doy cuenta de que se pierde algo vital. El cuarzo no cristaliza, todo queda en pedruscos. Y yo no llego a ninguna parte.

Sumire hizo una mueca, recogió la piedrecilla número doscientos cincuenta y la arrojó al estanque.

—Quizá, de base, me falte algo. Algo imprescindible que debe de tener todo escritor.

Cayó en un profundo silencio. Al parecer, me estaba pidiendo una de las vulgares opiniones que solía darle.

—En China, antiguamente, las ciudades estaban rodeadas de altas murallas donde se abrían grandes y magníficas puertas —expliqué tras reflexionar unos instantes—. Esas puertas tenían un gran significado. No solo servían para entrar y salir, sino que se creía que era allí donde moraban los espíritus de la ciudad. O el lugar donde debían morar. Exactamente igual que en la Europa medieval, donde la gente consideraba la iglesia y la plaza como el corazón de la ciudad. Por eso, aún hoy, quedan en China muchas puertas maravillosas. ¿Sabes cómo construían las puertas los chinos de la antigüedad?

—Ni idea —dijo Sumire.

—La gente se dirigía a los antiguos campos de batalla tirando de carretas, y allí recogía todos los huesos desparramados o enterrados que podía encontrar. Al ser un país de tan larga historia, no faltaban campos de batalla. Luego construían una enorme puerta a la entrada de la ciudad incrustando todos esos huesos. Esperaban que, honrando de ese modo sus almas, los guerreros muertos protegieran la ciudad. Pero ¿sabes?, no bastaba con eso. Cuando la puerta estaba terminada, llevaban hasta allá unos cuantos perros vivos y, con una daga, los degollaban. Después regaban la puerta con la sangre aún caliente de los perros. De esa forma, los huesos resecos se empapaban de sangre fresca y las viejas almas adquirían un poder mágico. Al menos eso es lo que creían. —Sumire aguardaba en silencio a que prosiguiera—. Escribir una novela es algo parecido.

Por más huesos que reúnas, por magnífica que sea la puerta que construyas, solo con eso no tendrás una novela viva. Una historia, en algún sentido, no es algo de este mundo. Una verdadera historia requiere un bautismo mágico que conecte este mundo con el otro.

—O sea que tengo que agenciarme unos cuantos perros, ¿no? —Asentí—. Y hacer correr la sangre caliente.

—Tal vez.

Sumire reflexionó unos instantes mordiéndose los labios. Volvió a arrojar al estanque unas cuantas desafortunadas piedrecillas más.

—Preferiría no matar a ningún animal.

—Evidentemente, solo era una metáfora —dije—. No se trata de matar a ningún perro.

Estábamos sentados, como de costumbre, uno junto al otro en un banco del parque de Inogashira. Era el banco preferido de Sumire. Ante nuestros ojos se extendía el estanque. Era un día sin viento. Las hojas caídas de los árboles parecían adheridas a la superficie del agua. Un poco más allá, alguien había encendido una hoguera. El aire traía olores de finales de otoño y se oían con nitidez los ruidos lejanos.

—Quizá lo que tú necesites sea tiempo y experiencia. Eso es lo que me parece a mí.

—Tiempo y experiencia —repitió Sumire y alzó la vista hacia el cielo—. El tiempo pasa deprisa. Pero ¿y la experiencia? Ni me la menciones. No es que me enorgullezca de ello, pero no siento ningún deseo sexual. Y un escritor sin deseo sexual, ¿qué experiencias puede tener? ¡Si es como un cocinero sin apetito!

—Yo no sé adónde habrá ido a parar tu deseo sexual —le dije—. Quizá esté escondido en algún rincón. Quizá haya emprendido un largo viaje y se haya olvidado de regresar. Pero enamorarse, al fin y al cabo, no tiene ninguna lógica. A lo mejor, de repente, el deseo aparece de la nada y te atrapa. Mañana mismo.

Sumire apartó la mirada del cielo y la clavó en mi rostro.

—¿Como un tornado a través de la llanura?

—Si quieres llamarlo así.

Por unos instantes, ella imaginó un tornado a través de la llanura.

—Por cierto, ¿has visto alguna vez un auténtico tornado a través de la llanura?

—Nunca —contesté—. En Musashino no suelen verse tornados en vivo (y debería añadir que es de agradecer).

Aproximadamente medio año después, mis predicciones se cumplieron y Sumire se enamoró de forma fulminante, sin lógica alguna y con la furia de un tornado a través de la llanura. Se enamoró de una mujer casada diecisiete años mayor. De «Sputnik, mi amor».

Cuando Myû y Sumire se encontraron sentadas, una al lado de la otra, en la mesa del banquete nupcial, primero, tal como suele hacerse en esos casos, se presentaron. Sumire odiaba llamarse «Violeta» y prefería no decirle a nadie su nombre. Pero, si se lo preguntaban, tampoco era cuestión de no responder.

Según su padre, quien lo había elegido era su madre muerta. A ella le encantaba la canción *Violeta,* de Mozart, y hacía tiempo que había decidido que, si tenía una hija, la llamaría así. En la estantería de la sala de estar donde guardaban los discos había una recopilación de canciones de Mozart (sin duda la que había escuchado su madre) y, de pequeña, Sumire tomaba con cuidado el pesado LP, lo ponía en el plato del tocadiscos y escuchaba el tema *Violeta* una vez tras otra. La solista era Elisabeth Schwarzkopf y la acompañaba al piano Walter Gieseking. Sumire no entendía la letra. Pero su grácil melodía le hacía suponer que cantaba la belleza de las violetas que florecían en el prado. Sumire evocaba esa imagen y la amaba con pasión.

Sin embargo, mientras cursaba secundaria, tuvo una desagradable sorpresa al encontrar en la biblioteca un libro con letras de canciones traducidas al japonés. La canción narraba cómo una humilde violeta que florecía en el prado era trágicamente pisoteada por una zafia pastora. Y, encima, esta ni siquiera se percataba de la existencia de la flor aplastada bajo sus pies. Era una poesía de Goethe, pero en ella no halló ni consuelo ni moraleja.

—¿Por qué debió de ponerme mi madre el nombre de una canción tan terrible? —preguntó Sumire haciendo una mueca.

Myû se colocó bien la servilleta sobre las rodillas, esbozó una sonrisa imparcial y clavó la mirada en el rostro de Sumire. Tenía las pupilas muy oscuras. En ellas se mezclaban diversos colores, pero eran nítidas y transparentes.

—Y la melodía, ¿te parece bonita?

—La melodía sí lo es.

—Entonces yo me conformaría con que la música sea hermosa. En este mundo, no todo puede ser correcto o bonito. A tu madre debía de gustarle tanto la melodía que ni siquiera se fijó en la letra. Además, si sigues poniendo esa cara, te saldrán arrugas y no se te irán.

Sumire borró la mueca de su rostro.

—Quizá tengas razón, pero yo me sentí decepcionada, ¿comprendes? Este nombre es la única cosa concreta que me dejó mi madre. Exceptuándome *a mí misma,* claro.

—De todos modos, Sumire es un nombre precioso. A mí me gusta —dijo Myû y, haciendo ademán de mirar las cosas desde un ángulo distinto, inclinó la cabeza—. Por cierto, ¿ha asistido tu padre a la ceremonia?

Sumire echó una mirada a su alrededor y descubrió la figura de su padre. El salón era grande, pero dada su elevada estatura no era difícil descubrirlo. Estaba sentado dos mesas más allá, de perfil, hablando con un anciano bajito de expresión honesta vestido de chaqué. En sus labios se dibujaba una sonrisa tan afable y confiada que habría derretido un iceberg recién formado. Bañada por la luz de la araña, su correcta nariz sobresalía ligeramente como una silueta en papel recortado, e incluso la misma Sumire, acostumbrada a verlo, sintió admiración ante tanta hermosura. Su padre tenía las facciones idóneas para una ceremonia de aquel tipo. Su mera presencia confería *glamour* al ambiente. Como un enorme jarrón de flores recién cortadas o una limusina negra.

Cuando vio al padre de Sumire, Myû se quedó sin habla durante unos instantes. Sumire pudo oír cómo aspiraba una bocanada de aire. Sonó como unas cortinas de terciopelo descorridas con suavidad para que la luz natural del sol de una mañana serena despierte a un ser bienamado. «Debería haber traído un par de anteojos de ópera», pensó Sumire. Pero ella ya estaba acostumbrada a la teatral reacción de la gente —especialmente a la de las mujeres de mediana edad— ante el físico de su padre. «¿En qué consiste la belleza? ¿Qué valor debe de tener?», solía preguntarse Sumire con extrañeza. Pero nadie contestaba. Solo se producía aquel indiscutible efecto.

—¿Qué se siente al tener un padre tan guapo? —preguntó Myû—. Por simple curiosidad.

Tras un suspiro —¿cuántas veces le habrían hecho esa misma pregunta?— respondió:

—Pues no es muy divertido que digamos. En su fuero interno, todos piensan: «¡Qué hombre tan guapo! ¡Pero qué maravilla! Claro que, en comparación, la hija no es gran cosa. Eso debe de ser lo que llaman atavismo».

Myû se volvió hacia Sumire, le tiró con suavidad de la barbilla y la miró. Igual que si estuviera en un museo, plantada ante un cuadro que le gustara, contemplándolo.

—Oye, si realmente piensas eso, te equivocas. Tú eres preciosa. Tanto como tu padre —dijo Myû. Después alargó la mano y, con un gesto lleno de naturalidad, tocó, sobre la mesa, la mano de Sumire suavemente—. Ni tú misma sabes lo encantadora que eres.

La cara de Sumire empezó a arder. Dentro de su pecho, el corazón repicaba con el ruido de los cascos de un caballo desbocado cruzando un puente de madera.

Luego, Sumire se enfrascó en su conversación con Myû. No veía siquiera lo que había a su alrededor. Fue un banquete muy animado. Varias personas se levantaron a pronunciar discursos (el padre mismo de Sumire, sin ir más lejos) y la comida que sirvieron no estuvo nada mal. Pero nada de eso quedó grabado en su memoria. ¿Comió carne o pescado? ¿Utilizó propiamente los cubiertos o comió con los dedos, lamiendo el plato a continuación? No recordaba nada, en absoluto.

Ellas hablaron de música. Sumire era una apasionada de la música clásica y, desde pequeña, solía escuchar la colección de discos de su padre. Los gustos de ambas coincidían plenamente. A las dos les gustaba el piano y ambas señalaban las treinta y dos sonatas de Beethoven como las indiscutibles obras cumbre de la historia de la música. Ambas creían que la grabación de Wilhelm Backhaus para Decca era maravillosa, una interpretación sin parangón, de referencia. ¡Qué alegre era, además! ¡Y cuánto gozo de vivir transmitía!

¡Y el Chopin de Vladimir Horowitz de la época de las grabaciones en monoral, en especial el *scherzo:* impecable, estremecedor! Y los preludios de Debussy ejecutados por Friedrich Gulda, hermosos y llenos de gracia; y el Grieg de Gieseking, adorable, lo miraras como lo mirases. La interpretación de Sviatoslav Richter de Prokófiev, con su reflexiva contención y su prodigiosa recreación de la profundidad plástica de cada instante, exigía ser escuchada conteniendo el aliento. Y las sonatas de Mozart ejecutadas por Wanda Landowska, ¿por qué estaría hasta tal punto infravalorado un trabajo tan impecable y detallista, tan lleno de ternura como aquel?

—¿A qué te dedicas? —preguntó Myû cuando la conversación sobre música llegó a su fin.

—He dejado la universidad y estoy escribiendo una novela. También hago trabajillos de vez en cuando —explicó Sumire.

—¿Qué tipo de novela estás escribiendo? —quiso saber Myû.

—Es difícil de explicar en una palabra —contestó Sumire.

—¿Qué tipo de novelas te gustan entonces? —preguntó Myû.

—¡Uff! La lista es muy larga y no acabaría nunca, pero ahora estoy leyendo a Jack Kerouac —respondió Sumire.

Y así fue como surgió el tema de «Sputnik».

Myû, exceptuando algunas novelas muy ligeras que leía como pasatiempo, apenas tocaba los libros.

—No puedo alejar de mi pensamiento la idea de que todo es pura ficción, no logro identificarme con los personajes —dijo. Siempre le había sucedido lo mismo. De modo que solo leía obras que recogieran, tal cual, hechos reales. En su mayor parte, libros que pudieran serle útiles en su trabajo.

—¿Qué tipo de trabajo haces? —le preguntó Sumire.

—Básicamente está relacionado con el extranjero —explicó Myû—. Hará unos trece años heredé la empresa de importación y exportación de mi padre. Yo era la primogénita. Estudiaba para pianista, pero mi padre murió de cáncer y, como mi madre, aparte de estar delicada, no dominaba el japonés y mi hermano aún estaba en secundaria, tuve que asumir yo la responsabilidad y encargarme de la empresa. De ella dependía la subsistencia de varios familiares y no era cuestión de cerrar. —En este punto, Myû suspiró brevemente como si pusiera una coma—. La empresa de mi padre se dedicaba principalmente a importar de Corea alimentos deshidratados y hierbas medicinales, pero ahora comerciamos con otras muchas mercancías. Incluso con piezas de ordenador. La empresa sigue estando a mi nombre, pero en realidad la llevan mi marido y mi hermano menor y yo no tengo que aparecer demasiado por allí. Así que puedo dedicarme a mis propios negocios.

—¿Como cuáles?

—Principalmente a la importación de vino. Y, de vez en cuando, algún asunto relacionado con el mundo de la música. Viajo muy a menudo a Europa; este tipo de negocios se basa mucho en los contactos personales. Así que, al trabajar sola, puedo codearme con empresas comerciales de primera categoría. Solo que, para establecer toda esta red de relaciones y mantenerlas, hay que invertir tiempo y energía. Eso es evidente, pero... —Levantó la cabeza como si se le hubiese ocurrido una idea—. Por cierto, ¿hablas inglés?

—Hablarlo, no demasiado bien. De aquella manera. Pero me gusta leerlo.

—¿Sabes utilizar el ordenador?

—No entiendo mucho de informática, pero estoy acostumbrada a usar el procesador de textos, así que, a poco que estudiara, supongo que aprendería pronto.

—¿Sabes conducir?

Sumire hizo un gesto negativo con la cabeza. Desde el año de su ingreso en la universidad, que fue cuando chocó con la puerta de atrás contra una columna al intentar meter en el garaje el Volvo Wagon de su padre, no había vuelto a tocar el volante.

—Entonces, ¿puedes explicarme con menos de doscientas palabras la diferencia entre «signo» y «símbolo»?

Sumire tomó la servilleta, se enjugó la comisura de los labios y volvió a depositarla sobre sus rodillas. No entendía bien qué estaba preguntándole. «Signo y símbolo.»

—No tiene ningún sentido especial. Es solo un ejemplo.

Sumire volvió a sacudir la cabeza.

—Ni idea.

Myû sonrió.

—Si no te importa, me gustaría que me dijeras qué habilidades prácticas tienes. Es decir, qué sabes hacer. Aparte de leer mucho y escuchar mucha música.

Sumire depositó en silencio el cuchillo y el tenedor en el plato y, contemplando el espacio anónimo que flotaba sobre la mesa, reflexionó sobre sí misma.

—Sería más rápido decir las cosas que no sé hacer que las cosas en que soy buena. No cocino, haciendo la limpieza soy un desastre. Soy incapaz de mantener mis cosas en orden y lo pierdo todo. Me gusta la música, pero, cuando canto, desafino horrores. Soy muy torpe y no sé clavar un clavo. No poseo el menor sentido de la orientación y suelo confundir la derecha y la izquierda. Cuando me enfado, tengo tendencia a romper cosas. Platos, lápices, despertadores. Después me arrepiento, pero, en aquel momento, no puedo controlarme. No tengo ahorros. Me siento incómoda ante la gente sin razón alguna y apenas tengo amigos. —En ese punto, Sumire hizo una pausa antes de proseguir—:

Sin embargo, con el procesador de textos, sé escribir muy rápido sin mirar el teclado. No soy muy buena deportista, pero, excepto cuando tuve paperas, no he estado enferma en toda mi vida. Además, es extraño, pero en lo que se refiere a la puntualidad soy muy estricta y jamás llego tarde a ningún sitio. Con la comida no tengo manías. La televisión no la veo. A veces tengo algún arranque tonto de orgullo, pero no suelo justificarme a mí misma. Excepto una vez al mes que tengo los hombros tan agarrotados que no puedo dormir, concilio el sueño con facilidad. La regla la tengo poco abundante. Caries no tengo ni una. Y hablo bastante bien el español.

Myû alzó los ojos.

—¿Hablas bien el español?

Cuando estaba en el instituto, Sumire pasó un mes en Ciudad de México en casa de su tío, empleado en una firma comercial establecida allí. Creyendo que era una buena oportunidad, Sumire estudió de forma intensiva español y lo aprendió. En la universidad siguió tomando clases.

Myû sostenía la copa de vino entre los dedos y la hacía rodar suavemente como si diera cuerda a una máquina.

—¿Qué me dices? ¿No te apetecería trabajar conmigo una temporada?

—¿Trabajar? —Sumire ni siquiera supo qué cara poner, así que adoptó su sempiterna expresión reconcentrada—. Pero si jamás he tenido un trabajo de verdad. Ni siquiera sé responder bien al teléfono. Siempre trato de no coger el tren antes de las diez y, supongo que ya te habrás fijado, no sé utilizar correctamente el lenguaje formal.

—Eso no importa —repuso Myû con sencillez—. Por cierto, ¿estás libre mañana al mediodía? —Sumire asintió en un acto reflejo. No era preciso pensárselo dos veces. El tiempo libre era su principal capital—. Entonces podríamos comer juntas. Reservaré una mesa tranquila en un restaurante del barrio —dijo Myû. Observó a contraluz el vino tinto que el camarero le había servido en una copa limpia, comprobó el aroma y, luego, tomó el primer sorbo en silencio. Realizó toda esa serie de movimientos con una elegancia natural que hacía pensar en una corta cadencia pulida a lo largo de los años por un reflexivo pianista—. De los detalles ya hablaremos mañana con calma. Hoy quiero olvidarme del trabajo. ¿Sabes? Este Burdeos no está nada mal.

Sumire recompuso su adusta expresión y le dijo a Myû sin ambages:

—Pero si acabas de conocerme y casi no sabes nada de mí todavía.

—Sí, es cierto. Es posible que no sepa nada —admitió Myû.

—Entonces, ¿cómo sabes que podré serte útil?

Myû hacía girar suavemente el vino dentro de la copa.

—Desde hace tiempo juzgo a la gente por su rostro —replicó ella—. En resumen, que a mí me han gustado tus facciones y tus cambios de expresión. Mucho.

Sumire sintió cómo, de repente, el aire se hacía más ligero a su alrededor. Notó cómo los pezones se le endurecían bajo la ropa. Alargó la mano, tomó una copa casi sin pensarlo y se bebió de un trago el agua que quedaba. Inmediatamente, un camarero con cara de ave rapaz se le aproximó por la espalda y le llenó de agua con hielo la copa vacía. El tintineo resonó dentro de la turbada mente de Sumire como el hueco lamento de un ladrón recluido en una caverna.

«Sí, estoy enamorada de ella», se convenció Sumire. «Sin duda alguna (el hielo es, al fin y al cabo, frío, y la rosa es, al fin y al cabo, roja). Y este amor me conducirá a algún sitio. No puedo impedir que esta fuerte corriente me arrastre. Ya no tengo elección. Tal vez me lleve a un mundo especial que jamás he conocido. A un lugar lleno de peligros, quizá. Donde se esconda algo que me inflija una herida profunda, mortal. Tal vez pierda todo lo que poseo. Pero ya no puedo volver atrás. Solo puedo abandonarme a la corriente que discurre ante mis ojos. Aunque me consuma entre las llamas, aunque desaparezca para siempre.»

Su profecía —aunque esto, desde luego, solo lo he sabido ahora— acertaba en un ciento veinte por cien.

2

Un domingo poco antes del amanecer, quince días justos después del banquete, ella me telefoneó. Como cabía esperar, yo dormía como un tronco. La semana anterior me había encargado de organizar una reunión y, para conseguir todos los documentos necesarios (aunque inútiles), había tenido que reducir las horas de sueño. Así que, durante el fin de semana, quería dormir hasta hartarme. Y en esas sonó el teléfono. Antes del amanecer.

—¿Estabas durmiendo? —preguntó Sumire, sondeándome.

—¡Mmm! —solté un pequeño gruñido. En un acto reflejo lancé una mirada al despertador, a la cabecera de la cama. Las agujas del reloj eran grandes, fluorescentes; inexplicablemente, no alcancé a ver la hora. La imagen que se proyectaba en mi retina y la zona de mi cerebro donde se procesaba la información estaban desconectadas. Como una anciana que no lograse enhebrar una aguja. Lo único que intuí fue que a mi alrededor todavía era noche cerrada, que debía de ser más o menos la hora que Scott Fitzgerald llamó «noche profunda del alma».

—Pronto amanecerá.

—¡Ah! —dije con lasitud.

—Cerca de casa hay un hombre que todavía cría gallos. Debe de tenerlos desde antes de la devolución de Okinawa. Enseguida cantarán. Tal vez antes de media hora. ¿Sabes? A decir verdad, esta es la hora del día que más me gusta. El cielo negrísimo de la noche empieza a clarear por el este y los gallos cantan con todas sus fuerzas, como si se vengaran de algo. ¿Hay gallos cerca de tu casa? —Al otro extremo de la línea telefónica sacudí ligeramente la cabeza—. Te estoy llamando desde la cabina del parque.

—Ya —dije.

A unos doscientos metros de su apartamento había una cabina. Sumire no tenía teléfono en casa y siempre iba andando hasta allí para llamar. Era una cabina telefónica normal y corriente.

—Disculpa que te llame a estas horas. De verdad te lo digo. A estas horas, cuando aún no han cantado los gallos. A estas horas, cuando la pobrecita luna está flotando en un rincón del cielo de Oriente como un riñón desahuciado. Pero ¿sabes? Para llamarte he tenido que recorrer un camino negro como la boca de un lobo. Agarrando con mi pequeña mano la tarjeta telefónica que me dieron el día de la boda de mi prima. En ella aparecen los dos novios con las manos unidas. Tú ya sabes cómo me deprimen estas cosas, ¿verdad? Llevo el calcetín derecho diferente al calcetín izquierdo. Uno tiene un dibujo de Mickey Mouse, el otro es un calcetín de lana liso. Mi habitación está manga por hombro y no puedo encontrar nada. Mejor no decirlo en voz alta, pero mis bragas dan pena. Tanto que un ladrón de ropa interior pasaría de largo. Si unos gamberros me mataran, con esta pinta no creo que hallara la paz. Así que ya no te pido que me compadezcas, pero ¿no podrías decirme algo con pies y cabeza? Aparte de esas crueles interjecciones tipo «¡Ah!» o «¡Mmm!». No estaría mal una conjunción o algo por el estilo. Sí, eso es. Algún «pero» o un «sin embargo».

—No obstante —dije yo. Estaba agotado, sin fuerzas siquiera para soñar.

—«No obstante» —repitió ella—. De acuerdo. No deja de ser un progreso. Claro que no es más que un pasito.

—Por cierto, ¿querías algo?

—Pues sí. Tenía que decirte una cosa. Por eso llamo —contestó Sumire. Carraspeó ligeramente—. Vamos allá. ¿Cuál es la diferencia entre «signo» y «símbolo»?

Tuve una extraña sensación, como si una larga hilera de objetos indeterminados se cruzara por mi cabeza.

—¿Podrías repetirme la pregunta?

Me la repitió.

—¿Cuál es la diferencia entre «signo» y «símbolo»?

Me incorporé en la cama y me pasé el auricular de la mano izquierda a la derecha.

—Es decir, que me has llamado porque quieres saber la diferencia entre «signo» y «símbolo». Un domingo de madrugada antes del amanecer. ¡Vaya!

—A las cuatro y cuarto de la madrugada —dijo—. No me lo podía quitar de la cabeza. ¿Cuál debe de ser la diferencia entre «signo» y «símbolo»? Alguien me lo preguntó hace días y lo había olvidado por completo, pero hoy, mientras me desnudaba para meterme en la cama, me ha venido a la cabeza. Y me he desvelado. ¿Puedes explicármela tú? ¿La diferencia entre «signo» y «símbolo»?

—A ver —dije contemplando el techo. Explicarle a Sumire algo con lógica, incluso cuando yo lo tenía clarísimo, no era tarea fácil—. El emperador es el símbolo de Japón. ¿De acuerdo?

—Pues más o menos —dijo ella.

—Nada de *más o menos*. Esto es lo que dice la Constitución japonesa —dije armándome de paciencia—. Podrás poner objeciones o tener dudas al respecto, pero si no lo tomas como un hecho, mi razonamiento no puede avanzar.

—De acuerdo. Lo acepto.

—Gracias. Repito: el emperador es el símbolo de Japón. Pero esto no implica que Japón y el emperador sean equivalentes. ¿Me sigues?

—No.

—Es decir, que la flecha apunta en una sola dirección. El emperador es el símbolo de Japón, pero Japón no es el símbolo del emperador. Lo entiendes, ¿verdad?

—Creo que sí.

—Pero si, por ejemplo, pusiera: «El emperador es el signo de Japón», ambos serían equivalentes. Es decir, que cuando nombráramos a Japón nos referiríamos al emperador, y cuando nombráramos al emperador nos referiríamos a Japón. Se puede añadir, incluso, que ambos serían intercambiables: a=b es lo mismo que b=a. En cuatro palabras, esto es lo que significa «signo».

—O sea, que tú estás hablando de intercambiar el emperador con Japón. ¿Es posible eso?

—No es eso. No. —Sacudí enérgicamente la cabeza—. Solo pretendía explicarte de manera fácil de entender la diferencia entre «símbolo» y «signo». No tenía ninguna intención de intercambiar el emperador con Japón. Era solo una forma de explicártelo.

—¡Hum! —dijo Sumire—. Pero creo que lo he entendido. Como imagen. En fin, me parece que es una cuestión de sentido único o doble sentido, ¿no?

—Un especialista quizá te lo explicara con mayor exactitud. Pero definiéndolo de una manera simple viene a ser eso.

—Siempre me ha admirado lo bien que explicas las cosas.

—Es mi trabajo —argüí. Mis palabras sonaban algo monótonas y carentes de expresión—. Tú también tendrías que trabajar alguna vez de maestra de primaria. ¡Te hacen cada pregunta! «¿Por qué la Tierra no es cuadrada?» «¿Por qué los calamares tienen diez patas en vez de ocho?» Ahora ya he aprendido a responder la mayoría de las veces.

—Oye, seguro que eres muy buen profesor.

—Quién sabe —dije—. Quién sabe.

—Por cierto, ¿por qué el calamar tiene diez patas en vez de ocho?

—¿Puedo volver a dormir ya? Estoy realmente cansado. Solo con sostener el auricular me siento como si estuviera aguantando sin ayuda de nadie un muro de piedra medio derruido.

—Oye —dijo Sumire. E hizo una sutil pausa. Igual que un anciano guardabarrera que cerrara un paso a nivel antes de la llegada del tren para San Petersburgo—. Te pareceré estúpida diciéndotelo así, pero la verdad es que me he enamorado.

—¡Hum! —Me pasé el auricular de la mano derecha a la izquierda. Me llegaba el ruido de la respiración de Sumire. No sabía qué decirle. Y, como suelo hacer cuando no sé qué decir, pronuncié las palabras más inapropiadas.

—¿No será *de mí*?

—No es *de ti* —contestó Sumire. Oí cómo encendía un cigarrillo con un mechero barato—. ¿Estás libre hoy? Me gustaría que nos viéramos y hablásemos.

—¿De que te has enamorado de alguien que no soy yo?

—Sí, de que me he enamorado *apasionadamente.*

Me puse el auricular entre el cuello y el hombro y me desperecé.

—Por la tarde estoy libre.

—Iré a las cinco —dijo Sumire. Y añadió como si se acordara de repente—: Muchas gracias.

—¿Por qué?

—Por responder amablemente a mis preguntas antes del amanecer.

Le di una vaga respuesta, colgué y apagué la luz de la cabecera. Aún era noche cerrada. Antes de volver a conciliar el sueño intenté recordar si Sumire ya me había dicho «gracias» alguna vez. Alguna vez, quizá sí, pero no logré recordarla.

Sumire llegó a mi apartamento poco antes de las cinco. Al primer vistazo no la reconocí. Había cambiado completamente de estilo. Llevaba el pelo corto y, en el flequillo que le caía sobre la frente, aún se advertía la huella de las tijeras. Llevaba un vestido de manga corta azul marino y, por encima de los hombros, una rebeca. Los zapatos eran de charol negro, de medio tacón. Incluso llevaba medias. *¿¡Medias!?* No soy un gran experto en ropa femenina, pero comprendí que todas y cada una de aquellas prendas eran bastante caras. Vestida de aquel modo, Sumire estaba más bonita y sofisticada que de costumbre. Tampoco se la veía incómoda con aquellas ropas, parecía llevarlas con mucha naturalidad. Sin embargo, puestos a elegir, yo prefería a la Sumire de antes con su aspecto desastrado. Claro que todo es cuestión de gustos.

—No está mal —le dije tras inspeccionarla de arriba abajo—. Claro que no sé cómo debe de sentirse Jack Kerouac.

Sumire esbozó una sonrisa ligeramente más sofisticada que de costumbre.

—¿Damos una vuelta?

Nos dirigimos andando, hombro con hombro, por la avenida de la Universidad hacia la estación y, a medio camino, entramos en la cafetería de siempre y tomamos un café. Junto con el café, Sumire pidió, como de costumbre, un trozo de pastel. Era una despejada tarde dominical de finales de abril. El azafrán y los tulipanes se alineaban en la puerta de las floristerías. Soplaba un vientecillo suave que hacía ondear los bajos de las faldas de las chicas y traía el fresco olor de los árboles jóvenes.

Crucé las manos detrás de la cabeza y me quedé mirando cómo Sumire saboreaba con fruición su pastel. Desde unos pequeños altavoces del techo sonaba una vieja canción, un *bossa nova* de Astrud Gilberto. «Llévame a Aruanda», cantaba. Con los ojos cerrados, el entrechocar de tazas y salseras recordaba el rumor del mar. Aruanda, ¿cómo debía de ser aquel lugar?

—¿Todavía tienes sueño?

—Ya no —dije abriendo los ojos.

—¿Estás bien?

—Sí, claro. Como el río Moldau a principios de primavera.

Sumire se quedó unos instantes contemplando el plato del pastel vacío. Después alzó la cabeza y me miró.

—¿No te extraña que vaya vestida de esta forma?

—Pues sí, la verdad.

—No es que esta ropa me la haya comprado yo. Yo no tengo dinero, ya lo sabes. Tiene una explicación.

—¿Puedo tratar de adivinarla?

—Adelante.

—Tú estabas con tu aspecto desastrado a lo Jack Kerouac en algún lavabo, con un cigarrillo entre los labios, lavándote las manos, cuando de repente una mujer muy bien vestida de un metro cincuenta y cinco de estatura entró corriendo y, con el aliento entrecortado, te pidió: «¡Por favor! ¡Cámbiame toda la ropa, de pies a cabeza! No puedo darte más detalles, pero me persiguen unos malhechores y quiero huir disfrazada. Por suerte, somos casi igual de altas». Lo he visto en alguna de esas películas de Hong Kong.

Sumire rio.

—Esa mujer calzaba un treinta y cinco y tenía la talla treinta y seis. Por casualidad.

—Y allí le cambiaste incluso las bragas de Mickey Mouse.

—Lo de Mickey Mouse no eran las bragas sino los calcetines.

—Tanto da —dije.

—¡Hum! —suspiró Sumire—. De hecho, te estás acercando bastante.

—¿Como cuánto?

Ella se inclinó hacia mí sobre la mesa.

—Es una historia un poco larga, pero ¿quieres escucharla?

—Lo quiera o no, tú has venido hasta aquí para contármela, ¿verdad? No importa lo larga que sea. Cuéntamela. Y si, aparte del argumento, quieres añadir un preludio y la *Danza de las hadas,* hazlo. Por mí no te preocupes.

Y ella empezó a hablar. De la boda de su prima y de la comida con Myû en el restaurante de Aoyama. Efectivamente, era una historia larga.

3

El lunes siguiente al día de la boda llovió. La lluvia empezó a caer pasada la medianoche y no cesó hasta el alba. Era una lluvia dulce y suave que tiñó de negro la tierra primaveral y despertó en silencio todos los seres sin nombre que se esconden bajo su superficie.

Pensando que volvería a ver a Myû, el corazón de Sumire hervía de emoción. Era incapaz de hacer algo a derechas. Se sentía como si estuviera de pie en la cima de una montaña, azotada por el viento. Como de costumbre, tomó asiento frente a la mesa, encendió un cigarrillo y enchufó el procesador de textos, pero, por más que contemplara la pantalla, no se le ocurría una sola línea. Cosa muy rara en ella. Desistió, apagó la máquina, se tumbó en el suelo del pequeño apartamento y, con un cigarrillo apagado entre los labios, se abandonó a pensamientos dispersos.

«Si estoy tan excitada por el simple hecho de volver a hablar a solas con Myû, ayer debería haberme resultado muy duro despedirme de ella sin más. ¿Se tratará de admiración por una mujer mayor que yo, guapa y sofisticada? No, no debe de ser eso», Sumire descartó la idea, «cuando estoy a su lado, deseo tocarla siempre. Eso no es simple admiración.»

Sumire suspiró y se quedó unos instantes con la mirada clavada en el techo. Luego encendió un cigarrillo. Pensándolo bien, era extraño. Que a los veintidós años se enamorara por primera vez, y que *casualmente* lo hiciera de una mujer.

El restaurante que eligió Myû estaba a unos diez minutos a pie de la estación de metro de Omotesandô. Era un local difícil de encontrar para quien no lo conociera, uno de aquellos lugares donde te sientes incómodo al entrar. Incluso el nombre era difícil de recordar si lo oías una sola vez. Cuando Sumire dio el nombre de Myû a la entrada, la condujeron a un reservado del primer piso. Myû ya estaba allí sentada, tomándose un agua Perrier con hielo, charlando animadamente con el camarero sobre el menú. Llevaba un polo azul marino, encima de este un jersey de algodón del mismo color, en el pelo lucía un fino pasador plateado sin adornos. Los pantalones eran unos tejanos estrechos de color blanco. En una esquina de la mesa había unas gafas de sol de un brillante color azul. Sobre una silla, una raqueta de squash y una bolsa de deporte de plástico de Missoni. Quizá volviera de jugar algunas partidas de squash antes del mediodía. En su frente aún quedaba un ligero rubor. Sumire se la imaginó metiéndose en la ducha del gimnasio y lavándose con un jabón de exótica fragancia.

Cuando Sumire entró en el reservado con su chaqueta de *tweed,* sus pantalones caqui y el pelo alborotado como un huérfano, Myû levantó la mirada de la carta y le dedicó una sonrisa deslumbrante.

—No tienes manías con la comida, ¿verdad? Eso me dijiste ayer. Entonces, supongo que no te importará que elija yo el menú.

—Por supuesto que no —respondió Sumire.

Myû pidió lo mismo para las dos. De plato principal, pescado blanco fresco a la brasa acompañado de un poco de salsa verde con setas. La rodaja de pescado mostraba un tostado precioso. Un tostado con un poder de convicción tan bello que casi podía calificarse de artístico. A su lado había algunos ñoquis de calabaza y una ensalada de endibias dispuesta de manera extremadamente refinada. De postre, *crème brûlée,* pero solo Sumire la probó, mientras que Myû ni se dignó mirar la suya. Por último les sirvieron un café exprés. Sumire observó que Myû prestaba mucha atención a lo que comía. Su cuello era delgado como el tallo de una planta y en su cuerpo no se adivinaba un gramo de grasa. No parecía que necesitase hacer dieta. Pero quizá deseara conservar a toda costa la línea. Como unos espartanos parapetados en una fortaleza en lo alto de las montañas.

Mientras comían mantuvieron una charla más bien insustancial. Myû quería saber cosas sobre la vida de Sumire y esta respondió a sus preguntas con sinceridad. Sobre su padre, sobre su madre, sobre las escuelas a las que había ido (no le había gustado ninguna), sobre los premios recibidos en un concurso de redacción (una bicicleta y una enciclopedia), sobre las circunstancias que provocaron su abandono de la universidad, sobre su vida cotidiana. No puede decirse que fuera una vida especialmente emocionante. Pero Myû escuchaba absorta todo cuanto se refería a Sumire. Como si le hablaran de las interesantes costumbres de un país extranjero que jamás hubiera visitado.

También Sumire quería saber un montón de cosas sobre Myû. Pero a Myû no parecía gustarle hablar de sí misma.

—No hay nada que valga la pena contar —dijo sonriente—. Prefiero seguir escuchándote a ti.

Cuando acabó la comida, Sumire apenas si sabía algo nuevo de Myû. Que su padre había donado mucho dinero que había ganado en Japón al pequeño pueblo, al norte de Corea, donde había nacido; que habían construido allí magníficas instalaciones para sus habitantes y que, por todo ello, en la plaza del pueblo seguía irguiéndose aún una estatua del padre.

—Es un pequeño pueblo entre montañas. Claro que era invierno cuando estuve allí, pero es un lugar que, a primera vista, se advierte que es muy frío. Montañas de rocas de color rojizo, árboles de troncos retorcidos. De pequeña, mi padre me llevó allí una vez. Cuando descubrieron la estatua. En el pueblo teníamos muchos parientes que me tomaron en brazos llorando emocionados. Pero yo no entendía lo que me decían y recuerdo haber sentido miedo. Para mí, aquel pueblo era solo un lugar extraño que no había visto jamás.

Sumire le preguntó cómo era la estatua. Entre sus conocidos no figuraba nadie a quien le hubieran levantado una.

—Era una estatua de bronce normal. La típica estatua, podríamos decir. De las que se ven en cualquier parte del mundo. Pero es extraño ver una estatua de tu propio padre. Imagínate que levantan una a tu padre en la plaza de delante de la estación de Chigasaki. Te sentirías rara, ¿no? Mi padre era, en realidad, un hombre de baja estatura, pero, en la estatua, parecía un gigante imponente. Entonces lo pensé. Que, en este mundo, lo que ven nuestros ojos no tiene por qué ser verdad. Solo tenía cinco años.

«Si a mi padre le levantaran una estatua, no me impresionaría tanto», se dijo Sumire. Porque en realidad su padre ya era demasiado guapo para ser una persona de carne y hueso.

—Volviendo a lo que decíamos ayer. —Myû abordó la cuestión después de que les hubieran traído el segundo café exprés—. ¿Qué? ¿Te gustaría trabajar conmigo?

A Sumire le apetecía fumarse un cigarrillo, pero no avistó ningún cenicero. Así que se conformó con tomar un sorbo de agua Perrier fría.

Sumire habló con sinceridad.

—¿Qué tipo de trabajo debería hacer? Me parece que ya te lo dije, pero, aparte de labores físicas sencillas, no he tenido un trabajo propiamente dicho en toda mi vida. Tampoco tengo nada que ponerme para ir a trabajar. Para que te hagas una idea, la ropa que llevaba el día de la boda me la había prestado una conocida.

Myû asintió sin cambiar de expresión. Como si la respuesta de Sumire no se alejara de la que había previsto.

—Hablando contigo, ya me hice una idea aproximada de cómo eres, creo que eres muy capaz de hacer el trabajo que he pensado para ti. Lo demás no tiene importancia. Lo único que importa es si quieres trabajar conmigo o no. Solo eso. Es una simple cuestión de sí o no.

Sumire respondió eligiendo cuidadosamente las palabras:

—Estoy muy contenta de oírte decir esas cosas, pero lo más importante para mí en estos momentos es *escribir novelas*. Por eso dejé incluso la universidad.

Myû la miró de frente por encima de la mesa. Al sentir aquella mirada serena fija sobre su piel, la cara de Sumire empezó a arder.

—¿Puedo decir con sinceridad lo que pienso? —dijo Myû.

—Por supuesto que sí. Lo que sea.

—Quizá te ponga de malhumor.

Sumire, como signo de que no le importaba, frunció los labios con fuerza y la miró a los ojos.

—Creo que en estos momentos, por más tiempo que inviertas, no lograrás escribir nada que valga la pena —dijo Myû con un tono sereno y determinante a la vez—. Tú tienes talento. Seguro que algún día podrás escribir algo maravilloso. No es un cumplido, te lo digo de corazón. Puedo adivinar ese talento innato dentro de ti. Pero todavía no estás preparada. Aún no has reunido las fuerzas suficientes para abrir la puerta. ¿No te has sentido así alguna vez?

—Tiempo y experiencia —resumió Sumire.

Myû sonrió.

—De momento quédate conmigo. Creo que será lo mejor. Y cuando sientas que ha llegado la hora, puedes dejarlo todo, sin reparos, y escribir cuanto quieras. Tú, en principio, no tienes mucha facilidad para hacer las cosas y tardas más tiempo que la mayoría para conseguir algo. Así que, aunque a los veintiocho años aún no hayas tenido suerte, cuando dejen de pasarte dinero tus padres y tú te quedes *sin blanca,* no será tan grave. Quizá pases un poco de hambre, pero tal vez esa experiencia sea buena para un escritor.

Sumire abrió la boca dispuesta a responder, pero no le salió la voz. Asintió en silencio.

Myû alargó la mano derecha hacia el centro de la mesa.

—Dame la mano.

Cuando Sumire le ofreció su mano derecha, Myû la tomó como si la envolviera. Su palma era cálida y suave.

—No hay de qué preocuparse. Así que no pongas esa cara tan reconcentrada. Tú y yo nos llevaremos bien.

Sumire tragó saliva. Y las facciones de la cara se le relajaron. Cuando Myû la miraba de frente, tenía la sensación de ir empequeñeciéndose más y más. Quizá acabara desapareciendo como el hielo expuesto a la luz del sol.

—A partir del lunes que viene ven tres veces por semana a mi despacho. Lunes, miércoles y viernes. Con que llegues a la oficina a las diez y regreses a casa a las cuatro es suficiente. Así evitarás las horas punta, ¿no? No puedo pagarte mucho, pero el trabajo en sí no es difícil y durante el tiempo libre puedes leer libros. Solo que tendrás que tomar clases particulares de italiano dos veces por semana. Hablando español no te será muy difícil aprender el italiano, ¿verdad? Además, encuentra un hueco para hacer prácticas de inglés y de conducir, ¿podrás?

—Creo que sí —respondió Sumire. Pero sonó como si una persona desconocida hablara en su lugar desde la habitación de al lado. «En estos momentos, me pidiera lo que me pidiese, me ordenara lo que me ordenase, le diría sin dudar que sí.» Sujetándole todavía la mano, Myû la miraba fijamente. Sumire pudo ver, nítida, su imagen reflejada en las negrísimas pupilas de Myû. Como si fuera su propia alma, absorbida hacia el otro lado del espejo. Por esa imagen, Sumire sintió amor y al mismo tiempo pánico.

Cuando Myû sonreía, se le formaban unas arrugas encantadoras en el contorno de los ojos.

—Vamos a casa. Tengo algo que enseñarte.

4

Una vez, tras mi primer curso en la universidad, viajé solo a Hokuriku durante las vacaciones de verano. En el tren conocí a una chica ocho años mayor que yo que también viajaba sola. Pasamos la noche juntos. «Parece el principio de *Sanshirô*»,* pensé entonces.

Ella trabajaba en la sección de divisas en un banco de Tokio. Cuando tenía vacaciones, tomaba algunos libros y, sola, se iba de viaje. «Viajar con gente me cansa», me dijo. Era muy agradable y aún ahora no entiendo cómo pudo interesarse por un estudiante de dieciocho años, callado e inseguro. Mientras charlaba sentada frente a mí, parecía muy relajada. Se reía con frecuencia a carcajadas. También yo le hablé de esto y aquello sintiéndome inusualmente cómodo. Por casualidad, ambos nos apeamos en la estación de Kanazawa.

* Título de una novela de Sôseki Natsume. *(N. de los T.)*

—¿Tienes alojamiento? —me preguntó.

Le respondí que no. (En aquella época, yo jamás reservaba habitación.)

—Yo tengo una habitación, si quieres podemos compartirla —me dijo—. No te preocupes —añadió—. Cuesta lo mismo seamos uno o dos.

Debido a los nervios nada fue fluido la primera vez que hicimos el amor. Me disculpé.

—¡Pero vamos! No es necesario que andes disculpándote por todo —exclamó ella—. Eres muy educado, ¿no?

Acababa de salir de la ducha, se puso el albornoz, sacó dos cervezas frías de la nevera y me ofreció una.

Se bebió media, y de repente, como si se acordara de algo, preguntó:

—¿Sabes conducir?

Le respondí que sí.

—¿Y qué tal se te da? ¿Conduces bien?

—No demasiado. Acabo de sacarme el carnet. Lo normal, supongo.

Ella sonrió.

—Como yo. A mí me parece que soy bastante buena conduciendo, pero nadie me lo dice. Así que supongo que no lo hago ni bien ni mal. Pero debes de conocer a varias personas que realmente conduzcan bien, ¿verdad?

—Sí.

—Y a otras que, por el contrario, no lo hagan tan bien.

Asentí. Tomó otro trago de cerveza en silencio y reflexionó unos instantes.

—Hasta cierto punto, debe de ser innato. Quizá pueda hablarse incluso de talento. Los hay muy hábiles, los hay muy torpes. Pero al mismo tiempo los hay muy prudentes y los hay que apenas lo son, ¿verdad?

Asentí de nuevo.

—A ver, ¿qué te parece? Supón que debes hacer un largo viaje en coche con otra persona. Con alguien con quien tienes que conducir por turno. En ese caso, ¿a cuál de los dos tipos elegirías? A alguien que condujera bien pero que fuese imprudente, o a alguien que no fuera tan bueno pero que fuese prudente.

—Al segundo tipo —respondí.

—Igual que yo —dijo—. Y creo que todo es bastante parecido. Ser bueno o malo, ser hábil o torpe: en realidad, no importa. Lo único importante es prestar atención. Estoy convencida. Serenarse y aguzar el oído.

—¿Aguzar el oído? —pregunté.

Ella no respondió, se limitó a sonreír.

Poco después, cuando hicimos el amor por segunda vez, fue un acto armonioso y compenetrado. Tuve la sensación de haber entendido más o menos lo que quería decir con aguzar el oído. Fue la primera vez que vi cómo reacciona una mujer cuando el acto sexual va realmente bien.

Al día siguiente, tras desayunar juntos, cada cual tomó un rumbo distinto. Ella prosiguió su viaje, yo proseguí el mío. Al separarnos, me confesó que iba a casarse con un compañero de trabajo dos meses después.

—Es muy buena persona —me dijo sonriente—. Hace cinco años que salimos juntos y ahora, al fin, vamos a casarnos. Así que, a partir de ahora, no podré viajar sola. Quizá sea esta la última vez.

Yo aún era joven y creí que historias tan emocionantes como esta sucedían con frecuencia. Pero mucho tiempo después comprendí que no era así.

Hace mucho que, no sé por qué razón, le conté a Sumire esta historia. No recuerdo a propósito de qué. Tal vez fuese cuando hablamos del deseo sexual. De todas formas, soy del tipo de personas que, cuando le preguntan algo directamente, suele dar una respuesta sincera.

—¿Cuál es el punto clave de esta historia? —me había preguntado Sumire.

—Pues seguramente que hay que estar alerta —contesté—. No tener ideas preconcebidas, sino aguzar el oído con una disposición honesta, amoldándote a las circunstancias, manteniendo la mente y el corazón siempre abiertos a lo que venga.

—Humm —dijo Sumire. Parecía estar reflexionando sobre mi pequeña aventura sexual. Tal vez consideraba la posibilidad de incluirla en su novela—. Después de todo, tú has tenido muchas experiencias, ¿verdad?

—No he tenido *muchas experiencias* —protesté con calma—. Me han pasado cosas *por casualidad.*

Ella le dio vueltas a la idea mientras se mordisqueaba las uñas.

—Pero, para estar alerta, ¿qué hay que hacer? No basta con pensar, llegado el momento: «¡Va! ¡Voy a estar alerta! ¡Voy a aguzar el oído!», para conseguirlo al instante, ¿no te parece? ¿No podrías decirme algo un poco más concreto? Ponme un ejemplo.

—Primero es preciso serenarse. Contando, por ejemplo.

—¿No hay otra manera?

—Pues también puedes pensar en un pepino dentro de la nevera en una tarde de verano. Por supuesto, es solo *un ejemplo.*

—Espera un momento —atajó Sumire después de una breve pausa—. ¿Tú haces siempre el amor imaginándote un pepino dentro de la nevera una tarde de verano?

—No siempre.

—Pero ¿sí a veces?

—A veces sí —reconocí.

Sumire hizo una mueca y sacudió varias veces la cabeza.

—Eres más raro de lo que pareces.

—Todos los seres humanos tenemos nuestras rarezas —repliqué.

—En el restaurante, mientras Myû me miraba fijamente a los ojos sujetándome la mano, todo el tiempo pensé para mí misma en un pepino. Me dije: «¡Tienes que serenarte! ¡Tienes que aguzar el oído!» —me contó Sumire.

—¿En un pepino?

—Sí, eso que me contaste sobre un pepino frío dentro de la nevera una tarde de verano. ¿No te acuerdas?

—Ahora que lo dices, es verdad que te lo conté —recordé—. ¿Y qué? ¿Te sirvió?

—Más o menos.

—Muy bien —dije.

Sumire volvió a la historia principal.

—La casa de Myû está muy cerca del restaurante. No es muy grande, pero es preciosa. Terraza soleada, plantas, un sofá italiano de piel, altavoces Bose, una colección de grabados, un Jaguar en el garaje. Allí vive solamente Myû. La casa que comparte con su marido está en Setagaya. Y los fines de semana regresa allí. Pero ella normalmente vive sola en el apartamento de Aoyama. ¿Y qué crees que me enseñó en el piso?

—Las sandalias de piel de serpiente preferidas de Marc Bolan guardadas en una urna de cristal. Una valiosa e inolvidable reliquia de la historia del *rock and roll.* No les falta una sola escama. En el arco figura su autógrafo. Irresistible para las fans.

Sumire hizo una mueca y suspiró.

—Si se inventara un coche que funcionase con bromas estúpidas, tú llegarías bastante lejos.

—Es que en este mundo también hay personas con las reservas de inteligencia agotadas —dije con humildad.

—Muy bien. Dejemos eso y, ahora, piensa en serio. ¿Qué crees que me enseñó allí? Si aciertas, pago yo la cuenta.

Carraspeé y dije:

—Te enseñó esta magnífica ropa que llevas. Y te dijo que te la pusieras para ir a trabajar.

—Has acertado —dijo Sumire—. Tiene una amiga con un tipo muy parecido al mío. La amiga también es rica y, por lo visto, le sobra la ropa. ¡Qué extraño es el mundo! ¿Verdad? Hay personas con los armarios tan atiborrados que no los pueden ni cerrar y hay otras que, como yo, no poseen dos calcetines idénticos. Pero, bueno, ¡qué más da! En fin, que Myû fue a casa de su amiga y se hizo con una brazada de esa ropa «de sobra». Si te fijas con mucha atención, está un poco pasada de moda, pero a simple vista no se nota, ¿verdad?

—Por más que te la mires, no se nota —le dije.

Sumire sonrió con aire satisfecho.

—Parece mentira, pero me está que ni pintada. Los vestidos, las blusas, las faldas, todo. De cintura me van un poco grandes, pero con un cinturón estoy de escaparate. Calzo el mismo número de zapatos que Myû. Así que me ha dado algunos que ya no necesita. De tacón, planos, sandalias de verano. Todos de marca italiana. Y también bolsos. Y hasta algo de maquillaje.

—Parece *Jane Eyre* —dije yo.

Así, Sumire empezó a ir tres veces por semana a la oficina de Myû. Se ponía traje chaqueta o un vestido, se calzaba zapatos de tacón, incluso se maquillaba un poco, cogía el tren de la mañana e iba desde Kichiyôji a Harajuku. Jamás hubiera creído que fuese capaz de tomar, como todo el mundo, un tren por la mañana.

Aparte de su despacho en la empresa de Akasaka, Myû tenía su propia oficina en Jingûmae. Allí había una mesa para Myû, otra para su ayudante (es decir, Sumire), un armario para los documentos, un fax, un teléfono y un ordenador. Era un apartamento y contaba, incluso, con una pequeña cocina y un cuarto de baño. También había un equipo de CD, unos altavoces pequeños y alrededor de una docena de discos compactos de música clásica. Era un segundo piso y la ventana orientada al este daba a un pequeño parque. En la planta baja había una tienda de muebles importados del norte de Europa. Como la oficina estaba algo apartada de la calle principal, apenas había ruido.

Al llegar a la oficina, Sumire les cambiaba el agua a las flores y preparaba café. Luego escuchaba los mensajes del contestador automático y repasaba el correo electrónico. Si había algo, lo imprimía y lo dejaba sobre la mesa de Myû. La mayoría de las veces eran mensajes de compañías o agentes extranjeros, casi siempre en inglés o francés. Si había correo, abría los sobres y tiraba lo que a todas luces era innecesario. Llamadas, había varias durante el día. Algunas desde el extranjero. Sumire anotaba el nombre de quien telefoneaba, su número de teléfono y, si lo había, el motivo de la llamada, y lo pasaba al teléfono móvil de Myû.

Myû solía aparecer por la oficina entre la una y las dos de la tarde. Permanecía allí una hora y daba a Sumire las instrucciones necesarias, se tomaba un café y hacía algunas llamadas telefónicas. Si había cartas que contestar, se las dictaba a Sumire y luego esta las introducía en el ordenador y las enviaba por correo electrónico o fax. Por lo general, eran cartas comerciales de contenido sencillo. Sumire también le hacía las reservas para la peluquería, el restaurante o la pista de squash. Cuando acababa de despachar esos asuntos, Myû charlaba un rato con Sumire y luego se iba.

A veces, Sumire se quedaba sola en la oficina sin hablar con nadie durante horas, pero jamás se sentía sola o se aburría. Repasaba los conocimientos adquiridos dos veces por semana en las clases de italiano. Aprendía la conjugación de los verbos irregulares y perfeccionaba su pronunciación con cintas de casete. Tomó clases de informática y pronto fue capaz de resolver por sí misma pequeños problemas. Pudo leer la información contenida en el disco duro y aprender las líneas generales del trabajo de Myû.

Su trabajo era aproximadamente lo que Myû le había contado el día de la boda. Firmaba contratos con pequeños productores de vino extranjeros (sobre todo franceses), importaba el vino y lo vendía al por mayor a restaurantes y tiendas especializadas de Tokio. Además, de vez en cuando mantenía contactos con intérpretes de música clásica. Los trámites más complicados los llevaban agentes de empresas especializadas y ella se encargaba de programar y dar los primeros pasos en la contratación. Su especialidad era descubrir a jóvenes intérpretes con talento, todavía desconocidos, e invitarlos a Japón.

Sumire desconocía a cuánto ascendían los beneficios de estos «negocios particulares». La contabilidad estaba guardada aparte y, sin contraseña, no se podía acceder al disco. En todo caso, Sumire estaba loca de contento solo con ver a Myû, poder hablar con ella. «Esta es la silla donde se sienta», pensaba. «Este es su bolígrafo. Esta es la taza en la que toma el café.» Por insignificante que fuera la tarea que le encomendaba, Sumire la desempeñaba con esmero.

De vez en cuando, Myû la invitaba a comer. Como negociaban con vino, debían recorrer con cierta asiduidad los restaurantes famosos para recabar información. Myû siempre pedía pescado blanco (alguna vez pollo, y dejaba la mitad), nunca tomaba postre. Estudiaba al detalle la carta de vinos y elegía una botella, pero jamás tomaba más de una copa. «Tú bebe cuanto quieras», le decía a Sumire, pero al haber de hacerlo sola, por más que bebiera, nunca era mucho. De modo que siempre quedaba más de media botella de aquellos vinos carísimos, pero eso a Myû no parecía importarle.

—¿No es una lástima pedir una botella solo para dos? No podemos bebernos más de la mitad —le dijo Sumire a Myû en una ocasión.

—No te preocupes —dijo Myû riendo—. Cuanto más vino dejemos, más serán los empleados del restaurante que podrán probarlo. Del sumiller y el *maître* al último camarero que llena las copas de agua. Y así todos irán conociendo el vino. Dejar vino caro nunca es inútil.

Myû comprobó el color de un Médoc de 1986 y luego lo paladeó con cuidado, desde diversos ángulos, como si estuviera saboreando un estilo.

—Creo que esto puede aplicarse a todo, pero, al fin y al cabo, lo más útil es lo que hemos aprendido con nuestro propio cuerpo, o gastando nuestro dinero. Y no los conocimientos adquiridos en los libros.

Imitando a Myû, Sumire levantó la copa en la mano, tomó un sorbo de vino y dejó que se deslizara por su garganta. Durante unos instantes, un agradable sabor permaneció en su boca, que luego se desvaneció sin dejar rastro, como se evapora el rocío matinal de las hojas en verano. De este modo, el paladar estaba dispuesto para saborear el siguiente bocado. Cada vez que, durante las comidas, hablaba con Myû, aprendía algo nuevo. Y Sumire, ingenuamente, se admiraba de la gran cantidad de cosas que le faltaba por aprender.

—Hasta ahora jamás había querido ser otra persona —se decidió a confesarle un día, quizá por haber tomado un poco más de vino que de costumbre—. Pero a veces pienso que me gustaría ser como tú.

Myû contuvo el aliento durante unos instantes. Luego tomó la copa en su mano como si reflexionara y se la llevó a los labios. Por un momento, un rayo de luz tiñó sus pupilas del oscuro color del vino. Su cara perdió la delicada expresión de siempre.

—Quizá tú no lo sepas —dijo Myû con voz calmada y depositando la copa sobre la mesa—, pero lo que tienes ante ti no es *mi yo auténtico.* Hace catorce años me convertí en la mitad de lo que era. ¡Hubiera sido magnífico conocerte cuando yo era enteramente yo! Pero es inútil pensar en ello ahora.

Sumire se quedó tan sorprendida que no pudo preguntar más. Y así perdió la ocasión de hacer, en aquel momento, las preguntas pertinentes. ¿Qué le había ocurrido catorce años atrás? ¿Por qué se había convertido en «la mitad» de lo que era? ¿Qué quería decir con «la mitad»? Pero esa enigmática confesión, al fin y al cabo, solo sirvió para aumentar aún más la admiración de Sumire hacia Myû. «¡Qué persona tan extraña!», pensó.

Uniendo retazos de sus charlas cotidianas, Sumire logró recabar cierta información sobre la vida de Myû. Su esposo era cinco años mayor que ella y, aunque japonés, como había estudiado dos años en la facultad de económicas de la Universidad de Seúl, hablaba con fluidez el coreano. Era afable, extremadamente competente en su trabajo y, a efectos prácticos, llevaba el timón de la empresa de Myû. Pese a ser un negocio donde trabajaban muchos familiares, no había nadie que hablara mal de él.

Desde niña, Myû había mostrado un gran talento para el piano. Con poco más de diez años había ganado varios concursos de música. Entró en el conservatorio, recibió clases de renombrados pianistas y, luego, la enviaron a un conservatorio francés. Su repertorio iba desde románticos tardíos, como Schumann y Mendelssohn, a Poulenc, Ravel, Bartók y Prokófiev. Sus armas eran un tono impetuoso y sensual unido a una técnica vigorosa y depurada. Ya en su época de estudiante ofreció varios conciertos y gozaba de muy buena reputación. Ante ella se abría un futuro prometedor como concertista de piano. Sin embargo, mientras estudiaba en el extranjero, su padre cayó enfermo y ella tuvo que cerrar la tapa del piano y regresar. No volvería a tocar el teclado jamás.

—¿Cómo pudiste dejar el piano así por las buenas? —le preguntó con un titubeo Sumire—. Si no te apetece hablar de ello, no lo hagas. Es que me parece, no sé cómo decirlo, algo extraño. Hasta entonces habías sacrificado muchas cosas para ser pianista, ¿no es eso?

Myû dijo en voz baja:

—No es que hubiera sacrificado *muchas cosas* por el piano. Lo había sacrificado *todo.* Todas y cada una de las cosas consustanciales al crecimiento. El piano me había exigido que le ofreciera cada gota de mi sangre, cada pedazo de mi carne, y yo jamás le había dicho que no. Ni una sola vez.

—¿No te pareció una lástima, entonces, dejar el piano? Solo te faltaba un paso para conseguirlo.

Myû, en vez de responder, clavó la mirada en los ojos de Sumire. Como si buscara en ellos la respuesta. Fue una mirada directa y profunda. En el fondo de sus pupilas, diversas corrientes mudas se desafiaban entre sí como el poso que deja el torrente. Y lo que levantaron esas corrientes tardó cierto tiempo en asentarse.

—Siento haberte hecho más preguntas de la cuenta —se disculpó Sumire.

—No importa. Es que no sé cómo explicártelo. Solo eso.

No volvieron a tocar el tema jamás.

Myû prohibía el tabaco en la oficina y detestaba que fumaran delante de ella. Por eso, poco después de empezar a trabajar, Sumire decidió dejarlo, aunque, fumando dos cajetillas de Marlboro al día, no le resultó nada fácil. Un mes después, como un animal al que le hubieran cortado su largo y espléndido rabo, perdió la estabilidad emocional (debería decir que esa era una de las características inherentes de Sumire). Y, como era de esperar, empezó a llamarme a medianoche.

—No paro de pensar en el tabaco. No logro conciliar el sueño y, cuando consigo dormirme, tengo unas pesadillas horribles. Voy estreñida. Ni puedo leer ni soy capaz de escribir una sola línea.

—Eso le sucede a todo el mundo al dejar de fumar. Es temporal. Pasa antes o después —dije.

—Es muy fácil hablar cuando se trata de los demás —replicó Sumire—. ¿Verdad que tú no has fumado en toda tu vida?

—Si no se pudiera hablar respecto a lo que atañe a los demás, el mundo sería un lugar deprimente y peligroso. Piensa en lo que hizo Iósif Stalin.

En el otro extremo de la línea, Sumire se sumió en un largo silencio. Un silencio pesado como el de las almas de los muertos en el frente del Este.

—¿Estás ahí? —la llamé.

Al fin, Sumire despegó los labios.

—Claro que, a decir verdad, que no pueda escribir tal vez no sea culpa del tabaco. Me da la impresión de que el tabaco no es más que una excusa: «No puedo escribir por culpa del tabaco. ¡Qué le vamos a hacer!».

—¿Por eso estás tan enfadada?

—Pues sí —reconoció Sumire con una docilidad inusual—. Además, no solo soy incapaz de escribir, ¿sabes? Lo más duro es que no estoy tan convencida como antes sobre el hecho de escribir en sí. Cuando leo lo que he escrito hace poco, no le encuentro el interés por ningún lado, ni siquiera puedo imaginar qué trataba de decir. Me parece seco, vacío, como si estuviera mirando desde lejos unos calcetines sucios tirados por el suelo. Y, al pensar en el tiempo y las energías que he empleado en escribirlo, se me quitan las ganas de vivir.

—En casos así, basta con llamar por teléfono pasadas las tres de la madrugada y despertar simbólicamente a alguien que esté sumido en un sueño apacible y semiótico.

Sumire respondió:

—¿Has tenido dudas alguna vez sobre si lo que estás haciendo es correcto o no?

—Más bien son pocas las veces en que no las tengo —dije.

—¿De verdad?

—De verdad.

Sumire repiqueteó con las uñas sobre sus dientes. Era uno de sus vicios cuando estaba pensando.

—Si te soy sincera, hasta ahora jamás había tenido este género de dudas. Sobre si tenía vocación o talento. Yo, ¿sabes?, no soy estúpida. Sé muy bien que soy una caprichosa que suele dejar las cosas a medias. Pero no dudaba. Creía que, pese a cometer algunas equivocaciones, en líneas generales avanzaba en la dirección correcta.

—Hasta ahora has tenido suerte —dije—. Justo, justo, como una larga lluvia en la época en que se planta el arroz.

—Quizá haya sido así.

—*Pero* ¿últimamente no es así?

—Exacto. Últimamente no. A veces me horrorizo pensando que hasta ahora no he hecho más que cometer una equivocación tras otra. ¿Sabes cuando tienes una pesadilla atroz y te despiertas de repente a medianoche? Durante unos instantes no sabes qué es lo real. Pues eso es justamente lo que te estoy diciendo. ¿Entiendes?

—Creo que sí —dije.

—Quizá no pueda volver a escribir novelas. No hace mucho tiempo que pienso en ello con frecuencia. Que yo no soy más que una estúpida, una niña ingenua de las muchas que van por ahí mirándose el ombligo y persiguiendo sueños irrealizables. A lo mejor tendría que ir cerrando la tapa del piano y bajar del escenario. Antes de que sea demasiado tarde.

—¿Cerrar la tapa del piano?

—Es una metáfora.

Me pasé el auricular de la mano izquierda a la derecha.

—Yo sí estoy seguro. Si tú no lo estás, *yo sí*. Algún día tú escribirás una novela magnífica. Me doy cuenta al leer lo que escribes.

—¿Lo piensas de veras?

—Desde el fondo de mi corazón. No te miento —contesté—. En eso no te mentiría. Entre lo que has escrito hasta ahora hay trozos maravillosos, impresionantes. Por ejemplo, cuando describes la playa en mayo, puedes oír el rumor del viento, oler el agua salada. Puedes sentir en ambos brazos el tibio calor del sol. Y cuando escribes sobre una pequeña habitación llena de humo de tabaco, al leerlo realmente te cuesta respirar. Los ojos empiezan a escocerte. Unas frases tan llenas de vida como esas no puede escribirlas cualquiera. En tus textos hay una fuerza, una corriente natural que hace que respiren y se muevan por sí mismos. Solo que todavía no has logrado ensamblarlos unos con otros. No se trata de cerrar la tapa del piano.

Sumire permaneció diez o quince segundos callada.

—¿No estarás consolándome, alentándome, o algo por el estilo?

—No te estoy consolando ni alentando. Es una realidad que habla por sí misma.

—¿Como el río Moldava?

—Como el río Moldava.

—Gracias —dijo Sumire.

—De nada —repuse yo.

—A veces puedes ser realmente dulce, ¿sabes? Como las navidades, las vacaciones de verano y un perrito recién nacido juntos.

Musité lo primero que se me pasó por la cabeza, como hago siempre que me alaban.

—Pero hay algo que me preocupa, ¿sabes? —prosiguió Sumire—. Si tú, un día de estos, te casas con una chica normal, a mí me olvidarás del todo. Y entonces ya no podré llamarte a medianoche cuando me apetezca, ¿verdad?

—Bastará con hablar antes del anochecer.

—Durante el día no puede ser. Tú no entiendes *nada de nada.*

—Eres tú quien no entiende *nada de nada.* En este mundo, la mayoría de las personas trabaja a la luz del sol y por la noche apaga la luz y duerme —protesté yo. Pero sonó como si alguien estuviera recitando para sí mismo un poema bucólico en medio de un campo de calabazas.

—Hace poco salió en el periódico —dijo Sumire ignorando mis observaciones— que las lesbianas lo son de nacimiento, que un hueso que tienen dentro del oído es claramente diferente al de las mujeres normales. Un hueso pequeño que tiene un nombre imposible. O sea, que el lesbianismo no es una tendencia adquirida sino una característica genética. Lo ha descubierto un médico norteamericano. Qué estaría investigando y con qué propósito, no me lo puedo ni imaginar, pero, de todas formas, desde entonces no puedo dejar de pensar en ese huesecillo estúpido que está en el fondo del oído de todo el mundo. ¿Qué forma debe de tener el mío?

Como no sabía qué decir, permanecí callado. Durante unos instantes reinó un silencio que recordaba el aceite limpio extendiéndose por una gran sartén.

—¿Estás segura de que lo que sientes por Myû es deseo sexual? —pregunté.

—Segura un ciento por ciento —dijo Sumire—. Cuando estoy ante ella, ese hueso del oído empieza a matraquear. Como un *fûrin** de finas conchas. Y deseo que me abrace fuerte. Abandonarme por completo. Si eso no es deseo sexual, lo que corre por mis venas es zumo de tomate.

—¡Humm! —dije. ¿Qué más podía responder?

—Si tenemos eso en cuenta, todo adquiere sentido. ¿Por qué no me apetecía tener relaciones sexuales con chicos? ¿Por qué no sentía nada? ¿Por qué siempre he sabido que era diferente a los demás?

—¿Puedo dar mi opinión? —dije yo.

—Claro.

—Una razón o una lógica que lo explique todo de manera demasiado simple siempre será una trampa. Lo sé por experiencia. Tal como dijo alguien alguna vez, lo que puede explicarse en un solo libro, mejor no explicarlo. En resumen, lo que quiero decir es que lo mejor es no sacar conclusiones precipitadas.

—Lo tendré en cuenta —dijo Sumire. Y cortó la comunicación de manera más bien brusca.

Me la imaginé colgando el auricular y saliendo de la cabina. Las agujas del reloj marcaban las tres y media

* Campanilla colgante que suena con el viento. *(N. de los T.)*

de la madrugada. Fui a la cocina, me bebí un vaso de agua, volví a deslizarme entre las sábanas y cerré los ojos. Pero el sueño no acudió tan fácilmente. Al descorrer las cortinas apareció la luna, que flotaba blanca y taciturna en el cielo, como un huérfano. Comprendí que no podría volver a dormirme. Hice café, llevé una silla junto a la ventana, me senté y me comí unas cuantas galletas con queso. Y, leyendo, esperé a que llegara el amanecer.

5

Voy a hablar un poco de mí.

Ya sé que esta es la historia de Sumire, no la mía.

Pero es a través de mis ojos como se presenta a un ser humano, a Sumire, y es a través de ellos como se desgrana su historia, así que me parece hasta cierto punto necesario explicar quién soy.

Sin embargo, cada vez que debo hablar de mí mismo me siento, en cierto modo, confuso. Me veo atrapado por la clásica paradoja que conlleva la proposición: «¿Quién soy?». Si se tratara de una simple cantidad de información, no habría nadie en este mundo que pudiera aportar más datos que yo. No obstante, al hablar sobre mí, ese yo de quien estoy hablando queda automáticamente limitado, condicionado y empobrecido en manos de otro que soy yo mismo en cuanto narrador —víctima de mi sistema de valores, de mi sensibilidad, de mi capacidad de observación y de otros muchos condicionamientos reales—. En consecuencia, ¿hasta qué punto se ajusta a la verdad el «yo» que retrato? Es algo que me inquieta terriblemente. Es más, me ha preocupado siempre.

Sin embargo, la mayoría de las personas de este mundo no parece sentir ese temor, esa incertidumbre. En cuanto tienen oportunidad hablan de sí mismos con una sinceridad pasmosa. Suelen decir frases del tipo: «Yo parezco tonto de tan franco y sincero como soy», o «Soy muy sensible y me manejo muy mal en este mundo», o «Yo le leo el pensamiento a la gente». Pero he visto innumerables veces cómo personas «sensibles» herían sin más los sentimientos ajenos. He visto a personas «francas y sinceras» esgrimir sin darse cuenta las excusas que más les convenían. He visto cómo personas que «le leían el pensamiento a la gente» eran engañadas por los halagos más burdos. Todo ello me lleva a pensar: «¿Qué sabemos, en realidad, de nosotros mismos?».

Cuanto más pienso en ello, más reacio soy a hablar de mí mismo (si es que realmente hay necesidad de hacerlo). Antes prefiero conocer, en mayor o menor medida, hechos objetivos sobre existencias ajenas. Y, basándome en la posición que ocupan tales hechos y personajes individuales en mi interior, o a través del modo en que restablezco mi sentido del equilibrio incluyéndolos, trato de conocerme de la manera más objetiva posible.

Esta ha sido la postura o, dicho de una manera más solemne, la visión del mundo que he mantenido desde la pubertad. Tal como el albañil apila un ladrillo sobre otro siguiendo el hilo tenso de la plomada, yo he ido conformando en mi interior esta manera de pensar. De una forma más empírica que lógica. Más práctica que intelectual. Pero un punto de vista como este es difícil de explicar a los demás. Yo lo he aprendido sufriéndolo en mi propia piel.

Quizá se deba a eso, pero desde la adolescencia me he habituado a trazar una frontera invisible entre mí mismo y los demás. Empecé a tomar una distancia perpetua ante el otro, fuera quien fuese, y a mantenerla mientras estudiaba su actitud. Aprendí a no creerme todo lo que la gente dice. Mis únicas pasiones sin reservas han sido los libros y la música. Y, tal vez como lógica consecuencia de todo ello, me fui convirtiendo en una persona solitaria.

Crecí en el seno de una familia normal y corriente. Tanto que casi no sé por dónde empezar el relato. Mi padre, licenciado en Ciencias por una universidad pública provincial, trabajaba en el laboratorio de una gran empresa alimentaria. Su hobby era el golf. Iba a jugar todos los domingos. Mi madre era una apasionada del *tanka** y solía acudir a encuentros de aficionados. Cuando aparecía su nombre en la sección de *tanka* de los periódicos, estaba de buen humor duran-

* Poema japonés de treinta y una sílabas. *(N. de los T.)*

te una temporada. Le gustaba limpiar y detestaba la cocina. Mi hermana, cinco años menor que yo, odiaba tanto limpiar como cocinar y creía que de eso debían encargarse los demás. Total, desde que tuve edad para entrar en la cocina, me hice yo mismo mi propia comida. Me compré algunos libros y así aprendí a preparar la mayoría de los platos. He debido de ser el único niño que ha hecho algo parecido.

Nací en Suginami, pero era aún pequeño cuando nos mudamos a Tsudanuma, en la prefectura de Chiba, y fue allí donde crecí. En los alrededores solo vivían empleados de empresa como nosotros. Mi hermana sacaba unas notas extraordinarias en la escuela y era el tipo de persona que no está satisfecha si no es la primera; total, que no solía hacer algo en balde. Ni siquiera sacar a pasear a su propio perro. Se licenció en Derecho por la Universidad de Tokio y, al año siguiente, obtuvo el título de abogado. Se casó con un asesor financiero sin escrúpulos. Se compraron, cerca del parque de Yoyogi, en un elegante edificio, un piso de cuatro habitaciones que siempre está sucio como una pocilga.

Al contrario que mi hermana, yo nunca mostré el menor interés por los estudios ni por sacar buenas notas. Como no quería que mis padres me riñeran, asistía regularmente a las clases y estudiaba lo mínimo posible. Después jugaba al fútbol y, al volver a casa, me tumbaba en la cama y devoraba una novela tras otra. Ni iba a una academia ni tenía profesor particular. A pesar de ello, mis notas no eran malas. Al contrario. De modo que supuse que sería capaz de entrar en alguna universidad decente aunque no me preparara para el examen de ingreso. Y así fue.

Al ingresar en la universidad alquilé un pequeño apartamento y empecé a vivir solo. No recuerdo haber mantenido una conversación íntima con nadie de mi familia mientras viví en Tsudanuma. Pese a habitar bajo el mismo techo, no sabía quiénes eran mis padres ni mi hermana, ni tampoco qué esperaban de la vida; no creo que ellos supieran tampoco quién era yo ni a qué aspiraba en la vida. Diré, de pasada, que ni yo mismo lo tenía claro. Me apasionaba leer, pero carecía del talento necesario para ser escritor. Mis gustos, por otra parte, eran demasiado escorados para ser editor o crítico. La literatura, para mí, era un simple pasatiempo y debía mantenerla apartada de mis estudios y de mi trabajo. Por eso en la universidad no me especialicé en literatura sino en historia. No me fascinaba, aunque, a la hora de la verdad, descubrí que eran unos estudios muy interesantes. Ello no implica que hiciera el doctorado (como me recomendaba mi tutor) o que quisiera consagrarme a la historia. Es cierto que me gustaba leer y pensar, pero no tenía madera de investigador. Y, en este punto, tomo prestados unos versos del *Eugenio Oneguin* de Pushkin:

No sentía el menor deseo
de hurgar en esta alta montaña de polvo
que son las gestas históricas de los pueblos.

Tampoco me apetecía colocarme en una empresa normal e ir sobreviviendo en medio de una competencia salvaje, escalando, paso a paso, las inclinadas paredes de la pirámide del capitalismo.

Dadas las circunstancias, fue a través de un proceso de eliminación, por así llamarlo, como opté por la enseñanza. La escuela estaba a unas cuantas estaciones de mi casa. Casualmente, mi tío era miembro del Comité de Educación del ayuntamiento y me preguntó si me gustaría ser profesor de primaria. Como me faltaban unos cursos de aptitud pedagógica, me dijeron que al principio sería profesor adjunto, pero que, tras un corto periodo de prácticas, reuniría los requisitos necesarios para ejercer de profesor titular. Jamás había pensado en dedicarme a la enseñanza. Pero, siendo ya profesor, empecé a sentir por el trabajo un respeto y un amor más profundos de lo que esperaba. No, tal vez sería más exacto manifestar que me descubrí a mí mismo sintiendo un respeto y un amor profundos hacia algo.

De pie en el estrado, les hablaba a mis alumnos de realidades elementales sobre el mundo, la vida y el lenguaje, pero, al mismo tiempo, a veces también me hablaba a mí mismo sobre realidades elementales del mundo, la vida y el lenguaje redescubiertas a través de los ojos y la mentalidad de un niño. Según cómo se desempeñe, puede ser una actividad tan refrescante como enriquecedora. Además, logré mantener una relación bastante buena con mis alumnos, con sus madres y con mis compañeros de trabajo.

Con todo, sigo con las lógicas dudas fundamentales. ¿Quién soy? ¿Qué es lo que espero? ¿Adónde voy?

Cuando hablaba con Sumire era cuando vislumbraba con mayor claridad mi existencia. Más que hablar, estaba pendiente de cada una de las palabras que brotaban de sus labios. Ella me preguntaba por esto y aquello; exigía además una respuesta. Si no se la daba protestaba, y si le salía con evasivas se enfadaba en serio. En este sentido era distinta a la mayoría de la gente. Sumire quería conocer *de verdad* mi opinión sobre diversas cuestiones. Así me acostumbré a darle una respuesta precisa a sus preguntas y, a través de este intercambio, le revelaba a ella (y de paso a mí mismo) muchas cosas sobre mí.

Cada vez que nos veíamos nos pasábamos horas hablando. Por más que habláramos, jamás nos cansábamos. Los temas de conversación eran infinitos. Hablábamos con mucha más confianza y entusiasmo que cualquiera de las parejas que había a nuestro alrededor. Sobre novelas, sobre el mundo, sobre el paisaje, sobre la lengua.

Siempre pensaba lo maravilloso que sería si fuésemos novios. Deseaba sentir el calor de su piel sobre la mía. Incluso soñaba con casarme con ella, con vivir a su lado. Sin embargo, no había ninguna duda al respecto: Sumire no abrigaba hacia mí ningún sentimiento romántico, y tampoco despertaba en ella el más mínimo deseo sexual. A veces, cuando me visitaba y se nos hacía tarde hablando, se quedaba a dormir. Pero en ello no había la menor insinuación. A las dos o tres de la madrugada bostezaba, se escurría entre las sábanas, hundía la cabeza en mi almohada y se quedaba dormida. Yo me acostaba en el futón extendido sobre el suelo, pero permanecía despierto hasta el amanecer, sin poder conciliar el sueño, presa de obsesiones, de dudas, de sentimientos de repugnancia hacia mí mismo y, a veces, de irreprimibles reacciones físicas.

Claro que no me resultó nada fácil aceptar que Sumire no sintiera apenas (o en absoluto) interés hacia mí como hombre. Cuando la tenía delante, notaba a veces un dolor agudo, como si alguien estuviera arrancándome las entrañas con un cuchillo acerado. Sin embargo, por más dolor que me reportaran, las horas que pasaba con Sumire eran las más preciosas de mi vida. Frente a ella olvidaba momentáneamente mi eterna soledad. Sumire expandía las fronteras de mi mundo, me hacía respirar hondo. Era la única persona capaz de hacerlo.

De este modo, para aliviar mi dolor, para evitar el peligro, empecé a mantener relaciones carnales con otras mujeres. Pensaba que así podría eliminar la tensión sexual entre Sumire y yo. En el sentido usual del término, yo no era un hombre *con éxito* entre las mujeres. Tampoco gozaba de un especial atractivo varonil ni estaba dotado de ningún talento en particular. Sin embargo, no sé por qué (la razón ni yo mismo la conozco), atraía a cierto tipo de mujeres. En un determinado momento descubrí que, dejando que las cosas siguieran su curso natural, no era tan difícil mantener relaciones sexuales con ellas. No había en ello nada que pudiera llamarse pasión, pero sí hallaba, al menos, cierto bienestar.

A Sumire jamás le oculté que mantenía relaciones sexuales con otras mujeres. No entrábamos en detalles, pero ella lo sabía todo más o menos. Tampoco le preocupaba demasiado. Si veía algún problema, era que todas eran mayores que yo y que no había ninguna que no estuviera casada, prometida o con novio fijo. Mi última conquista fue la madre de un alumno. Nos encontrábamos a escondidas unas dos veces al mes y nos acostábamos.

—Esto va a acabar arruinándote la vida —me advirtió Sumire una vez.

«Tal vez tenga razón», reconocí yo. Pero tampoco podía hacer nada.

Un sábado, a principios de julio, fui de excursión con la clase. Subí a las montañas de Okutama con treinta y cinco alumnos. Como de costumbre, todo empezó en un clima de alegre excitación y acabó en el más caótico de los alborotos. Al llegar a la cima, dos niños descubrieron que habían olvidado meter la comida en sus mochilas. En los alrededores no había ninguna tienda. No tuve más remedio que dividir entre ambos los *norimaki** que la escuela me había preparado para almorzar. Me quedé sin comer. Uno me ofreció chocolate con leche y eso fue todo lo que tomé de la mañana a la noche. Al cabo de un rato, una niña dijo que no podía dar un paso más y tuve que bajar la montaña con la pequeña cargada a la espalda. Medio en broma, dos niños empezaron a pelearse y uno de ellos cayó y se golpeó la cabeza con una piedra. Tuvo una ligera conmoción cerebral, la sangre empezó a manarle a chorros de la nariz. Nada grave, pero la camisa del niño quedó tan empapada en sangre que parecía que hubiese sobrevivido a una masacre.

Entre una cosa y otra volví a casa exhausto. Me bañé, tomé un refresco, me escurrí entre las sábanas sin pensar en nada, apagué la luz, me sumí en un apacible sueño. Entonces llamó Sumire. Al mirar el reloj en la cabecera, vi que no llevaba ni una hora durmiendo. Con todo, no protesté. Estaba demasiado cansado, ni ánimos tenía para quejarme. Había días en que sucedían cosas así.

—Oye, ¿podemos vernos mañana por la tarde? —me preguntó.

* Arroz y pescado crudo o verduras enrollados en alga marina. *(N. de los T.)*

Había quedado con una mujer en mi apartamento a las seis de la tarde. Ella dejaría su Toyota Celica rojo en un aparcamiento un poco apartado de casa y llamaría a mi puerta.

—Estoy libre hasta las cuatro —le respondí lacónicamente.

Sumire vestía una blusa blanca sin mangas, minifalda azul marino, llevaba unas pequeñas gafas de sol. Su único adorno era un pequeño pasador de pelo de plástico. Una imagen muy sobria. Apenas iba maquillada. Se mostraba al mundo con su aspecto casi natural. Pero, no sé por qué razón, al principio no la reconocí. Ni siquiera hacía tres semanas que nos habíamos visto por última vez, pero la persona que tenía ante los ojos, mesa por medio, parecía pertenecer a otro mundo que la Sumire de antes. Estaba, y me quedo corto, mucho más hermosa. Algo había florecido en su interior.

Pedí una caña, ella zumo de uva.

—Últimamente, cada vez que te veo se me hace más difícil reconocerte —le dije.

—Es la época —repuso ella sorbiendo el zumo con la paja, como si hablara para sí.

—¿Qué época? —le pregunté.

—Pues esta especie de adolescencia tardía que estoy pasando. A veces, cuando me levanto y me miro en el espejo, me parece estar viendo a otra persona.

Si no ando con cuidado, esa persona me va a ir dejando atrás.

—¿No sería mejor que la dejaras pasar delante? —dije.

—Entonces, habiéndome quedado atrás, ¿dónde me metería?

—Si fueran dos o tres días, podrías quedarte en mi casa. Tratándose de ti, que te has perdido tú sola, siempre serás bienvenida.

Sumire se rio.

—Bromas aparte —dijo—, ¿adónde debo encaminarme?

—Ni idea. Pero, ante todo, has dejado de fumar, vistes ropa bonita, llevas los dos calcetines del mismo par, hablas italiano. Has aprendido a elegir el vino, a usar el ordenador, ahora duermes por las noches y te levantas por las mañanas. A alguna parte sí que estás yendo.

—Pero sigo sin poder escribir una sola línea.

—Todo tiene su lado bueno y su lado malo.

Sumire curvó los labios.

—Oye, ¿esto no te parece una especie de defección?

—¿Defección? —Durante unos instantes no la entendí.

—Traición. Abjurar de tu fe, de tus ideas.

—¿Por encontrar un trabajo, vestirte bien y dejar de escribir?

—Sí.

Sacudí la cabeza.

—Hasta ahora escribías porque lo deseabas. Si ya no te apetece, no tienes necesidad de hacerlo. No porque dejes de escribir va a incendiarse ninguna aldea. O a hundirse algún barco. O a alterarse el flujo y reflujo de las mareas. O la revolución va a retrasarse cinco años. A eso nadie puede llamarlo traición.

—¿Cómo se llama entonces?

Volví a sacudir la cabeza.

—O quizá solo sea que ya nadie usa la palabra «traición», que ha quedado anticuada, y que ha caído en desuso. Quizá en alguna comuna que aún quede por ahí aún encuentres a alguien que a eso lo llame «traición». No conozco los detalles. Lo único que sé es que, si no quieres escribir, no tienes por qué hacerlo.

—¿Una comuna es lo que creó Lenin?

—Lo que Lenin creó fueron los koljoses. De esos sí que no debe de quedar ni uno.

—No es que no quiera escribir —dijo Sumire. Y se quedó reflexionando unos instantes—. Es que ni intentándolo siquiera se me ocurre algo. Me siento frente a la mesa y no me viene al pensamiento una sola idea, una sola palabra, una sola escena. Ni un retazo. Hasta hace poco tenía muchísimas cosas por contar. Más de las que podía. ¿Qué diablos me ha pasado?

—¿Me lo preguntas a mí?

Sumire asintió.

Tomé un trago de cerveza fría y ordené mis ideas.

—Tal vez ahora te estés encuadrando a ti misma

en una nueva ficción. Y, ocupada como estás en ello, no necesites plasmar tus sentimientos por escrito. Seguro. O quizá no tengas la cabeza para eso.

—No acabo de entenderlo. ¿Y tú? ¿Tú estás dentro de una ficción?

—La mayoría de las personas de este mundo se encuadran a sí mismas dentro de una ficción. Y yo también, claro. Piensa en la transmisión de un coche. Pues es como una transmisión que te conecta con la cruda realidad. Que regula la fuerza que viene del exterior a través del engranaje, hace que todo sea más fácil de aceptar. Y así protege tu cuerpo vulnerable. ¿Me entiendes?

Sumire hizo un ligero movimiento afirmativo con la cabeza.

—Más o menos. O sea, que yo no me he adaptado todavía a mi nuevo marco de ficción. ¿Es eso lo que quieres decir?

—El problema más grave es que tú todavía no sabes de qué tipo de ficción se trata. Tampoco conoces el argumento. Y el estilo aún está por decidir. Lo único que sabes es el nombre de la protagonista. A pesar de ello, te acabará transformando *de verdad*. Dentro de poco, esta nueva ficción va a entrar en funcionamiento para protegerte y tú podrás ver este nuevo mundo. Pero aún es prematuro. Y, como es lógico, ahí está el peligro.

—Es decir, que me he quitado la transmisión y aún tengo que acabar de atornillarme la de recambio. Pero, con todo, el motor sigue funcionando. ¿Es eso?

—Tal vez.

Sumire puso la cara reconcentrada de costumbre y estuvo largo tiempo acribillando el hielo indefenso con el extremo de la paja. Después alzó la cabeza y me miró.

—De que ahí está el peligro ya me había dado cuenta. ¿Cómo podría explicártelo? A veces me siento muy desamparada. La incertidumbre de cuando te encuentras de golpe desposeída de un marco en el que apoyarte. La pérdida del lazo de la fuerza de gravedad, la sensación de estar flotando sola por el negro espacio, a la deriva. Sin saber siquiera adónde te diriges.

—¿Como un *Sputnik* pequeñito que se hubiera extraviado?

—Tal vez.

—Pero tienes a Myû —dije.

—Sí, por ahora —dijo.

Y enmudeció unos instantes.

—¿Crees que Myû también desea *eso?* —le pregunté.

Sumire asintió.

—Seguro que ella también *lo* desea. Posiblemente tanto como yo.

—¿Incluida la parte física?

—Es difícil de decir. Aún no lo tengo claro. Me refiero a lo que ella busca. Y por culpa de eso dudo, me siento confusa.

—El clásico desconcierto —dije.

En vez de responder, Sumire curvó un poco los labios que mantenía apretados.

—Y tú, ¿estás preparada?

Sumire hizo un solo movimiento afirmativo. Con decisión. Estaba muy seria. Descargué el peso de mi cuerpo contra el respaldo de la silla y crucé las manos por detrás de la cabeza.

—No irás a cogerme manía por eso, ¿eh? —dijo Sumire. Su voz parecía llegarme desde más allá de los bordes de mi conciencia, como el diálogo de una vieja película en blanco y negro de Jean-Luc Godard.

—No, por eso no voy a cogerte manía —dije.

La siguiente vez que vi a Sumire fue un domingo, quince días después, cuando la ayudé en el traslado. Decidió mudarse de repente y yo era el único que podía ayudarla. Claro que, libros aparte, al ser sus posesiones tan exiguas, apenas me ocasionó trabajo. Al menos, ser pobre tiene también su lado positivo. Pedí prestado un Toyota Hiace a un conocido y llevé sus cosas al nuevo piso en Yoyogi-Uehara. La nueva casa no era ni especialmente nueva ni magnífica, aunque comparada con el viejo apartamento de madera de Kichijôji, que podía calificarse de monumento histórico, era un progreso notable. La casa la había encontrado un agente inmobiliario amigo de Myû, y por lo bien situada que estaba el alquiler no era alto. Por la ventana se divisaba, además, un paisaje magnífico. Era más del doble de grande que el apartamento anterior. Valía la pena mudarse. Estaba cerca del parque de Yoyogi y, si le apetecía, Sumire podía ir andando al trabajo.

—A partir de la semana que viene trabajaré cinco días por semana —dijo Sumire—. Tres veces a la semana es quedarse en medias tintas, y además es más práctico ir a la oficina todos los días. El alquiler de la casa nueva es un poco más alto, pero, según Myû, ser un empleado normal tiene sus ventajas. Además, total, por más que esté en casa, ahora tampoco puedo escribir.

—No está mal —admití.

—Trabajando todos los días, lo quiera o no tendré que llevar una vida regular. Es posible que incluso deje de llamarte a las tres y media de la madrugada. Esta es otra ventaja, ¿verdad?

—Una gran *ventaja* —repuse—. Claro que voy a sentirme un poco solo viviendo tú tan lejos.

—¿De verdad?

—Claro. Hasta el punto de que podría arrancarme mi inmaculado corazón y enseñártelo.

Yo estaba sentado en el desnudo suelo de madera del nuevo apartamento, recostado contra la pared. Dada la falta abrumadora de enseres domésticos, la habitación se veía vacía, deshabitada. En las ventanas no había cortinas y los montones de libros que faltaban por colocar en los estantes se apilaban en el suelo como refugiados intelectuales. Solo un espejo de cuerpo entero novísimo imponía su presencia. Era el regalo de mudanza de Myû. Transportados por el viento del atardecer, se oían los graznidos de los cuervos del parque. Sumire estaba sentada a mi lado.

—Oye —me dijo.

—¿Sí?

—Aunque sea una lesbiana estúpida, ¿seguirás siendo amigo mío?

—Aunque fueras una lesbiana estúpida, no me importaría. Mi vida sin ti sería como *Los grandes éxitos de Bobby Darin* sin *Mackie Navaja.*

Sumire me miró con los ojos entrecerrados.

—No acabo de entender la metáfora, pero lo que quieres decir es que te sentirías muy solo, ¿verdad?

—Sí, más o menos —dije.

Sumire apoyó la cabeza en mi hombro. Llevaba el pelo recogido hacia atrás, sujeto por el pasador, y sus pequeñas y bonitas orejas quedaban al descubierto. Unas orejas preciosas, parecían recién hechas. Suaves y sensibles. Podía sentir su aliento sobre mi piel. Ella llevaba unos pantalones cortos de color rosa y una sobria camiseta azul marino descolorida. Por debajo de la camiseta se perfilaban sus pequeños pezones. Un ligero olor a sudor flotaba en el aire. A su sudor, al mío, o a una sutil mezcla de ambos. Me entraron ganas de abrazarla. Me asaltó un impulso irrefrenable de tumbarla en el suelo. Pero sabía que era inútil. Desearlo no me llevaba a ningún sitio. Se me hizo difícil respirar, mi campo de visión se redujo violentamente. El tiempo se detuvo y empezó a dar vueltas y más vueltas. Bajo mis pantalones, el deseo se volvió turgente y se endureció como una piedra. Me sentí confuso, turbado. Pero me sobrepuse. Me llené los pulmones de aire fresco, cerré los ojos y, sumido en aquella oscuridad incoherente, conté despacio. El impulso que había sentido era tan violento que incluso mis ojos se anegaron en lágrimas.

—Tú también me gustas —dijo Sumire—. Más que nadie en el mundo.

—Después de Myû, claro.

—El caso de Myû es un poco distinto.

—¿Distinto? ¿De qué modo?

—Lo que siento hacia ella es diferente de lo que siento hacia ti. Es decir..., no sé, ¿cómo te lo explicaría?

—Nosotros, los vulgares estúpidos heterosexuales, tenemos una expresión bastante útil —dije—. En estos casos basta con decir sencillamente: «Me la pone dura».

Sumire se rio.

—Dejando aparte mi deseo de ser novelista, yo hasta ahora no había anhelado nada en la vida. Siempre me había contentado con lo que tenía, no necesitaba nada más. Pero ahora deseo a Myû. La deseo con todas mis fuerzas. Quiero poseerla. Hacerla mía. Tiene que ser así. No hay alternativa posible. Cómo he llegado a esta situación, ni yo misma lo sé. ¿Me entiendes?

Asentí. Mi pene aún no había perdido su abrumadora dureza. Recé por que Sumire no se diera cuenta.

—Groucho Marx tiene una frase muy buena —dije—: «Está locamente enamorada de mí y, por eso, ya no entiende nada de nada. Esta es la razón por la cual está enamorada de mí».

Sumire se rio.

—Espero que te vaya bien —dije—. Pero es mejor que te andes con cuidado. Tú todavía eres vulnerable. No lo olvides.

Sin decir palabra, Sumire me tomó la mano y me la apretó suavemente. Su mano era pequeña, suave, estaba cubierta por una fina pátina de sudor. Imaginé aquella mano sobre mi pene erecto, acariciándolo. Me dije que no debía pensar en ello. Pero fue inútil. No podía apartar aquella imagen de mi mente. Tal como había dicho Sumire, no había alternativa. Imaginé cómo mis manos le quitaban la camiseta, los pantalones cortos, las bragas. Imaginé el tacto de sus pezones duros y prietos en la punta de mi lengua. Cómo luego le separaba las piernas y penetraba en su interior húmedo. Despacio, hasta lo más hondo de la negrura. Ella me invitaba, me engullía, me expulsaba... No pude frenar aquella obsesión. Volví a cerrar los ojos con fuerza y dejé que pasara aquel espeso grumo temporal. Bajé la cabeza y esperé pacientemente a que aquella ráfaga de aire cálido soplara a través de mi cabeza y se desvaneciera.

—¿Por qué no cenamos juntos? —me preguntó Sumire.

Pero yo tenía que ir hasta Hino a devolver el Toyota Hiace antes de la noche. Además, deseaba quedarme a solas lo antes posible con mi violento deseo sexual. No quería implicar a Sumire más de lo que ya estaba. Dudaba hasta dónde podría controlarme estando a su lado. Incluso me preocupaba que, pasado cierto punto, dejara de ser yo.

—Entonces te invitaré a una buena cena. Una de esas cenas con mantel y vino. Tal vez la semana que viene —me prometió Sumire al separarnos—. Así que resérvame tiempo el fin de semana.

—De acuerdo —le dije.

Al cruzar por delante del espejo miré involuntariamente y vi mi rostro reflejado en él. Tenía una expresión extraña. Era mi cara, sin duda, pero aquella no era mi expresión. De todas formas, no me apetecía retroceder y comprobarlo.

De pie, en la entrada de su nueva casa, Sumire se despidió de mí. Incluso me dijo adiós con la mano, cosa extraña en ella. Pero al final, como muchas bellas promesas que hacemos en esta vida, la de salir a cenar juntos nunca se cumplió. A principios de agosto recibí una larga carta de Sumire.

6

El sobre lucía, grande y vistoso, un sello italiano. El matasellos era de Roma, pero no logré leer la fecha del membrete.

Aquel día había ido a Shinjuku por primera vez desde hacía mucho tiempo, me compré algunos libros en Kinokuniya, me metí en un cine a ver una película de Luc Besson. Luego, en una cervecería, pedí una pizza de anchoas y una cerveza negra. Antes de la hora punta, tomé la línea Chûô y regresé a casa leyendo uno de los libros que acababa de comprar.

Mi intención era hacerme una cena sencilla y mirar un partido de fútbol por televisión. La manera ideal de pasar las vacaciones de verano. Hacía calor, yo estaba solo, libre, nadie me importunaba, yo no importunaba a nadie.

Al volver a mi apartamento, hallé la carta en el buzón. No figuraba el remitente, pero me bastó ver la letra para adivinar que era de Sumire. Como un jeroglífico, letra apretada, difícil de leer, personal. Recordaba uno de esos pequeños ciervos volantes antiguos que se encuentran de vez en cuando en las pirámides egipcias. Como si fueran a ponerse en movimiento uno tras otro y regresar a las negras profundidades de la historia. ¿Roma?

Primero, guardé en la nevera la comida que acababa de comprar en el supermercado y me serví un vaso grande de té frío. Luego me senté en una silla de la cocina, abrí el sobre con un cuchillo para fruta que tenía a mano y empecé a leer la carta. Cinco hojas con el membrete del hotel Excelsior de Roma atiborradas de pequeños caracteres escritos en tinta azul. Debía de haber tardado bastante tiempo en escribirlas. En una esquina de la última hoja se veía una especie de mancha (¿de café?).

«¿Cómo estás?

»Imagino que te habrá sorprendido recibir de repente, sin previo aviso, una carta desde Roma. Claro que Roma quizá no baste para asombrarte a ti, que eres tan sereno. Roma debe de ser un lugar demasiado turístico. Quizá fuera preciso otro lugar, Groenlandia, Tombuctú o el estrecho de Magallanes. Sin embargo, yo sí estoy sorprendida de encontrarme en Roma.

»Ante todo, siento mucho no haberte podido invitar a cenar tal como te prometí el día de la mudanza. De hecho, fue justo después cuando surgió lo del viaje. Y, metida en la vorágine, hacerme a toda prisa el pasaporte, comprar maletas, acabar unos trabajos que tenía pendientes, se me pasaron los días sin que me diera cuenta. Como muy bien sabes, no tengo buena memoria, pero las promesas me esfuerzo en cumplirlas. Así que, ante todo, quería disculparme por lo de la cena.

»Estoy muy cómoda en mi nuevo apartamento. Me daba mucha pereza mudarme (y eso que tú hiciste la mayor parte del trabajo: lo sé muy bien y te lo agradezco), pero, ahora que ya lo he hecho, me alegro. Aquí no hay gallos como en Kichijôji; a cambio, hay montones de escandalosos cuervos que parecen viejas lloronas. Al amanecer, llegan en bandadas al parque de Yoyogi y empiezan a graznar con todas sus fuerzas, como si se acabara el mundo. Así no hay quien duerma tranquila. Casi ni necesito despertador. Gracias a ellos, me he vuelto como tú, llevo una vida de granjero, me levanto pronto por la mañana, me acuesto temprano por la noche. Creo que empiezo a hacerme una idea de lo que debe sentirse cuando te llaman por teléfono a las tres y media de la madrugada. Al menos a hacerme una idea.

»Estoy en una terraza al fondo de una calle en Roma, te escribo mientras me tomo, a sorbitos, un café exprés, fuerte como el sudor del diablo, pero ¿cómo te lo diría...? Estoy experimentando una sensación algo extraña, la de no ser yo misma. No puedo explicártelo bien... No sé, es como si alguien viniera mientras estás profundamente dormido, te desmontara y, luego, en un santiamén, volviera a ensamblar las piezas. ¿Entiendes lo que quiero decir?

»La verdad es que, si me observo con atención, sigo siendo la misma, pero noto que hay alguna diferencia con mi yo de siempre. Aunque tampoco puedo recordar bien cómo era yo "siempre". Desde que bajé del avión, siento que se ha apoderado de mí esta ilusión deconstructiva con visos de realidad. Porque ilusión debe de ser. Y yo, que ahora me encuentro aquí, no puedo evitar sentir extrañeza al pensar: "¿Por qué estoy ahora aquí, en Roma (precisamente)?". Claro que, resiguiendo el camino que me ha traído hasta aquí, la razón por la cual "ahora estoy en Roma" queda clara, pero no acabo de *hacerme a la idea.* Busque la explicación que busque, mi yo que está aquí y mi yo que piensa en sí mismo no logran fundirse en uno. Dicho de otro modo: yo, en realidad, no tenía por qué estar aquí. Es una manera un poco vaga de hablar, ¿entiendes a lo que me refiero?

»Pero hay una cosa que sí tengo clara. Y es que me gustaría que estuvieses conmigo. Tan lejos de ti me siento muy sola, aunque Myû esté conmigo. Y cuanto más lejos me fuera, más sola me sentiría, seguro. Me gustaría que pensaras lo mismo que yo.

»En fin, que estoy viajando por Europa con Myû. Por asuntos de trabajo, Myû tenía previsto recorrer sola Italia y Francia durante quince días y, al final, la he acompañado como secretaria. Cuando me lo anunció una mañana, de improviso, me quedé de piedra. Por más secretaria que me llamen, no creo que le sirva de gran cosa, pero de aquí en adelante, ¡quién sabe!, y, ante todo, lo que Myû me dijo fue: "Es un premio por haber dejado de fumar". Así me recompensa por la larga agonía que he pasado.

»Llegamos a Milán en avión, visitamos la ciudad, luego alquilamos un Alfa Romeo azul y nos dirigimos hacia el sur por la autopista. En la Toscana recorrimos varias bodegas y, tras cerrar algunos tratos comerciales, pasamos varias noches en un hotel encantador de una pequeña ciudad. Después fuimos a Roma. Los negocios siempre se han hecho en inglés o francés, así que no he llegado a salir a escena, pero, en el día a día del viaje, mi italiano me ha sido muy útil. Si fuéramos a España (esta vez no es posible, por desgracia), podría serle más útil.

»Como el Alfa Romeo que alquilamos tiene el cambio de marcha manual, no he sido de gran ayuda. Myû ha tenido que conducir ella sola. Pero ella puede estar al volante mucho tiempo sin cansarse lo más mínimo. Cuando ves la facilidad con que toma las curvas por las montañas de la Toscana, cambiando constantemente de marcha, mi corazón se estremece (y no lo digo en broma). Me basta con estar sentada inmóvil a su lado, lejos de Japón, para sentirme plena de satisfacción. Si pudiera, seguiría así eternamente.

»Si empezara a escribir sobre lo fabulosos que son la comida y el vino en Italia, no acabaría, así que lo dejo para la siguiente ocasión. En Milán fuimos de tienda en tienda. Vestidos, zapatos, ropa interior, esas cosas. Aparte de un pijama, pues me había olvidado de traerme uno, yo no he comprado nada (no me sobra el dinero y ya tengo muchas cosas bonitas, así que no sabría muy bien qué comprar; en estos casos, mi capacidad de juicio se desvanece como si se me hubiera fundido un fusible), pero me he divertido mucho acompañándola a ella. Myû es, por así decirlo, una experta en compras. Elige solo las cosas preciosas de verdad, y no compra más que un poco. Como si tomara un único bocado de la parte más sabrosa de un manjar. De manera elegante, encantadora. Al mirar cómo elegía medias y ropa interior de seda de primera calidad, de repente tuve dificultades para respirar. Incluso se me cubrió la frente de sudor. Esto sí que es raro. Yo soy una chica. En fin, también me he extendido demasiado hablando de compras. Dejémoslo.

»En los hoteles dormimos en habitaciones separadas. Myû es muy susceptible con respecto a eso. Solo una vez, en Florencia, hubo un error en la reserva y dormimos las dos juntas en una habitación grande. Las camas eran individuales, estaban separadas, pero por el simple hecho de compartir habitación con ella el corazón se me hinchó de gozo. Vi cómo salía del baño envuelta en una toalla, cómo se cambiaba de ropa. Por supuesto, la miré de reojo mientras leía, haciendo como quien no ve. Myû tiene un tipo espléndido. No iba completamente desnuda, se cubría con una escueta ropa interior; tiene un cuerpo que levanta suspiros. Delgada, las nalgas prietas, una obra de artesanía. Me gustaría que la vieras —aunque resulte un poco raro por mi parte hablar así.

»Imaginé que aquel cuerpo fino y suave me abrazaba. Al encontrarme en la misma habitación que ella, dentro de la cama, pensando obscenidades, me vi arrastrada paulatinamente hacia el lugar equivocado. Quizá se debiese a la excitación, pero aquella noche se me adelantó la regla. ¡Qué mala suerte! ¡Hum! No creo que sirva de mucho contarte esto por carta, pero, en fin, ha sido una de las cosas que me han sucedido.

»Anoche, en Roma, fuimos a un concierto. Fuera de la temporada musical, no esperábamos gran cosa, pero nos encontramos con una interpretación llena de encanto. La de Martha Argerich ejecutando el *Concierto para piano y orquesta n.º 1* de Liszt. Me encanta esa melodía. El director era Giuseppe Sinopoli. Una interpretación maravillosa. Una música fluida, elegante, amplia de miras, que te mantiene en tensión. Aunque sea, para mi gusto, demasiado perfecta. Para mí, a esta música le convendría una interpretación un poco bastarda, como la de una concurrida fiesta popular en una aldea. Hablando con franqueza, a mí me gusta que haya un puntito de excitación. Y en eso coincidimos Myû y yo. En Venecia se celebra el Festival Vivaldi y hemos hablado de la posibilidad de acercarnos. Igual que me sucede contigo cuando hablo de novelas, con Myû podría estar charlando indefinidamente de música.

»¡Qué carta más larga! Por lo visto, cuando agarro la pluma y empiezo a escribir, no sé parar. Siempre me ha sucedido lo mismo. Dicen que una chica bien educada no debe robarle el tiempo a la gente, pero mis modales, en lo que se refiere a escribir (aunque es posible que no solo sea en eso), son lamentables. Incluso el camarero, que lleva un delantal blanco, me mira de vez en cuando con cara de asombro. En fin, ya es hora de que me vaya, se me ha cansado incluso la mano. Además, se ha acabado el papel de cartas.

»Myû ha ido a visitar a un viejo amigo que tiene en Roma. Yo he dado un corto paseo por los alrededores del hotel, he visto este café, me he parado a descansar un rato y aquí estoy, escribiéndote una hoja tras otra. Como si estuviera enviando un mensaje dentro de una botella desde una isla desierta. Es extraño, pero cuando Myû sale y me deja sola, no tengo ganas de ir a ninguna parte. Aunque es la primera vez que vengo a Roma (y aunque sea quizá la última), no quiero ver ninguna de sus ruinas, no quiero ver ninguna de sus fuentes y tampoco me apetece ir de compras. Me basta con estar así, sentada en una silla, husmeando los olores de la ciudad como un perro, aguzando el oído a ruidos y voces, contemplando la cara de los transeúntes. De repente me acabo de dar cuenta de que, mientras te estaba escribiendo, aquella "extraña impresión de estar despedazada" de la que te hablaba al principio ha empezado a desvanecerse. Ya no me obsesiona. Es la misma sensación que tenía al salir de la cabina de teléfono, después de aquellas largas llamadas que te hacía a medianoche. ¿Es posible que tengas un efecto curativo sobre mí?

»¿Qué opinas? De todas formas, reza por mi felicidad y mi buena suerte. Seguro que lo necesitaré. Hasta pronto.

»P.S. Es posible que regrese el 15 de agosto. Antes de que acabe el verano, podremos ir a cenar juntos como te prometí.»

Cinco días después me llegó una segunda carta desde una aldea de Francia que jamás había oído nombrar. Esta vez era un poco más corta que la anterior. Sumire y Myû habían dejado el coche de alquiler en Roma y habían ido en tren hasta Venecia. Allí pudieron escuchar dos días seguidos a Vivaldi. La mayoría de los conciertos se celebraba en la iglesia donde Vivaldi había oficiado como sacerdote. «Hemos escuchado tanto Vivaldi que no quiero volver a oírlo en medio año», escribía Sumire. Contaba lo deliciosos que le parecieron el pescado y el marisco en papillote que había comido en un restaurante de Venecia. La descripción era tan acertada que me entraron ganas de irme para allá de inmediato y probarlos yo también.

Después de Venecia regresaron a Milán y de allí volaron a París. Tras descansar en París (e ir otra vez de compras), se dirigieron en tren a Borgoña. Un amigo íntimo de Myû tenía allí una gran villa, como un palacio, donde se alojaron. Tal como había hecho en Italia, Myû recorrió pequeñas bodegas y cerró algunos tratos. Cuando tenían la tarde libre, cogían la cesta de la merienda y se iban a pasear por un bosque cercano y, por supuesto, se llevaban también algunas botellas de vino. «Aquí el vino es delicioso, como un sueño», escribía Sumire.

«Por cierto, parece que habrá cambios en los planes de regreso a Japón para el 15 de agosto. Cuando acabemos el trabajo en Francia, tal vez vayamos a descansar a una isla griega. He conocido por casualidad a un caballero inglés (un auténtico caballero) que tiene una villa en una pequeña isla que no sé cómo se llama; nos ha dicho que podemos utilizarla todo el tiempo que queramos. ¡Qué emocionante! A Myû también le gusta la idea. Necesitamos unas verdaderas vacaciones, no oír hablar de trabajo. Nos tumbaremos en las blanquísimas playas del Egeo, expondremos nuestros dos hermosos pares de tetas al sol, contemplaremos hasta hartarnos las blancas nubes que flotan en el cielo mientras tomamos vino con resina de pino. ¿No te parece fantástico?»

Efectivamente, me lo parecía.

Aquella tarde fui a la piscina municipal, nadé un poco y, a la vuelta, me quedé alrededor de una hora leyendo en una cafetería con aire acondicionado. Al volver a casa, planché tres camisas mientras escuchaba las dos caras de un viejo disco, *Ten Years After.* Acabé de planchar, me bebí, rebajado con agua Perrier, un poco de vino blanco barato que había comprado de saldo, miré el partido de fútbol que había grabado en el vídeo. Cada vez que veía uno de esos pases que te impulsan a exclamar: «¡Pero qué haces!», negaba con la cabeza y suspiraba. Juzgar errores ajenos es fácil y te hace sentir bien.

Al acabar el partido de fútbol, me hundí en la butaca, dejé que mi mirada se perdiera en el techo mientras imaginaba a Sumire en la aldea francesa. ¿O había partido ya hacia algún rincón de las islas griegas? A lo mejor estaba tumbada en la arena contemplando las blancas nubes que flotaban en el cielo. En todo caso, estaba muy lejos de mí. Roma, Grecia, Tombuctú, Aruanda, ¡qué más daba! Se encontraba muy lejos, lejísimos. Y, en el futuro, tal vez se alejara aún más. Mientras pensaba en ello me invadió la angustia. Me sentí como un insecto absurdo en una noche ventosa, adherido a un alto muro, sin razones, sin planes, sin creencias. Sumire decía que me echaba de menos. Pero a su lado estaba Myû. Yo no tenía a nadie. Yo... estaba solo. Como siempre.

Sumire no volvió el 15 de agosto. En su teléfono seguía el antipático mensaje: «Estoy de viaje». Nada más mudarse, Sumire se había comprado un teléfono con contestador automático. Para no tener que ir las noches lluviosas bajo el paraguas hasta la cabina más cercana. Una idea encomiable y sana. No dejé ningún mensaje.

El 18 volví a llamar. Seguía el «Estoy de viaje». Al sonar la señal inorgánica, di mi nombre y dejé un escueto mensaje: «Llámame cuando vuelvas». No hubo ninguna llamada. Quizá Myû y Sumire se hubieran visto atrapadas por la fascinación de las islas griegas y se les hubieran ido las ganas de volver a Japón.

Mientras tanto, acompañé un día al equipo de fútbol de la escuela a un partido de entrenamiento y me acosté una vez con mi amiga. Acababa de regresar de unas vacaciones en la isla de Bali con su marido y sus dos hijos y lucía un bello bronceado. Mientras la abrazaba, no pude evitar pensar en Sumire, que estaba en

Grecia. Mientras la penetraba, no pude evitar imaginar el cuerpo de Sumire.

De no conocer a Sumire, tal vez hubiese acabado enamorándome en serio de aquella mujer siete años mayor que yo (y madre de un alumno mío). Quizá, a mi manera, me hubiera dejado absorber por aquella relación. Era hermosa, activa, dulce. Para mi gusto se maquillaba demasiado, pero vestía con elegancia. Aunque le preocupaba estar gorda, en realidad no le sobraba ni un gramo. Tenía un cuerpo rotundo, intachable. Sabía muy bien lo que yo deseaba, y también lo que no deseaba. Sabía hasta dónde podía llegar y dónde debía detenerse... En la cama y fuera de ella. Me hacía sentir como si ocupara un asiento de avión de primera clase.

—Con mi marido hace casi un año que no lo hacemos —me dijo una vez, a modo de confesión, entre mis brazos—. Solo lo hago contigo.

Sin embargo, nunca conseguí amarla. Entre ambos no brotó aquella intimidad espontánea, casi incondicional, que en todo momento sentía con Sumire. Siempre se interponía entre nosotros un velo fino, transparente. Visible o no, nos separaba lo mismo. Por culpa de aquello, cuando nos encontrábamos —y en especial cuando nos despedíamos— a veces no sabía qué decirle. Algo que jamás me había pasado con Sumire. Cada vez que veía a mi amiga, confirmaba un hecho incontestable: hasta qué punto necesitaba yo a Sumire.

Cuando se fue, salí a dar un paseo solo, deambulé sin rumbo, luego entré en un bar que había cerca de la estación, pedí un Canadian Club con hielo. Como sucedía siempre, me hizo sentir la persona más miserable del mundo. Lo apuré enseguida de un trago y pedí otro. Luego cerré los ojos y pensé en Sumire. Sumire en las blancas playas de las islas griegas tomando el sol haciendo *topless*. En la mesa vecina, cuatro jóvenes, seguramente universitarios, bebían cerveza entre alegres carcajadas. Por los altavoces sonaba una vieja melodía de Huey Lewis and the News. Olía a pizza tostándose en el horno.

Me acordé de épocas pasadas. Mi periodo de crecimiento (así debería llamarse) ¿cuándo, dónde había terminado? Ante todo, ¿había acabado? Hasta hacía poco, yo me encontraba en pleno proceso de desarrollo, indudablemente. Las canciones de Huey Lewis and the News se oían por doquier. Unos cuantos años atrás. Ahora me encontraba en un circuito cerrado. Dando vueltas y más vueltas. Sin poder dejar de hacerlo, aun sabiendo que no iba a ninguna parte. No podía evitarlo. Si paraba, no podría sobrevivir.

Aquella noche recibí una llamada desde Grecia. A las dos de la madrugada. Pero quien llamaba no era Sumire, era Myû.

7

Una profunda voz masculina pronunció mi nombre en un inglés con fuerte acento y luego tronó: «Es usted, ¿verdad?». Eran las dos de la madrugada y yo estaba, como era de esperar, profundamente dormido. Tuve en la cabeza sensaciones tan desdibujadas como un campo de arroz bajo un aguacero y no atiné a decir nada. En las sábanas aún persistía vagamente el recuerdo del sexo de aquella tarde, todo parecía un escalón desfasado de la realidad, como una chaqueta mal abrochada. El hombre repitió mi nombre.

—Es usted, ¿verdad?

—Sí, soy yo —respondí. No sonaba a mi nombre, pero lo era. Luego, durante unos instantes, se oyó una fuerte interferencia que sonó como dos masas de aire que chocaran la una contra la otra. Tal vez Sumire hubiera puesto una conferencia internacional desde Grecia. Me separé un poco el auricular de la oreja y esperé a oír su voz. Pero la voz que sonó por el auricular no fue la de Sumire sino la de Myû.

—Supongo que Sumire te habrá hablado de mí.

—Sí —respondí.

A través del hilo telefónico, su voz se oía lejana, distorsionada por alguna sustancia inorgánica, pero, con todo, se apreciaba con claridad cierta tensión. Algo duro, rígido, como el humo del hielo seco, penetró en mi habitación a través del teléfono y me despertó. Me incorporé sobre la cama, me desperecé y sujeté bien el auricular.

—Tengo poco tiempo —avisó Myû hablando rápido—. Llamo desde Grecia y es muy difícil conectar con Tokio; cuando al fin lo consigues, se corta enseguida. Lo he intentado antes muchas veces sin éxito. Así que prescindiré de las formalidades e iré al grano. ¿De acuerdo?

—De acuerdo —contesté.

—¿Puedes venir aquí?

—*¿Aquí?* ¿Te refieres a Grecia?

—Sí, y lo antes posible.

Le dije lo primero que se me ocurrió.

—¿Le ha pasado algo a Sumire?

Myû hizo una pausa, el tiempo de tomar aliento.

—Aún no lo sé. Pero creo que quiere que vengas. Estoy segura.

—*¿Crees?*

—Por teléfono no puedo hablar. Puede cortarse de un momento a otro y el tema es delicado. Preferiría hablarlo cara a cara. Los gastos del viaje corren de mi cuenta. Coge un avión. Cuanto antes mejor. Compra un billete, de primera clase, lo que sea.

Diez días después empezaba el nuevo curso. Tenía

que estar de vuelta para entonces, pero nada me impedía salir inmediatamente. Durante las vacaciones, un par de asuntos reclamaban mi presencia en la escuela. Pero ya me las arreglaría.

—Me parece que podré ir —dije—. No creo que haya problema. ¿Adónde debo dirigirme?

Ella me dio el nombre de una isla. Lo apunté en la guarda del libro que tenía a la cabecera de la cama. Ya había oído aquel nombre antes en alguna parte.

—Ve de Atenas a Rodas en avión y allí toma el ferri. El barco que va a la isla solo sale dos veces al día, por la mañana y al anochecer, así que intenta ir al puerto a esas horas y estate al tanto. ¿Vendrás?

—Creo que podré. —Y cuando iba a añadir: «Solo que...», la llamada se cortó. Violentamente, de golpe, como si alguien hubiera cortado una cuerda con un hacha. Luego volvieron a oírse las fuertes interferencias de antes. Pensando que tal vez se reestablecería la comunicación, mantuve unos instantes el auricular junto al oído, pero solo me llegaban unos ruidos muy molestos. Desistí, colgué y salté de la cama. Me tomé un vaso de *mugicha** frío en la cocina y, apoyado en la puerta del frigorífico, ordené mis ideas.

¿Realmente iba a coger el avión para las islas griegas? La respuesta era: «Sí». No tenía alternativa.

* Té de cebada tostada. *(N. de los T.)*

Deslicé fuera de la librería un mapamundi y busqué la isla que me había indicado Myû. Pese a la pista de que quedaba cerca de Rodas, no fue tarea fácil descubrirla entre las incontables islas diseminadas por el mar Egeo. Al fin logré encontrar aquel nombre impreso en pequeños caracteres. Estaba cerca de la frontera turca. Era tan pequeña que no se distinguía su silueta.

Saqué el pasaporte del cajón y comprobé si todavía era válido. Reuní todo el dinero que tenía en casa y lo embutí dentro de mi cartera. No era una gran suma, pero bastaba con sacar por la mañana dinero del banco con la tarjeta. En mi cuenta tenía ahorros y, además, mi paga de verano casi estaba íntegra. También tenía tarjeta de crédito y un billete de ida y vuelta a Grecia sí que podía comprarlo. Embutí varias mudas de ropa dentro de la bolsa de deporte de plástico que usaba para ir al gimnasio y metí dentro los artículos de aseo. Añadí dos novelas de Joseph Conrad que tenía pensado leer en cuanto pudiera. Dudé acerca del traje de baño, pero al final lo metí. Era posible que a mi llegada el problema ya estuviera completamente resuelto, que todo el mundo estuviera sano y feliz, que el sol brillara de forma apacible en el cielo y que yo pudiera tomarme un baño tranquilo antes de regresar... No hace falta decir que este hubiera sido el desenlace más satisfactorio para todos.

Una vez preparado todo, volví a la cama. Apagué la luz, hundí la cabeza en la almohada. Eran poco más de las tres y aún podía dormir un poco hasta la mañana. Pero no conseguí conciliar el sueño. El recuerdo de aquella violenta conmoción bullía en mis venas. En el fondo de mis oídos, aquella voz masculina pronunciaba mi nombre. Encendí la luz, volví a salir de la cama, fui a la cocina, me hice un té con hielo, me lo bebí. Reproduje dentro de mi cabeza, desde el principio hasta el final, palabra por palabra, la conversación que había sostenido con Myû. Aquellas frases, vagas e inconcretas, estaban llenas de enigmas de doble sentido. Hechos, solo había enunciado dos. Los escribí en un bloc de notas.

1) A Sumire le ha ocurrido algo. Qué le ha ocurrido, ni siquiera Myû lo sabe.
2) Yo tengo que ir allí lo antes posible. Sumire así lo quiere (piensa Myû).

Contemplé fijamente el bloc. Luego subrayé con bolígrafo las palabras «ni siquiera Myû lo sabe» y «piensa Myû».

1) A Sumire le ha ocurrido algo. Qué le ha ocurrido, <u>ni siquiera Myû lo sabe</u>.
2) Yo tengo que ir allí lo antes posible. Sumire así lo quiere (<u>piensa Myû</u>).

No podía imaginar qué habría podido sucederle a Sumire en aquella pequeña isla griega. Pero estaba claro que era algo desagradable: la cuestión era cuánto.

Sin embargo, hasta la mañana no podía hacer nada. Me senté en una silla, puse los pies encima de la mesa y esperé a que llegara el amanecer leyendo un libro. La noche se me hizo eterna.

Al amanecer, fui hasta Shinjuku en la línea Chûô, hice trasbordo al Narita Express y llegué al aeropuerto. A las nueve empecé a recorrer las ventanillas de diferentes compañías aéreas. Allí me informaron de que de Narita no salían vuelos directos para Atenas. Tras varios intentos fallidos, conseguí un billete de la KLM en *business class* para Ámsterdam. Desde allí podía enlazar con un vuelo para Atenas. En Atenas tomaría un avión de vuelos nacionales de la Olympic que me llevaría a Rodas. Las reservas me las harían desde Narita. Si no ocurría ningún percance, tendría tiempo suficiente para hacer los enlaces con tranquilidad. Este era, al menos, el camino más rápido. El billete era abierto y podría volver el día que quisiera dentro del plazo de tres meses. Pagué con tarjeta de crédito.

—¿Cuántas maletas quiere facturar?

—Ninguna —respondí.

Aún quedaba tiempo para embarcar. Desayuné en el restaurante del aeropuerto. Saqué dinero con la tarjeta de crédito, adquirí dólares en cheques de viaje. En la librería del aeropuerto compré una guía de Grecia. Era demasiado pequeña para que figurara la isla que había mencionado Myû, pero daba información básica sobre la moneda, el país y el clima, y me sería útil. Exceptuando la historia y el teatro de la época clásica, yo no sabía gran cosa sobre Grecia. De la misma manera que apenas tenía conocimiento sobre la orografía de Júpiter o sobre el sistema de refrigeración de un Ferrari. Jamás había contemplado la posibilidad de ir a Grecia. Al menos hasta las dos de la madrugada de aquel día.

Por la mañana llamé a una compañera de trabajo. Le conté que un pariente había tenido un accidente, que debía ausentarme de Tokio alrededor de una semana, le pregunté si, mientras tanto, podía encargarse por mí de unos asuntos de la escuela. Asintió. Ya habíamos hecho antes este trato muchas veces y no me resultó difícil convencerla.

—¿Y adónde vas? —me preguntó.

—A Shikoku —le respondí. No podía decirle que iba a Grecia.

—¡Caramba! ¡Pobre! Bueno, recuerda que debes estar aquí para principio de curso. Y tráeme un *souvenir,* ¿eh? —dijo ella.

—Claro —repuse. Eso ya lo solucionaría después.

Fui a la sala de espera vip, me apoltroné en un sofá y eché una cabezada. Un sueño intranquilo. El mundo había perdido todo sentido de la realidad. Los colores eran artificiales, los detalles rígidos. El fondo era de cartón piedra y las estrellas de papel de estaño. Eran visibles el celo y las cabezas de los alfileres que las sostenían. Se oyó una voz por megafonía: «Se ruega a los pasajeros del vuelo 275 de Air France con destino a París que se dirijan a la puerta de embarque...». Dentro de aquel sueño incoherente —o, tal vez, en medio de aquella vigilia incierta— pensé en Sumire. Por mi cabeza discurrieron entrecortadamente, como en un documental antiguo, momentos y lugares que habíamos compartido. Sin embargo, inmerso en el bullicio del aeropuerto, con aquella multitud de pasajeros yendo y viniendo, el mundo que nos pertenecía a Sumire y a mí se veía miserable, impotente, falto de precisión. Nosotros no teníamos, ni ella ni yo, la inteligencia precisa, ni siquiera el talento que pudiera compensar esa carencia. No había ningún pilar que nos sustentara. Éramos casi dos ceros sin límites. Dos existencias insignificantes que iban de un estadio de la nada a otro estadio de la nada.

Me desperté empapado en un sudor desagradable. La camisa húmeda se adhería a mi pecho. Sentía el cuerpo pesado, las piernas abotargadas. Como si me hubiese tragado un cielo nublado. Debía de estar pálido. La azafata de sala se me acercó y me preguntó con aire preocupado:

—¿Se encuentra usted bien?

—Sí —le dije—, es solo el calor.

—¿Le apetece algún refresco? —me preguntó.

Y, tras pensármelo unos segundos, le pedí una cerveza. Me trajo una toallita facial húmeda, una Heineken, una bolsita de cacahuetes. Tras enjugarme el sudor y tomarme media cerveza, me sentí reconfortado. Y pude volver a echar otra cabezada.

El vuelo con destino a Ámsterdam salió de Narita a la hora prevista, cruzó el Polo Norte y llegó a Ámsterdam. Mientras tanto, para poder dormir, me había tomado dos whiskys y, al despertarme, había cenado un poco. Apenas tenía apetito y no quise desayunar. Como evitaba, mientras estuviera despierto, pensar más de la cuenta, me había concentrado en la lectura de Conrad.

Hice el trasbordo, me apeé en el aeropuerto de Atenas, me trasladé a la terminal vecina y, casi de inmediato, tomé un 727 para la isla de Rodas. El avión estaba lleno de animosos jóvenes procedentes de todos los rincones del mundo. Todos muy bronceados, vestían camisetas, tops y tejanos. Casi todos los hombres llevaban barba (o iban, tal vez, sin afeitar) y el pelo largo y despeinado recogido en una coleta. Con mis pantalones beige, el polo blanco de manga corta y la chaqueta azul marino de algodón, yo ofrecía una imagen demasiado formal, fuera de lugar. Me había olvidado incluso las gafas de sol. Pero ¿quién podía reprochármelo? Hasta pocas horas antes estaba en mi casa preocupado por qué hacer con la basura.

En el mostrador de información del aeropuerto de Rodas pregunté por el embarcadero del ferri que iba a la isla. No estaba lejos del aeropuerto. Si me apresuraba, podría coger el barco de la tarde. «¿Cabe la posibilidad de que esté completo?», quise asegurarme. «Aunque lo estuviera, ¡por una persona más!», me respondió con una mueca una mujer de nariz afilada y edad indefinida agitando las manos. «No es un ascensor.»

Paré un taxi, me dirigí al puerto. Le dije que fuera lo más rápido posible, pero no pareció entenderme. En el coche no había aire acondicionado; por la ventanilla abierta de par en par entraba un aire tórrido cargado de polvo blanco. Durante el viaje, el conductor me ofreció, en un violento y sudoroso inglés, una larga y melancólica disertación sobre el euro. Me limité a asentir cortésmente sin preguntarle nada. Con los ojos entrecerrados, veía desfilar las cegadoras calles de Rodas. En el cielo no había una sola nube, ningún pronóstico de lluvia. El sol calcinaba los muros de piedra de las casas. Había hileras de árboles nudosos cubiertos por una capa de polvo y, a su sombra, o sentada bajo los toldos, la gente contemplaba el mundo casi sin decir palabra. Conforme iba resiguiendo esta escena con la mirada, mayores eran mis dudas de haber llegado al lugar correcto. Pero los llamativos anuncios de tabaco y *ouzo* escritos en griego que se sucedían de forma nada mítica a lo largo del camino desde el aeropuerto a la ciudad me indicaron que, sin posibilidad de error, me encontraba en Grecia.

El ferri de la tarde aún no había zarpado. Era mucho más grande de lo que suponía. En la parte posterior de cubierta había espacio para el transporte de automóviles; dos camiones de mediano tamaño cargados de alimentos y otras mercancías y un viejo Peugeot sedán esperaban allí a que el barco abandonara el puerto. Compré el billete, embarqué; casi en el mismo instante en que me hundía en un asiento de cubierta, el barco soltó las amarras que lo sujetaban al muelle y sus motores arrancaron con un rumor profundo. Suspiré, alcé la vista hacia el cielo. Ahora solo me quedaba esperar a que el barco me condujera a mi destino.

Me quité la chaqueta sucia de polvo y sudor, la doblé, la metí en la bolsa. Eran las cinco de la tarde, pero el sol todavía estaba alto en el cielo y su luz era abrumadora. Bajo el toldo, abandonándome a la brisa que flotaba desde proa, me fui relajando y sintiendo mejor. Los deprimentes pensamientos que se habían apoderado de mí en el aeropuerto de Narita ya se habían desvanecido. Me habían dejado solo un ligero y amargo regusto en la boca.

La isla a la que me dirigía no era, al parecer, un lugar turístico muy concurrido, pues había muy pocos visitantes sentados en cubierta. La mayor parte de los pasajeros eran lugareños que regresaban de despachar algún asunto en Rodas, casi todos ancianos. A sus pies, depositados con extremo cuidado, como si se tratase de animales delicados, llevaban los artículos que acababan de adquirir. Sus rostros, casi inexpresivos, estaban surcados de profundas arrugas. Parecía que el sol abrasador y el duro trabajo físico les hubiera robado la expresión de la cara.

Viajaban además algunos soldados jóvenes. Aún tenían la mirada transparente de los niños y el sudor teñía de negro las espaldas de sus camisas militares de color caqui. Había dos viajeros de aspecto *hippy* sentados por el suelo con pesadas mochilas a la espalda. Ambos delgados, las piernas largas, la mirada severa.

También había una adolescente griega que vestía una falda larga. Era una muchacha de pupilas negras y profundas, de belleza providencial. Charlaba animadamente con una amiga que estaba a su lado mientras dejaba ondear su melena al viento. En sus labios se dibujaba una sonrisa dulce, como si insinuara un preciado secreto. Sus grandes pendientes de oro brillaban bajo el sol. Los jóvenes soldados, recostados en la barandilla de cubierta, le dirigían de vez en cuando miradas furtivas mientras fumaban con aire displicente.

Yo contemplaba el profundo mar azul y la miríada de pequeñas islas mientras me tomaba una limonada que había comprado en el quiosco. La mayor parte, más que islas propiamente dichas, eran islotes rocosos donde no vivía nadie. Sin agua, sin vegetación, simples peñascos donde solo se posaban las blancas aves marinas para otear los peces. Los pájaros, a su paso, ni siquiera le dedicaban al barco una mirada. Las olas rompían en la base de las rocas levantando una espuma tan blanca que cegaba. De vez en cuando aparecía alguna isla habitada. Con unos pocos árboles de aspecto sufrido aquí y allá, algunos muros blancos diseminados por la ladera. En las pequeñas calas se mecían barcos pintados de colores brillantes, los altos mástiles trazaban arcos en el aire al vaivén de las olas.

Un anciano con el rostro surcado de arrugas sentado a mi lado me ofreció un cigarrillo. Le indiqué, sonriendo, con un movimiento de la mano, que se lo agradecía, pero que no fumaba. A cambio, me ofreció un chicle de menta. Lo acepté complacido y lo masqué mirando el mar.

El ferri llegó a la isla pasadas las siete de la tarde. Los rayos de sol ya habían perdido su fuerza, pero el cielo todavía estaba claro y la luz del verano aumentaba aún más su claridad. En la blanca pared de un edificio del puerto figuraba, en enormes letras negras, el nombre de la isla. El barco se aproximó al muelle y los pasajeros, equipaje en mano, empezaron a cruzar la pasarela. Frente al puerto había un café con terraza donde esperaban quienes habían ido a recibir a los pasajeros.

Después de desembarcar busqué a Myû con la mirada. No vi a nadie que pudiera serlo. Solo se me acercaron los propietarios de algunas pensiones preguntándome si buscaba alojamiento. Negué, cada una de las veces, con un movimiento de cabeza. Pero ellos deslizaron sus tarjetas en mi mano.

Los pasajeros que habían desembarcado se perdieron en distintas direcciones. Quienes habían ido de compras se fueron a sus casas; los viajeros, a algún hotel o pensión. Las personas que habían venido a recibir a alguien, tras localizarlo e intercambiar un rápido abrazo o apretón de manos, desaparecieron junto con el recién llegado en alguna parte. Los dos camiones y el Peugeot sedán también fueron descargados del barco y se alejaron dejando un estrépito de motores. Incluso desaparecieron los perros y los gatos que se habían acercado movidos por la curiosidad. Los únicos que quedamos atrás fuimos un grupo de ancianos tostados por el sol a quienes les sobraba el tiempo y yo, con mi bolsa de plástico de gimnasio, tan fuera de lugar, colgando de la mano.

Me senté a una mesa de la cafetería y pedí un té con hielo. Me pregunté qué debía hacer. La respuesta era «nada». La noche se acercaba y yo no sabía nada de la isla ni de su geografía. No había nada que yo pudiera hacer. Esperaría un poco más y, de no aparecer nadie, lo único que se me ocurría era buscar alojamiento y volver por la mañana a la hora de llegada del ferri. Era impensable que Myû faltara a la cita por despiste. Al menos, según afirmaba Sumire, Myû era una persona muy cuidadosa y metódica. Si no se había presentado, tenía que ser por alguna razón. Quizá no hubiera previsto que yo llegara tan pronto.

Me entró un hambre canina. Sentía un vacío tan terrible en el estómago que me daba la sensación de que mi cuerpo se transparentaba. Tal vez la brisa marina le había recordado a mi organismo que no había ingerido alimento alguno desde la mañana. Pese a todo, y porque no quería que Myû y yo nos cruzáramos, decidí aguantarme y esperar un rato más en la cafetería. De vez en cuando, los lugareños me lanzaban al pasar miradas curiosas.

En el quiosco junto a la cafetería compré una pequeña guía en inglés donde figuraban la historia y la geografía de la isla. La estuve hojeando mientras me tomaba un té con hielo extrañamente insípido. La población de la isla oscilaba, según la estación, entre las tres mil y las seis mil personas. Aumentaba en verano, con la llegada de los turistas; decrecía en invierno, cuando muchos de sus habitantes iban a buscar trabajo fuera. En la isla no había nada que pudiera llamarse industria; la agricultura se limitaba al cultivo del olivo y de algunos árboles frutales. Aparte, contaban con la pesca y la recogida de esponjas. A principios del siglo xx, muchos habitantes de la isla habían emigrado a América. La mayoría vivía en Florida, ya que allí podían explotar su experiencia en la pesca y la recogida de esponjas. Al parecer había en Florida una pequeña ciudad que se llamaba igual que la isla.

En la parte alta hay unas instalaciones militares de radar. Cerca del puerto civil se encuentra otro puerto pequeño de donde entran y salen las lanchas de la patrulla costera. La frontera con Turquía está cerca y vigilan la entrada ilegal de inmigrantes y el contrabando.

Esa es la razón de que se vean soldados en la ciudad. Si se produjera algún conflicto con Turquía (de hecho abundan las escaramuzas), la entrada y salida de barcos se intensificaría.

Antes de Cristo, en la época de esplendor de la civilización griega, la isla era un próspero enclave comercial. Se encontraba en la ruta del comercio con Asia. En aquellos días, los árboles verdes cubrían las montañas de la isla y permitían el florecimiento de la construcción naval. Sin embargo, con la decadencia de la civilización griega, se talaron los bosques (posteriormente, la isla jamás recuperaría su frondoso verdor) y la gloria de la isla también llegó a su ocaso. Después arribaron los turcos. Su dominio fue férreo, total. Cuando algo les desagradaba —eso decía la guía—, cortaban narices y orejas como quien poda los árboles. A finales del siglo XIX, tras una serie de sangrientas batallas contra el ejército turco, la isla alcanzó finalmente la independencia y la bandera nacional griega, azul y blanca, volvió a ser izada en el puerto. Luego llegó el ejército de Hitler. Fueron ellos quienes instalaron el radar en la cumbre de la montaña para vigilar el mar. Porque desde allí se alcanzaba la mejor panorámica de los alrededores. Los bombarderos ingleses llegaban desde Malta, sobrevolaban la zona con la intención de destruir el radar. Dejaron caer sus bombas. No solo bombardearon la base, en la cumbre de la montaña, también bombardearon el puerto y hundieron inofensivos barcos pesqueros, con lo que murieron algunos pescadores. A consecuencia de los bombardeos murieron más griegos que alemanes. Entre los lugareños aún se les guarda rencor por ello.

Como sucede con la mayoría de las islas griegas, la extensión de terreno llano es escasa y la práctica totalidad de la superficie de la isla la ocupan escarpadas y abruptas montañas. El único pueblo se encuentra en la costa sur, cerca del puerto. En la isla hay bellas y apacibles playas, aunque para llegar a ellas hay que descender por ásperos barrancos. Las playas de fácil acceso no tienen el menor encanto y esta es, al parecer, la principal razón de que no aumente el número de turistas. Entre las montañas hay diseminados varios monasterios ortodoxos, pero los monjes viven recogidos siguiendo unos preceptos muy estrictos y las visitas de los curiosos no están permitidas.

Al menos por lo que pude leer en la guía, aquella era una isla pequeña más, sin ninguna particularidad. Sin embargo, por una razón u otra, los ingleses le encontraban un atractivo especial (los ingleses son algo excéntricos) y, con no poco entusiasmo, habían fundado una colonia de villas de verano en una meseta cercana al puerto. Por lo visto, en la segunda mitad de los sesenta, algunos escritores ingleses habían residido allí y habían escrito novelas contemplando el mar azul, las nubes blancas. Algunas de estas obras habían sido aclamadas por la crítica y, gracias a ello, la isla había cobrado entre los círculos literarios ingleses cierta aureola de romanticismo. Con respecto a esta brillante faceta cultural de su propia isla, los griegos que la habitaban no mostraban, sin embargo, un gran interés.

Leí todo esto para distraer el hambre. Cerré el libro y eché otra ojeada a los alrededores. Los viejos sentados en el café contemplaban el mar sin cansarse, como si estuvieran sometiéndose a unas largas pruebas de la vista. Ya casi eran las ocho y, en mi estómago, el vacío se había convertido en dolor. De algún lugar me llegaba un olor a carne asada, a pescado a la parrilla, que me retorcía las entrañas como si de un jovial torturador se tratase. Sin poder resistirlo más me levanté de la silla. Y, cuando ya me disponía a agarrar mi bolsa con la intención de salir en busca de un restaurante, una mujer apareció en silencio ante mí.

El sol, que finalmente se ponía, daba de frente a una mujer que descendía a paso rápido las escaleras de piedra haciendo ondear ligeramente una falda blanca que le llegaba hasta las rodillas. Piernas juveniles que acababan en unas pequeñas zapatillas de tenis. Blusa verde pálido sin mangas, sombrero de ala estrecha, un pequeño bolso de tela al hombro. Su manera de andar era tan natural, tan cotidiana, tan integrada en el paisaje circundante que, al principio, pensé que era una lugareña. Pero la mujer encaminó sus pasos directamente hacia mí y, al acercarse, vi que sus rasgos eran orientales. Me senté casi en un acto reflejo y me levanté de nuevo. La mujer se quitó las gafas de sol y dijo mi nombre.

—Siento mucho llegar tan tarde —se disculpó—. Es que he ido a la policía y el papeleo no acababa nunca. Además, ni se me había pasado por la cabeza que llegaras hoy mismo. Como muy pronto te esperaba mañana al mediodía.

—He tenido suerte con los enlaces —repuse—. ¿La policía?

Myû me dirigió una mirada directa y esbozó una sonrisa.

—Si te parece bien, podemos hablar mientras comemos algo por aquí. No he tomado nada desde el desayuno. ¿Y tú? ¿Tienes hambre?

—Mucha —le dije.

Me condujo hasta una taberna que había detrás del puerto. Junto a la entrada había una enorme parrilla donde se veían pescado y marisco frescos asándose en las brasas. Me preguntó si me gustaba el pescado. Le respondí que sí. Myû hizo el pedido al camarero chapurreando en griego. Primero nos trajeron una jarra de vino blanco, pan y aceitunas. Uno y otro nos servimos vino blanco en las copas y nos lo bebimos sin formalidades ni brindis. Para calmar la agonía del hambre me embutí en la boca un pedazo del tosco pan del lugar y unas aceitunas.

Myû era hermosa. La primera impresión que recibí fue este hecho simple y manifiesto. No, en realidad, quizá no fuera ni tan simple ni tan manifiesto. Quizá estuviera cometiendo un estúpido error. Quizá yo, por algunas circunstancias, había sido absorbido dentro de un sueño ajeno que no admitía cambio alguno. Si lo pienso ahora, creo que no puedo descartar por completo esa posibilidad. Lo único que sí puedo asegurar es que, en aquel momento, me pareció hermosa.

Myû llevaba varios anillos en sus finos dedos. Uno de ellos era una sencilla alianza de oro. Mientras registraba velozmente en mi cabeza la primera impresión que me había causado, Myû me miraba de frente con los ojos serenos llevándose de vez en cuando la copa de vino a los labios.

—Es como si ya te conociera —dijo Myû—. Tal vez porque he oído hablar tanto de ti.

—Sumire también me ha hablado mucho de ti —comenté.

Myû esbozó una sonrisa. Cuando sonreía, solo entonces, unas seductoras arrugas se le formaban junto al rabillo del ojo.

—Entonces no es necesario que nos presentemos.

Asentí.

Lo que más me gustó de Myû fue que no intentaba ocultar su edad. Según Sumire, tenía treinta y ocho o treinta y nueve años. Y, en realidad, aparentaba los años que tenía. Su piel era preciosa, su figura esbelta, las carnes prietas. Con el maquillaje adecuado, aparentaría estar en la segunda mitad de la veintena. Pero ella no hacía el esfuerzo. Myû dejaba que su edad aflorara con naturalidad y parecía aceptarlo muy bien.

Se llevó una aceituna a los labios, tomó el hueso y, como un poeta poniendo un signo de puntuación, lo tiró con gran elegancia dentro del cenicero.

—Siento mucho haberte llamado de ese modo, a esas horas de la madrugada —dijo Myû—. Hubiera querido explicártelo mejor, pero estaba muy conmocionada, no sabía por dónde empezar. Todavía no me he repuesto, pero como mínimo estoy más tranquila.

—Pero ¿qué diablos ha sucedido? —pregunté.

Sobre la mesa, Myû cruzó los dedos de ambas manos, los descruzó, volvió a cruzarlos.

—Sumire ha desaparecido.

—*¿Desaparecido?*

—Como el humo —dijo Myû. Y tomó un pequeño sorbo de vino. Prosiguió—. Es una larga historia. Será mejor que te la cuente por orden, desde el principio. Si no, se te escaparán los matices. La historia en sí es muy delicada. Pero comamos antes. No es cuestión de minutos y, con el estómago vacío, el cerebro no funciona. Además, aquí hay demasiado bullicio para hablar.

El restaurante estaba lleno de lugareños que gesticulaban y hablaban a gritos. Para poder oírnos, sin tener que chillar, Myû y yo tuvimos que inclinarnos por encima de la mesa y juntar las cabezas. Nos sirvieron una gran fuente de ensalada griega y una buena cantidad de pescado blanco a la parrilla. Ella sazonó el pescado, exprimió el zumo de medio limón por encima y lo regó con aceite de oliva. Yo la imité. Nos concentramos en la comida. Tal como había sugerido, lo que teníamos que hacer de momento era calmar el hambre.

—¿Cuánto tiempo puedes quedarte? —me preguntó.

—Dentro de una semana empieza el curso. Tengo que estar de vuelta para entonces —respondí—. Si no, puedo tener problemas.

Myû hizo un gesto maquinal de asentimiento. Apretó los labios. Parecía estar calculando algo. No dijo: «No te preocupes. Podrás volver a tiempo», y tampoco: «No sé si todo se solucionará tan rápido». Se formó un juicio, sacó sus propias conclusiones, se las reservó para sí misma y siguió comiendo en silencio.

Tras la cena, mientras tomábamos el café, Myû abordó el tema del importe del billete de avión. Me preguntó si podía devolvérmelo en cheques de viaje, en dólares. O si prefería que hiciera una transferencia en yenes a mi cuenta bancaria en cuanto regresara a Tokio. Qué me parecía mejor. Le respondí que no iba mal de dinero y que el billete podía pagármelo yo. Myû insistió. Era ella quien me había pedido que viniera.

Negué con un movimiento de cabeza.

—No es por guardar las formas. Solo quiero decir que posiblemente, más adelante, hubiese venido por iniciativa propia. A esto me refiero.

Tras reflexionar unos instantes, Myû asintió.

—Te estoy muy agradecida de que hayas venido. No puedo decirte cuánto.

Salimos del restaurante. Caía sobre los alrededores un crepúsculo tan brillante como si lo hubiesen pintado. Un azul que parecía que, si respirabas hondo, los pulmones fueran a quedarse teñidos del mismo color. En el cielo empezaban a vislumbrarse, pequeñas y brillantes, las estrellas. Después de la cena, los lugareños irrumpían fuera de sus casas como si aguardaran impacientes la tardía puesta de sol, salían a pasear por las cercanías del puerto. Había familias, parejas, pandillas de amigos. El dulce olor a mar del ocaso inundaba las calles. Myû y yo cruzamos la ciudad a pie. A la derecha, en el paseo, había tiendas, un pequeño hotel, un restaurante con terraza. Detrás de una pequeña ventana con persianas de madera brillaba acogedora una luz amarilla, sonaba música griega por la radio. A la izquierda del paseo se extendía el mar, las olas negras de la noche rompían con placidez contra el muelle.

—Ahora tendremos que subir una cuesta —dijo Myû—. Podemos ir por escaleras empinadas o por una cuesta suave. Por las escaleras llegaremos antes. ¿Te importa?

—No —respondí.

Subimos unas estrechas escaleras de piedra que reseguían la pendiente de la colina. Eran largas y empinadas, pero los pies de Myû, enfundados en zapatillas de tenis, seguían el ritmo sin dar muestras de cansancio. Ante mis ojos, los bajos de su falda se mecían dulcemente de izquierda a derecha, sus pantorrillas bien torneadas, bronceadas por el sol, brillaban a la luz de una luna casi llena. Fui el primero en perder el aliento. De vez en cuando tenía que detenerme y respirar hondo. A medida que ascendíamos, las luces del puerto se veían más pequeñas, lejanas. Las actividades de toda la gente que me rodeaba hasta hacía un instante habían estado succionadas por esta sucesión de luces anónimas. Era una vista impresionante, digna de ser recortada con tijeras y clavarla con alfileres en la pared de los recuerdos.

La casa donde vivían Sumire y Myû era una pequeña villa con una terraza que daba al mar. De paredes blancas, tejas rojas y puerta pintada de color verde oliva. En el muro bajo que la rodeaba florecía una profusión de buganvillas rojas. Abrió la puerta, que no tenía echada la llave, y me invitó a pasar. Dentro de la casa reinaba un agradable frescor. Había una sala de estar, un comedor no muy grande y una cocina. En las blancas paredes estucadas colgaban, aquí y allá, pinturas abstractas. En la sala de estar había un tresillo, una librería, un aparato estéreo de música para reproducir discos compactos. Había dos dormitorios y un pulcro, aunque no muy amplio, cuarto de baño de paredes recubiertas de azulejos. Los muebles eran poco aparentes, pero tenían una calidez natural.

Myû se quitó el sombrero, se descolgó el bolso del hombro, lo dejó en el mármol de la cocina. Me preguntó si quería tomar algo o si prefería ducharme primero. Opté por la ducha. Me lavé el pelo, me afeité con cuchilla. Me sequé el pelo con secador, me puse una camiseta y unos pantalones cortos limpios. Entonces me sentí algo mejor. En la repisa del espejo del cuarto de baño había dos cepillos de dientes. Uno con el mango azul, el otro rojo. ¿Cuál de los dos pertenecía a Sumire?

Volví a la sala de estar. Myû estaba sentada en una butaca con una copa de brandi en la mano. Me ofreció una, pero me apetecía una cerveza fría. Yo mismo me dirigí a la nevera, saqué una Amstel, me la serví en un vaso largo. Hundida en la butaca, Myû guardaba un largo silencio. Más que buscando las palabras adecuadas, parecía estar sumergida en sus propios recuerdos, sin principio ni fin.

—¿Cuánto tiempo llevas aquí? —me aventuré a preguntar.

—Hoy ha hecho ocho días —dijo Myû tras reflexionar un instante.

—¿Y Sumire ha desaparecido?

—Sí. Como el humo, tal como te he dicho antes.

—¿Cuándo?

—El cuarto día por la noche. —Y barrió la habitación con la mirada como si quisiera hallar en ella la clave. Luego prosiguió—: No sé por dónde empezar.

—Sumire me contó por carta hasta el momento en que fuisteis de Milán a París y os dirigisteis a Borgoña en tren. Y cómo, una vez allí, os alojasteis en una gran villa, como un palacio, de un amigo tuyo.

—Entonces empezaré por ahí —dijo Myû.

8

—Soy, desde hace tiempo, amiga de los viticultores de aquellos pueblos y conozco el vino que producen tan bien como mi propia casa. Qué vino da cada una de las terrazas de cada viñedo. Qué influencia tiene el clima del año en su sabor. Quién hace un buen trabajo, el hijo de quién ayuda a su padre con ahínco. Quién tiene deudas, a cuánto ascienden. Quién se ha comprado un Citroën nuevo. Incluso esto. El vino es como un caballo purasangre. Hay que conocer el linaje y toda la información nueva. No puedes basar tu negocio solo en si el vino sabe o no sabe bien. —Aquí, Myû se interrumpió para recobrar el aliento. Parecía dudar entre proseguir o no. Sin embargo, continuó—. Tengo varios puntos de abastecimiento en Europa, pero los principales son estos pueblos de Borgoña. Así que intento ir allí una vez al año a pasar una temporada. Reavivar viejas amistades, recabar nueva información. Suelo ir sola, pero esta vez tenía que pasar primero por Italia y, como viajar sin compañía durante tanto tiempo es muy pesado y Sumire estudia italiano, decidí llevármela conmigo. Tenía intención de hacer que regresara con alguna excusa antes de partir para Francia. Desde joven estoy acostumbrada a viajar sola y, por bien que te lleves con alguien, estar juntos de la mañana a la noche se hace bastante difícil.

»Pero Sumire resultó ser mucho más competente de lo que suponía. Se encargaba de un montón de pequeños asuntos. De comprar los billetes, reservar habitación en los hoteles, negociar el precio, llevar las cuentas, encontrar buenos restaurantes, ese tipo de cosas. Había aprendido mucho italiano y, sobre todo, estaba llena de una curiosidad innata hacia el mundo. Me hizo experimentar cosas que yo jamás había experimentado yendo sola. Me sorprendió lo placentero que podía ser estar con alguien. Quizá sea porque entre Sumire y yo hay un vínculo afectivo muy especial.

»Recuerdo muy bien la primera vez que nos vimos, hablamos del *Sputnik*. Ella se refería a los escritores beatnik y yo los confundí con el *Sputnik*. Nos reímos y la tensión propia del primer encuentro desapareció. ¿Sabes qué significa *sputnik* en ruso? En inglés sería *travelling companion*. Compañero de viaje. El otro día, buscando una palabra en el diccionario, lo encontré por casualidad. Bien pensado, es una extraña coincidencia. ¿Por qué pondrían los rusos un nombre tan raro a un satélite artificial? No era más que un infeliz trozo de metal que daba una vuelta tras otra, completamente solo, alrededor de la Tierra.

En este punto, Myû se interrumpió, estuvo reflexionando unos instantes.

»Por eso decidí llevármela a Borgoña. Yo reavivaba viejas amistades y cerraba algunos tratos, y Sumire, que no habla francés, recorría los alrededores en un coche alquilado. En un pueblo conoció por casualidad a una rica anciana española y se hicieron amigas charlando en español. Esa señora le presentó a un caballero inglés que se alojaba en el mismo hotel. Un señor de más de cincuenta años, guapo, refinado, que estaba escribiendo algo. Creo que era homosexual. Siempre iba acompañado de un secretario que, al parecer, era su amante. A mí también me lo presentaron. Comimos juntos. Un señor muy agradable. Hablando, descubrimos que teníamos conocidos comunes. Y fuimos congeniando más y más.

»Luego nos dijo que tenía una pequeña villa en una isla de Grecia y nos invitó a utilizarla. Cada verano pasa allí un mes, pero este año tenía trabajo y no podía ir. Una casa, si no se usa, trae problemas, los caseros a veces no prestan la debida atención a su trabajo. Así que, si no teníamos inconveniente, nos dijo que quería que fuéramos. Así surgió lo de la casa.

Myû repasó la habitación con la mirada.

»De estudiante estuve una vez en Grecia. Fue uno de esos viajes relámpago, un crucero nos llevó de una isla a otra, pero, aun así, el país me fascinó. Poder disfrutar de una casa en una isla griega por tiempo indefinido me pareció una oferta tentadora. También a Sumire le apetecía el viaje, por supuesto. Me ofrecí a pagar un alquiler por la villa, pero él se negó categóricamente, dijo que no se dedicaba al negocio inmobiliario. Tras varios tiras y afloja, acordamos que, como muestra de agradecimiento, le enviaría una caja de vino tinto a su casa de Londres.

»La vida en la isla parecía un sueño. Por primera vez desde hacía tiempo disfrutaba de unas auténticas vacaciones, sin obligación alguna. Ya has visto cómo son las comunicaciones en la isla, así que no podía utilizar ni teléfono ni fax ni internet. Retrasar mi vuelta a Japón tal vez ocasionaría molestias a algunas personas en Tokio, pero en cuanto llegué aquí eso dejó de importarme.

»Por la mañana nos levantábamos temprano, metíamos en la bolsa las toallas, una botella de agua y la crema solar e íbamos andando hasta una playa que queda al otro lado de la montaña. Una playa tan hermosa que quita el aliento. La arena es de una blancura inmaculada y apenas hay olas. Como cuesta un poco acceder a ella, son pocas las personas que la visitan, especialmente por la mañana. Allí, hombres y mujeres se bañan desnudos, sin ningún pudor. También nosotras lo hicimos. Bañarse por la mañana en un mar de un azul purísimo y tan desnudo como viniste al mundo es una sensación maravillosa, incomparable. Como si hubieras accedido a otro mundo.

»Cuando nos cansábamos de nadar, nos tumbábamos en la arena a tomar el sol. Al principio nos cohibía mostrarnos desnudas, pero pronto dejó de importarnos. Debía de ser, sin duda, la magia del lugar. Nos untábamos la espalda la una a la otra con la crema solar y, tumbadas bajo el sol, leíamos, echábamos una cabezada, charlábamos de esto y aquello. Me sorprendía lo placentera que puede ser la libertad.

»Volvíamos a casa cruzando la montaña, nos duchábamos, tomábamos un almuerzo ligero y, después, bajábamos juntas las escaleras y entrábamos en la ciudad. En el café del puerto tomábamos un té y leíamos un periódico en inglés. Comprábamos comida en las tiendas, volvíamos a casa y, luego, cada una pasaba la tarde a su aire: leyendo en la terraza, escuchando música en la sala de estar. Por lo visto, Sumire escribía a veces en su habitación. La oía encender el ordenador portátil y teclear. Al atardecer bajábamos al puerto a ver cómo llegaba el ferri. Y tomábamos un refresco mientras mirábamos, sin cansarnos, cómo desembarcaban los pasajeros.

»"Me encuentro en los confines del mundo, tranquilamente sentada sin que nadie repare en mí." Esta era la sensación que tenía. "Aquí solo estamos Sumire y yo.

No es preciso que piense en nada más. No quiero moverme de aquí", pensaba. "No quiero ir a ninguna parte. Quiero quedarme aquí para siempre." Sabía, por supuesto, que era imposible. La vida que llevábamos era solo una ilusión pasajera. En un momento u otro nos atraparía la realidad. Y deberíamos regresar a nuestro mundo. Pero al menos hasta entonces quería disfrutar al máximo de aquellos días sin pensar demasiado. En realidad, lo único que yo deseaba era disfrutar puramente de mi vida aquí. Por supuesto, hasta hace cuatro días.

*

El cuarto día por la mañana, las dos se dirigieron a la playa como de costumbre, se bañaron desnudas, volvieron a casa y salieron de inmediato hacia el puerto. El camarero del café se acordaba de ellas (y de la generosa propina que Myû le daba siempre), las saludó amablemente. Les dirigió incluso algunos piropos. Sumire compró en el quiosco un periódico en inglés impreso en Atenas. Era la única fuente de información que ligaba a ambas al mundo. Leer el periódico era función de Sumire. Miraba la cotización de la moneda y le leía a Myû, traduciéndoselos al japonés, los artículos importantes o de algún interés.

El artículo que Sumire eligió aquel día hablaba de una anciana de setenta años que había sido devorada por sus gatos. Había sucedido en una pequeña ciudad, en el extrarradio de Atenas. La mujer había perdido a su esposo once años atrás y, desde entonces, vivía tranquilamente en un piso de dos habitaciones acompañada de sus gatos. Un día tuvo un infarto, se derrumbó sobre el sofá y allí murió. Aún no se sabía el tiempo transcurrido entre el ataque y el fallecimiento. En cualquier caso, su alma, pasando por los debidos estadios, había abandonado definitivamente el cuerpo que había sido su morada durante setenta años. Como la fallecida no tenía parientes o conocidos que la visitasen con regularidad, tardaron en torno a una semana en descubrir el cadáver. La puerta estaba cerrada, las ventanas enrejadas. Muerta la dueña, los gatos quedaron atrapados. En el piso no había comida. Tal vez la hubiera dentro del refrigerador, pero los gatos no tenían la destreza necesaria para abrir la puerta. Cuando no pudieron resistir más el hambre, devoraron la carne de su dueña muerta.

Sumire leyó el artículo, párrafo a párrafo, bebiendo a sorbos el café que les habían servido en una tacita. Se acercaron unas pequeñas abejas y empezaron a libar con afán la mermelada de fresa vertida por un cliente anterior. Myû escuchaba con atención lo que leía Sumire y contemplaba el mar a través de sus gafas de sol.

—¿Qué sucedió después? —preguntó Myû.

—Eso es todo —dijo Sumire. Dobló el periódico, de formato reducido, y lo dejó sobre la mesa—. El periódico no dice nada más.

—¿Y qué les habrá pasado a los gatos?

—Vete a saber. —Sumire torció la boca—. Los periódicos son iguales en todas partes. Jamás dicen lo que a uno realmente le interesa.

Como si hubiesen percibido algo, las abejas alzaron el vuelo al unísono y estuvieron revoloteando unos instantes entre ceremoniosos zumbidos, aunque pronto se posaran de nuevo sobre la mesa. Y volvieron a libar la mermelada con la misma avidez.

—¿Qué habrá sido de los gatos? —dijo Sumire. Se alisó de un tirón las arrugas del cuello de su camiseta, que le iba demasiado grande. Vestía camiseta y pantalones cortos, aunque debajo, Myû lo había descubierto por casualidad, no llevaba ropa interior de ninguna clase.

—Quizá los hayan matado pensando que unos gatos que han probado la carne humana pueden, si se los deja sueltos, convertirse en gatos antropófagos. O, por el contrario, tal vez los hayan absuelto sentenciando: «¡Vosotros también habéis pasado la vuestra!».

—Si fueras el alcalde o el jefe de policía de la ciudad, ¿qué harías?

Sumire reflexionó durante unos instantes.

—¿Qué te parecería meterlos en un reformatorio, convertirlos en vegetarianos?

—No es mala idea —dijo Myû riendo. Luego se quitó las gafas de sol y miró hacia Sumire—. Esta historia me ha recordado mi primera lección de catolicismo, la que me dieron cuando entré en el instituto. Quizá ya te lo he contado, pero durante seis años fui a una estricta escuela católica femenina. Hasta primaria estudié en una escuela pública, pero después entré allí. Tras la ceremonia de la inauguración del curso, una monja anciana, muy distinguida, convocó a las nuevas alumnas en la sala de actos y nos habló de la moral católica. Era una monja francesa, pero dominaba el japonés. Supongo que nos contaría diversas historias, pero la única que recuerdo es la del naufragio en una isla desierta con un gato.

—Parece interesante —dijo Sumire.

—Tu barco naufraga, vas a la deriva hasta ser arrojado a una isla desierta. En el bote solo vais tú y un gato. A consecuencia del naufragio, llegas a la isla, pero es un islote rocoso, deshabitado, donde no hay nada que comer. Tampoco hay agua. En el bote llevas biscotes y agua suficientes para una persona durante diez días. La historia iba más o menos así.

»Entonces la monja escrutó la sala con la mirada y nos dijo en un tono de voz fuerte y penetrante: "Cerrad los ojos e imagináoslo. Habéis sido arrojadas junto con un gato a una isla desierta. Una isla perdida en alta mar. Las probabilidades de que os rescaten antes de diez días son remotas. Cuando se os acaben la comida y el agua, moriréis. ¿Qué haríais vosotras? ¿Compartiríais el infortunio con el gato, os repartiríais con él la escasa comida?". En este punto, la monja calló y volvió a escrutar con la mirada nuestros rostros. Luego prosiguió: "No, esto es un error. ¿Lo entendéis? No debéis compartir vuestra comida con un gato. Vosotras sois seres sagrados, elegidos por Dios, un gato no. De modo que el pan debéis coméroslo vosotras solas", dijo la monja con expresión solemne.

»Al principio creí que se trataba de una broma. Que a continuación vendría una salida ingeniosa. Pero no hubo chiste. La historia derivó hacia el tema de la dignidad y los valores humanos. Yo me quedé atrás, no sé por qué. Es que, verás, ¿qué necesidad tenía de contar aquella historia? ¿Justamente a unas niñas que acababan de ingresar en la escuela? ¿El mismo día de la inauguración del nuevo curso? Aún hoy sigo sin comprenderlo.

Sumire reflexionó sobre ello.

—¿O sea que estaría bien que uno acabara comiéndose incluso al gato?

—Pues no lo sé. Hasta ahí no llegó.

—¿Eres católica?

Myû negó con la cabeza.

—No. Me hicieron ir a esa escuela porque quedaba por casualidad cerca de casa. Solo por eso. Además, el uniforme era muy bonito. Yo era la única extranjera de toda la escuela.

—¿Tuviste alguna mala experiencia?

—¿Por ser coreana?

—Sí.

Myû volvió a negar con la cabeza.

—La escuela era muy liberal. Las reglas eran muy estrictas y había alguna monja tozuda, pero en general la atmósfera era progresista, no fui víctima de ningún tipo de discriminación. Hice buenas amigas, me divertí mucho mientras estudiaba en el colegio. Ciertamente, he tenido algunas experiencias desagradables, pero ha sido después, al integrarme en la sociedad. Claro que, en realidad, no creo que exista nadie que no haya vivido, por un motivo u otro, alguna experiencia desagradable cuando se ha integrado en la sociedad.

—He oído que en Corea se comen a los gatos. ¿Es cierto?

—Yo también lo he oído, pero no conozco a nadie que se haya comido uno.

A primera hora de la tarde no se veía un alma en la plaza. Era el momento más caluroso del día. Los habitantes de la ciudad se encerraban en el frescor de sus casas y, la mayoría, disfrutaban de una siesta. A los únicos a quienes se les antojaba salir era a algunos extranjeros. En la plaza se erguía la estatua de un héroe. Se sublevó contra el ejército turco que ocupaba la isla al mismo tiempo que en la península griega se producía una revuelta, pero fue capturado y condenado a morir por empalamiento. Los turcos hincaron una afiladísima estaca en la plaza del puerto, desnudaron al infeliz héroe y allí lo clavaron. Con el peso del cuerpo, la estaca fue introduciéndose despacio, avanzando desde el ano hasta la boca, pero el héroe tardó mucho tiempo en expirar. Al parecer, la estatua se erguía en el mismo lugar donde habían hincado la estaca. En la época en que fue levantada, debió de haber sido una grandiosa y gallarda estatua de bronce; la brisa marina, el polvo y los excrementos de las gaviotas, el inevitable desgaste del paso del tiempo, habían hecho que ahora apenas se le distinguieran las facciones. Los habitantes de la isla casi ni prestaban atención a la mísera estatua, y a ella, por su parte, poco parecía importarle ya adónde fuera a parar el mundo.

—Hablando de gatos, guardo un recuerdo algo extraño —dijo Sumire como si se acordara de repente—. Cuando estaba en segundo de primaria, tenía un precioso gatito tricolor de unos seis meses. Una tarde, mientras yo estaba leyendo en el porche, empezó a pegar brincos, terriblemente excitado, al pie de un gran pino que crecía en el jardín. Los gatos suelen hacerlo, ¿verdad? Aunque no pase nada. Bufan, arquean el lomo, erizan el pelo, se ponen en posición de ataque con el rabo tieso.

»El gato estaba tan excitado que ni se daba cuenta de que yo lo estaba mirando desde el porche. Era una escena tan extraña que dejé el libro y me lo quedé observando. Parecía que quisiera proseguir eternamente aquel juego solitario. De hecho, conforme pasaba el tiempo, más en serio parecía tomárselo. Como si estuviera poseído. —Sumire se bebió el vaso de agua y se rascó la oreja—. Cuanto más lo miraba, más miedo me entraba. Se me ocurrió que, tal vez, el gato estuviera viendo algo que yo no podía ver, que eso era lo que lo agitaba de aquel modo. Poco después empezó a dar vueltas alrededor del árbol. Con una energía inusitada, como el tigre que se convierte en mantequilla del cuento ilustrado. Tras seguir así durante un tiempo, empezó a trepar por el tronco del árbol. Vi su carita atisbando entre las ramas, allá arriba. Desde el porche, lo llamé en voz alta. Pero no pareció oírme.

»Pronto anocheció y empezó a soplar el viento frío de finales de otoño. Sentada en el porche, esperaba a que bajase del árbol. Era un gatito muy sociable y pensé que, si yo permanecía allí, él bajaría enseguida. Pero no lo hizo. Tampoco lo oí maullar. Oscurecía deprisa. Me entró miedo y fui a avisar dentro de casa. Todos me dijeron: "¡Déjalo! ¡Bajará pronto!". Pero el gato jamás volvió.

—¿No volvió? —preguntó Myû.

—No. El gato desapareció. *Como el humo.* Todos me dijeron que, durante la noche, habría bajado del árbol y se habría ido a jugar a alguna parte. Que los gatos, cuando se excitan, suben a lugares altos, pero que, una vez arriba, cuando miran hacia abajo, les entra miedo y ya no pueden bajar. Que pasa a menudo. Pero que si mi gatito aún estuviera arriba, maullaría desesperado para avisarnos de que se encontraba allí. Eso me dijeron. Pero yo no me lo creí. Pensaba que el gato debía de estar aferrado a una rama, tan aterrorizado que ni le salía la voz. Por eso, cuando volvía de la escuela, me sentaba en el porche, alzaba la mirada hacia el pino y lo llamaba de vez en cuando en voz alta. Pero nunca respondió. Una semana después desistí. Quería a mi gatito y me entristeció mucho lo sucedido. Cada vez que miraba el pino me imaginaba al infeliz gatito aferrado aún a las ramas altas, rígido, muerto. Mi gatito no había ido a ninguna parte, sino que había ido languideciendo allí arriba, hambriento y reseco.

Sumire alzó los ojos y miró a Myû.

—Desde aquel día, jamás he tenido otro gato. Me siguen gustando. Pero entonces decidí que aquel pobre gatito que había subido al árbol y que no había regresado jamás sería mi único gato. Olvidarlo y querer a otro era algo que yo no podía hacer.

*

—Esta es la conversación que mantuvimos aquella tarde en el café del puerto —dijo Myû—. Entonces pensé que no eran más que recuerdos inocuos, pero, al pensar en ello luego, me dio la impresión de que todo tenía un significado. O tal vez sean solo imaginaciones mías.

Myû miró por la ventana, ofreciéndome su perfil. El viento que llegaba del mar hacía ondear las cortinas fruncidas. Mientras ella miraba hacia la oscuridad, el silencio de la habitación pareció intensificarse un grado más.

—¿Puedo hacerte una pregunta? Siento desviarme del tema, pero hay algo que me preocupa desde hace rato —dije—. Has dicho que Sumire ha desaparecido, que se ha desvanecido *como el humo.* Hace cuatro días. Y que luego has ido a la policía, ¿es así? —Myû asintió—. Pero tú me has llamado a mí en vez de ponerte en contacto con su familia. ¿Por qué?

—No hay ninguna pista sobre lo sucedido. He estado dudando sobre si era mejor llamar a sus padres y preocuparlos antes de aclarar los hechos. Me lo he pensado mucho, pero he decidido esperar un poco más y ver cómo va todo.

Imaginé al guapo y sereno padre de Sumire tomando el ferri y llegando a la isla. ¿Lo acompañaría también, acongojada, su madrastra? De suceder tal cosa, la situación se complicaría, sin duda. Claro que, a mi parecer, ya era bastante complicada. No era fácil que un extranjero desapareciera y nadie lo hubiera visto durante cuatro días en una isla tan pequeña.

—¿Y cómo es que me has llamado a mí?

Myû volvió a cruzar sus piernas desnudas y tiró de los bajos de su falda sujetándolos con dos dedos.

—Eras la única persona a quien podía pedirle ayuda.

—¿Pese a no habernos visto nunca?

—Sumire confiaba en ti más que en nadie. Decía que tú, se tratara de lo que se tratase, eras capaz de ver las cosas en toda su complejidad.

—No creo que haya mucha gente que comparta su opinión —repliqué.

Myû entrecerró los ojos y sonrió, de tal forma que se le dibujaron, como siempre, aquellas finas arrugas.

Me levanté, me acerqué a ella, tomé de su mano la copa vacía. Fui a la cocina, le serví Courvoisier en la copa, volví a la sala de estar, se lo ofrecí. Myû me dio las gracias, tomó el brandi. El tiempo pasaba y, de vez en cuando, las cortinas oscilaban en silencio. El viento traía el olor de otra tierra.

—Oye, ¿tú *realmente* quieres saber la verdad? —preguntó Myû. Su voz tenía un timbre seco, como si al fin hubiese tomado una determinación.

Levanté la cabeza y la miré. Entonces dije:

—Hay una sola cosa que puedo asegurarte. Y es que, si no quisiera saber la verdad, no habría venido.

Durante unos instantes, Myû se quedó mirando las cortinas con ojos ciegos. Luego empezó a contar con voz pausada.

—Sucedió la noche del día en que hablamos de los gatos en el café del puerto.

9

Después de intercambiar sus historias de gatos en el café del puerto, Myû y Sumire fueron a comprar comida y volvieron a la casa. Luego, cada una a su manera, dejaron pasar el tiempo hasta la hora de la cena. Sumire entró en su habitación, se dirigió a su ordenador portátil y empezó a escribir. Myû se sentó en un sofá de la sala de estar, cruzó las manos detrás de la cabeza, cerró los ojos y escuchó las baladas de Brahms ejecutadas por Julius Katchen. Era un viejo LP, pero la interpretación estaba cargada de una dulce emoción. Sin ser presuntuosa, era rica en matices.

—¿Te molesta la música? —preguntó Myû asomándose a la habitación. La puerta estaba abierta de par en par.

—Brahms no me molesta jamás —respondió Sumire volviéndose. Era la primera vez que Myû la veía escribiendo tan concentrada. En su rostro se reflejaba una tensión desconocida. Mantenía la boca cerrada, como un animal al acecho, sus pupilas parecían haber cobrado profundidad.

—¿Qué estás escribiendo? —preguntó Myû—. ¿Una nueva novela «sputnik»?

Sumire relajó un poco la tensión en torno a su boca.

—Nada importante. Solo estoy anotando algunas ideas que se me han ocurrido. Quizá puedan serme útiles más adelante.

Myû volvió al sofá, se sumergió en el pequeño mundo que trazaba la música en la luz de la tarde. Pensó en lo maravilloso que sería interpretar a Brahms en toda su belleza. «En el pasado me costaba tocar las piezas pequeñas. Las baladas se me resistían especialmente. Jamás había sido capaz de penetrar en ese mundo de matices y suspiros fluctuantes. Ahora podría tocarlas mucho mejor.» Pero Myû lo sabía muy bien: *«Jamás podré volver a tocar algo»*.

A las seis y media, prepararon juntas la cena en la cocina y cenaron, una al lado de la otra, en la terraza. Sopa de besugo con hierbas aromáticas, ensalada y pan. Descorcharon una botella de vino blanco y, después de la cena, tomaron café. Un barco pesquero apareció desde detrás de la isla y penetró en el puerto trazando una breve estela blanca. Quizá en su hogar les estuviera aguardando, a los pescadores, una cena caliente.

—Por cierto, ¿cuándo nos iremos de aquí? —preguntó Sumire mientras lavaban los platos en el fregadero.

—Me gustaría quedarme otra semana, sin hacer nada, pero más tiempo no puedo —contestó Myû mirando el calendario que había en la pared—. Por mí, estaría así siempre, pero...

—*Y por mí también, claro* —dijo Sumire sonriendo alegre—. ¡Qué le vamos a hacer! Todas las cosas buenas se acaban un día u otro.

Se retiraron, como siempre, cada una a su cuarto antes de las diez. Myû se puso un camisón largo de algodón blanco y se durmió apenas hundió la cabeza en la almohada. Poco después se despertó sacudida por los latidos de su corazón. El despertador de viaje que había a la cabecera de la cama marcaba poco más de las doce y media de la noche. La habitación estaba sumida en las tinieblas. Reinaba un silencio absoluto. Pero ella sentía que allí cerca había alguien agazapado, conteniendo el aliento. Tiró de la colcha hasta cubrirse la barbilla y aguzó el oído. En el pecho, el corazón le repicaba con intensos latidos de advertencia. No oía nada. Pero no se equivocaba. Allí había alguien. No era la continuación de una pesadilla. Alargó la mano y, sin hacer ruido, descorrió las cortinas unos centímetros. La luz pálida y acuosa de la luna penetró en la habitación. Moviendo únicamente los ojos, Myû inspeccionó su cuarto.

Conforme sus ojos iban acostumbrándose a la oscuridad, algo de oscuros contornos fue emergiendo en un rincón. Cerca de la puerta, a la sombra del armario, donde las tinieblas se intensificaban aún más. *Aquello* era de escasa estatura, de formas redondas. Parecía una gran saca de correos olvidada. Quizá fuera un animal. ¿Un perro grande? Pero la puerta del recibidor tenía la llave echada y la de la habitación estaba cerrada. Un perro no habría sido capaz de entrar.

Myû siguió conteniendo el aliento mientras mantenía la vista fija en *aquella cosa.* Sentía la boca terriblemente seca. Le quedaba el ligero regusto del brandi que se había tomado antes de acostarse. Alargó la mano y descorrió unos centímetros más la cortina. La luz de la luna penetró un poco más en la habitación. Y Myû, como si fuera soltando los hilos de una madeja, empezó a distinguir, una a una, las líneas del contorno de aquella masa negra. Parecía un cuerpo humano. El pelo le caía sobre la frente y dos piernas delgadas estaban dobladas por la rodilla formando un ángulo agudo. Alguien estaba sentado en el suelo, hecho un ovillo, con la cabeza hundida entre las piernas. El cuerpo ligeramente encogido, como dispuesto a protegerse de algo que fuera a caer del cielo.

Era Sumire. Con el pijama azul de siempre, aovillada como un insecto, entre la puerta y el armario. No movía ni un músculo. Tampoco se la oía respirar.

Al identificarla, Myû lanzó un suspiro de alivio. Pero ¿qué diablos estaría haciendo ahí Sumire? Myû se incorporó en silencio y encendió la lamparilla de noche. La luz amarilla iluminó sin recato toda la habitación. Pero Sumire no hizo movimiento alguno. Ni siquiera parecía darse cuenta de que la luz estuviera encendida.

—¿Qué te pasa? —la llamó Myû. Primero en voz baja, luego en voz más alta.

No hubo respuesta. La voz de Myû no parecía haber llegado a oídos de Sumire. Myû saltó de la cama, se le acercó. Bajo sus pies descalzos, la alfombra parecía más rugosa que nunca.

—¿Te encuentras mal? —le preguntó Myû a Sumire y se puso en cuclillas a su lado.

Como era de esperar, no hubo respuesta.

Entonces, Myû vio que Sumire llevaba algo en la boca. Era una toalla rosa que estaba siempre en el cuarto de baño. Myû intentó quitársela, pero no pudo. Sumire la mantenía fuertemente aferrada entre los dientes, tenía los ojos abiertos, pero no veía. Myû desistió de estirar de la toalla y le puso una mano sobre el hombro. Se dio cuenta de que llevaba el pijama empapado.

—Es mejor que te quites el pijama —le dijo Myû—. Has sudado mucho y te resfriarás.

Sumire parecía absorta. No oía nada, no veía nada. Myû decidió quitárselo. Si continuaba con el pijama puesto, quedaría aterida de frío. Era agosto, pero en las islas, por la noche, a veces refresca. Las dos se bañaban cada día sin bañador, estaban acostumbradas a mostrarse desnudas la una a la otra. A Sumire no tenía por qué importarle que la desnudara.

Myû, sosteniendo el cuerpo de Sumire, desabrochó los botones, le quitó la chaqueta despacio. Luego los pantalones. Al principio, el cuerpo de Sumire estaba rígido, pero se fue relajando gradualmente hasta quedar desmadejado. Myû pudo quitarle la toalla de la boca. Estaba empapada en saliva. En ella se apreciaba claramente la huella de los dientes de Sumire.

Debajo del pijama no llevaba bragas. Myû tomó una toalla que tenía cerca y empezó a secarle el sudor. La espalda, los sobacos, le secó el pecho. Y el vientre. De la cintura a los muslos, someramente. Sumire la dejaba hacer, dócil. Parecía seguir inconsciente, pero en el fondo de sus ojos se veía brillar, tenue, la luz de la percepción. Era la primera vez que Myû tocaba el cuerpo desnudo de Sumire. Su piel era tersa, suave como la de un niño pequeño. Al sostenerla, comprobó que su cuerpo era más pesado de lo que había supuesto, y olía a sudor. Mientras la secaba, Myû sintió cómo, dentro de su pecho, volvían a acelerársele los latidos del corazón. La boca se le llenó de saliva.

Bañado por la luz de la luna, el cuerpo desnudo de Sumire relucía bello como una cerámica antigua. Los pechos eran pequeños, pero bien formados, los pezones prietos. El vello púbico, empapado en sudor, brillaba como la hierba cubierta de rocío. Aquel cuerpo inerte bañado por la luz de la luna era completamente distinto al que ella había visto en la playa bajo la abrasadora luz del sol. Era un torbellino donde se mezclaban algunos incómodos restos de la infancia con una madurez reciente, abierta con ímpetu por el paso del tiempo que dibujaba el sordo dolor de la existencia humana. Myû tuvo la impresión de estar curioseando secretos ajenos que no debían ser vistos. Evitaba, en lo posible, mirar aquella piel y la secaba en silencio reproduciendo en su mente una pequeña pieza de Bach que había aprendido en su infancia. Le secó el flequillo empapado que se adhería a la frente. Incluso por dentro, sus pequeñas orejas estaban mojadas de sudor.

Myû sintió cómo el brazo de Sumire la rodeaba en silencio. Su aliento se proyectaba contra su nuca.

—¿Estás bien? —le preguntó.

Sumire no respondió. Pero aumentó la fuerza de su abrazo. Myû la arrastró hasta la cama. La acostó y la cubrió con la colcha. Sumire se tendió y cerró los ojos.

Myû permaneció unos minutos contemplándola, pero Sumire no movió un músculo. Al parecer se había dormido. Myû fue a la cocina, bebió, uno tras otro, varios vasos de agua mineral. Se sentó en el sofá de la sala de estar e intentó serenarse inhalando lentas, profundas bocanadas de aire. Los latidos de su corazón se habían apaciguado, pero, a causa de la tensión soportada durante tanto rato, le dolía una parte de las costillas. Reinaba un silencio sofocante. No se oía una sola voz, ni el ladrido de un perro. Ni el vaivén de las olas, ni el viento. «¿Por qué habrá un silencio tan absoluto?», se extrañó Myû.

Fue al cuarto de baño, arrojó dentro del cesto de la ropa sucia el pijama empapado en sudor de Sumire, la toalla con la que la había secado y la que ella había aferrado con los dientes; después se lavó la cara con jabón. Contempló su rostro reflejado en el espejo. Al llegar a la isla había dejado de teñirse el pelo y este aparecía inmaculado como la nieve recién caída.

Volvió a su habitación, Sumire tenía los ojos abiertos. Todavía parecían cubiertos por un velo opaco, pero habían recobrado la luz de la conciencia. Sumire permanecía acostada con la colcha hasta los hombros.

—Lo siento. Me ocurre a veces —se disculpó Sumire con voz ronca.

Myû se sentó en una esquina de la cama, sonrió, alargó la mano y le tocó el pelo. Aún lo tenía húmedo.

—Será mejor que te duches. Te sentirás más fresca. Has sudado mucho.

Sumire respondió:

—Gracias. Pero ahora prefiero quedarme así, sin moverme.

Myû asintió, le dio una toalla limpia, sacó un pijama de su cajón y lo dejó junto a la almohada.

—Póntelo. Tú no tienes otro, ¿verdad?

—¿Puedo dormir aquí esta noche? —preguntó Sumire.

—Claro. Quédate en mi cama. Yo dormiré en la tuya.

—Debe de estar empapada —dijo Sumire—. La colcha, todo. Además, no quiero estar sola. No me dejes sola. Por una noche, ¿no podrías dormir conmigo? Es que no quiero volver a tener esos sueños horribles.

Se lo pensó unos instantes, pero Myû accedió.

—Pero ponte el pijama. En una cama tan estrecha, me sentiría incómoda durmiendo junto a alguien desnudo.

Sumire se incorporó despacio y se destapó. Desnuda, de pie en el suelo, se puso el pijama de Myû. Se inclinó para ponerse los pantalones, luego se puso la chaqueta. Le costó abrocharse los botones. Parecía no tener fuerza en la punta de los dedos. Pero Myû la observaba sin prestarle ayuda. Mientras se iba abrochando los botones, parecía oficiar una especie de ceremonia religiosa. La luz de la luna confería una extraña dureza a sus pezones. «Aún debe de ser virgen», pensó Myû de repente.

Cuando terminó de ponerse el pijama de seda, volvió a tenderse en la cama y se corrió hacia un lado. También Myû se acostó, y percibió en el lecho un olor a sudor.

—Oye —dijo Sumire—, ¿puedo abrazarte?

—¿Quieres abrazarme?

—Sí.

Mientras Myû dudaba qué responder, Sumire alargó el brazo y le asió la mano. La palma de su mano aún seguía húmeda al tacto. Una mano cálida, suave. Después rodeó la espalda de Myû con ambos brazos. Los pechos de Sumire se apretaban un poco por encima del vientre de Myû. Entre los pechos de Myû reposaba la frente de Sumire. Ambas permanecieron bastante rato en esa posición. Poco después, Sumire empezó a temblar. Myû pensó que lloraba. Pero, al parecer, no podía derramar lágrimas. Rodeó los hombros de Sumire y la atrajo hacia sí. «Todavía es una niña», pensó Myû. «Sola y asustada, necesita a alguien que la conforte. Como aquel gatito aferrado a la rama del pino.»

Sumire se desplazó un poco más hacia arriba. Con la punta de la nariz rozó el cuello de Myû. Los pechos de ambas se tocaron. Myû tragó saliva. La mano de Sumire vagaba por su espalda.

—Me gustas —dijo Sumire en voz baja.

—Tú a mí también —dijo Myû. ¿Qué otra cosa podía decir? Era la verdad.

Luego, los dedos de Sumire empezaron a desabrochar los botones del camisón de Myû. Ella intentó frenarla. Pero Sumire no se detuvo.

—Solo un poco —dijo—. Solo un momento.

Myû no pudo resistirse. Los dedos de Sumire acariciaron sus pechos. Los dedos resiguieron la curva de sus pechos. La punta de la nariz de Sumire oscilaba de derecha a izquierda sobre la garganta de Myû. Sumire le tocó los pezones. Los acarició con delicadeza, los pellizcó. Al principio tímidamente, luego con más fuerza.

Myû interrumpió el relato en este punto. Alzó el rostro y me miró a los ojos como si buscara algo. Sus mejillas habían enrojecido levemente.

—Creo que es mejor que te lo explique. Hace tiempo me sucedió una cosa extraña y, a causa de ello, mi pelo se volvió completamente blanco. En una sola noche, no se salvó un solo cabello. Desde entonces me tiño el pelo de negro. Pero Sumire ya sabía que me teñía y, al llegar a la isla, como me daba pereza, dejé de hacerlo. Aquí no me conocía nadie, qué más daba, pensé. Cuando supe que venías, volví a teñírmelo. No quería darte una impresión extraña en nuestro primer encuentro.

El tiempo transcurría a través del silencio.

—Yo no había tenido una sola experiencia homosexual, ni había pensado jamás que pudiera tener esa inclinación. Pero si Sumire lo deseaba, pensé que podía corresponderle. Al menos no me resultaba desagradable. Con Sumire, claro está. Por eso no la rechacé cuando me acarició o cuando me introdujo la lengua en la boca. Era una sensación extraña, pero intenté aceptarla. Y dejé que siguiera. A mí ella me gustaba mucho y quería verla feliz, por eso no me importaba que hiciera lo que hizo.

»Pero, aunque pensara eso, mi corazón y mi cuerpo son dos cosas distintas, ¿me entiendes? El hecho en sí de que Sumire me acariciara con tanto amor hacía que una parte de mí se sintiera incluso contenta. Pero por más que mi mente pensara de ese modo, mi cuerpo la rechazaba. No podía aceptarla. Yo solo sentía excitados el corazón y la mente, el resto estaba seco y duro como una piedra. Es triste, pero yo no podía hacer nada. Como es natural, Sumire se dio cuenta. Su cuerpo ardía, estaba dulcemente húmedo. Pero yo era incapaz de corresponderle.

»Se lo expliqué. Que no la estaba rechazando. Que simplemente no podía hacerlo. Que después de que sucediera *aquello,* catorce años atrás, no había podido entregarme a nadie en *este mundo.* Que era algo que no dependía de mí, que se había decidido en otra parte. Le pregunté si había algo que pudiera hacer por ella. Es decir, con mis dedos, con mi boca. Pero no era eso lo que Sumire necesitaba. Y yo lo sabía.

»Me besó dulcemente en la frente y me dijo que lo sentía. Que era solo que yo le gustaba. Que había dudado mucho, pero que no había podido evitarlo. "Tú también me gustas", le dije. "Así que no te preocupes por nada. Sigo queriendo que estés a mi lado."

»Luego, Sumire permaneció mucho rato con la cabeza hundida en la almohada, derramando las lágrimas contenidas durante largo tiempo. Mientras tanto, yo le acariciaba la espalda desnuda. Desde el cuello a la cintura, sintiendo la forma de sus huesos, uno a uno, bajo las yemas de mis dedos. También yo hubiese querido llorar. Pero no podía.

»Y entonces lo comprendí. Habíamos sido unas magníficas compañeras de viaje, pero, en definitiva, no éramos más que dos solitarios pedazos de metal trazando su propia órbita cada una. Desde lejos parecían bellos como estrellas fugaces. En realidad, solo éramos prisioneras sin destino encerradas cada una en su propia cápsula. Cuando las órbitas de los dos satélites se cruzaban casualmente, nos encontrábamos. Quizá simpatizábamos. Pero solo duraba un instante. Momentos después volvíamos a estar inmersas en la soledad más absoluta. Y algún día arderíamos y quedaríamos reducidas a nada.

»Sumire estuvo llorando un rato, luego se incorporó, recogió el pijama del suelo y se lo puso en silencio —explicó Myû—. Me dijo que volvía a su habitación, que quería estar sola. Le dije que no pensara demasiado. Por la mañana empezaría un nuevo día y todo volvería a ser como antes. "Claro", repuso Sumire. Se inclinó y apretó su mejilla contra la mía. Su mejilla estaba húmeda y caliente. Tengo la impresión de que me susurró algo al oído. Pero me habló tan bajo que no la entendí. Iba a pedirle que me lo repitiera, pero ella ya me daba la espalda.

»Sumire se secó las lágrimas con una toalla y salió de la habitación. La puerta se cerró. Me arrebujé bajo el futón y cerré los ojos. Pensaba que, después de lo ocurrido, no podría conciliar el sueño, pero, extrañamente, me dormí enseguida.

»Cuando me desperté eran las siete. Sumire ya no estaba en la casa, por ninguna parte. Supuse que se habría despertado pronto (o tal vez que no habría dormido en absoluto) y que habría ido sola a la playa. Había dicho que quería estar sola. Me extrañó que no dejara una nota, pero pensé que tras lo ocurrido aquella noche debía de sentirse muy confusa.

»Hice la colada, tendí la ropa de cama de Sumire y, en la terraza, esperé leyendo un libro a que volviera. Pero a mediodía aún no había regresado. Estaba preocupada, así que, aunque me supo mal, registré su habitación. Me preocupaba que se hubiera marchado sola de la isla. Pero sus maletas seguían abiertas, su monedero y su pasaporte seguían allí y, en un rincón de la habitación, tenía puestos a secar el traje de baño y los calcetines. Encima de la mesa había desparramadas algunas monedas, blocs de notas, llaves. Entre estas, la llave de la puerta de entrada de la casa.

»Tuve una sensación extraña. Me refiero a que, cuando nosotras íbamos juntas a la playa, para cruzar la montaña siempre nos poníamos unas zapatillas de deporte y una camiseta sobre el traje de baño. Y llevábamos la toalla y una botella de agua mineral dentro de la bolsa de tela. Pero tanto la bolsa como los zapatos y el traje de baño seguían en la habitación. Lo único que había desaparecido eran unas sandalias baratas que habíamos comprado en la tienda de ultramarinos y el pijama fino de seda que le había prestado yo. Aun suponiendo que solo hubiera salido a dar una vuelta por los alrededores, vestida así no podía permanecer mucho tiempo fuera. Estuve buscándola por las inmediaciones de la casa durante toda la tarde. Recorrí los alrededores, me acerqué a la playa, bajé a la ciudad y deambulé por las calles, volví a casa. Sumire no aparecía por ningún lado. El sol se fue poniendo y cayó la noche. Una noche ventosa, muy distinta de la anterior. Hasta la mañana siguiente no paró de oírse el rumor de las olas. Cualquier pequeño ruido me despertaba. No había echado la llave a la puerta de entrada. Al amanecer, Sumire aún no había vuelto. Su cama permanecía tal como yo la había dejado. Entonces me dirigí a la comisaría de policía local que está cerca del puerto.

»Había un policía que hablaba un inglés fluido y se lo expliqué todo. Que mi compañera había desaparecido y que llevaba dos noches sin regresar a casa. Pero no me tomó en serio. "Ya volverá", me dijo. "Suele pasar. Aquí esas cosas suceden. Es verano. Son jóvenes." Volví al día siguiente. Me prestó algo más de atención. Pero todavía no se pusieron en movimiento, así que llamé al consulado japonés en Atenas y les expliqué la situación. Por suerte, me atendió alguien amable. Con un tono determinante le dijo algo en griego al jefe de policía y, gracias a eso, empezaron a investigar.

»No encontraron ni una sola pista. La policía fue recabando información por el puerto, por los alrededores de la casa, pero nadie la había visto. Ni el capitán del ferri ni el hombre que vendía los billetes recordaban haber tenido una pasajera japonesa aquellos días. Sumire debía de estar en la isla. Ante todo, no llevaba dinero suficiente para comprar el billete. Era imposible que una joven japonesa deambulara en pijama por una isla tan pequeña sin llamar la atención. Tal vez se hubiera ahogado mientras nadaba en el mar. La policía interrogó a una pareja de alemanes de mediana edad que había pasado la mañana a orillas del mar, al otro lado de la montaña. Dijeron que no habían visto a ninguna japonesa, ni en la playa ni en el camino de ida y vuelta. La policía me prometió proseguir la investigación y la verdad es que se han movido mucho. Pero el tiempo ha pasado sin que haya aparecido un solo indicio.

Myû respiró profundamente y se cubrió media cara con las manos.

—Lo único que me quedaba era llamarte a Tokio y pedirte que vinieras. Había llegado a un punto en que ya no sabía qué hacer.

Imaginé a Sumire vagando sola por las áridas montañas. Con el pijama fino de seda y las sandalias playeras.

—¿De qué color era el pijama? —pregunté.

—¿El color del pijama? —repitió Myû con expresión de extrañeza.

—El pijama que llevaba Sumire cuando desapareció.

—¿Que de qué color era? No me acuerdo. Acababa de comprarlo en Milán y aún no me lo había puesto. ¿De qué color podría ser? Un color claro. Verde pálido tal vez. Es muy ligero, sin bolsillos.

—Llama otra vez al consulado de Atenas y pídeles que envíen a alguien a la isla. Que venga alguien, como sea. Y que se pongan en contacto con los padres de Sumire. Ya sé que es duro para ti, pero no podemos permanecer más tiempo en silencio. —Myû hizo un pequeño gesto afirmativo—. Como ya sabes, Sumire es un poco extremista y a veces se comporta de forma rara. Pero pasarse cuatro días fuera de casa y no decirte nada, eso no lo haría jamás —dije—. En este sentido es muy *cabal.* Si no ha vuelto, es porque hay alguna razón que se lo impide. No sé cuál, pero quizá se trate de algo serio. Quizá se ha caído en un pozo mientras andaba y está esperando a que la rescaten. O quizá alguien se la ha llevado a la fuerza. Quizá la han asesinado y enterrado en alguna parte. A una chica joven que vaga por las montañas a altas horas de la noche con un fino pijama puede pasarle cualquier cosa. Sea como sea, debemos tomar urgentemente una determinación. Pero ahora es mejor que durmamos. Mañana será un día muy largo.

—¿No se te ha ocurrido que Sumire, en fin..., que Sumire se haya suicidado? —preguntó Myû.

—Es evidente que no se puede excluir totalmente esa posibilidad. Pero, suponiendo que hubiera decidido suicidarse, te habría dejado alguna nota. Habría actuado de modo que no te hubiera dejado con esta incertidumbre, no te habría ocasionado problemas. Ella te quería y, ante todo, habría pensado en el estado de ánimo y la situación en los que te dejaba.

Myû se me quedó mirando con los brazos cruzados.

—¿Lo piensas *de verdad*?

Asentí.

—Estoy convencido. Ella es así.

—Gracias. Eso es lo que más deseaba oír.

Myû me condujo a la habitación de Sumire. Una habitación cuadrada, sin ningún adorno, recordaba un gran dado. Había una cama de madera pequeña, un escritorio y una silla, un armario pequeño con un cajón para guardar objetos pequeños. A los pies de la mesa, había una maleta roja de tamaño mediano. La ventana, en la pared de enfrente, se abría a las montañas. Sobre la mesa, un novísimo ordenador portátil Macintosh.

—He retirado sus cosas para que puedas dormir tú.

Al quedarme solo, me invadió un sueño terrible. Ya era cerca de medianoche. Me desnudé y me escurrí entre las sábanas. Pero no logré conciliar el sueño. «Hasta hace poco, Sumire dormía en esta cama», pensé. La excitación del largo viaje reverberaba en mi cuerpo.

Dentro de aquella cama dura, me poseyó la ilusión de que aquel viaje sin fin aún proseguía.

Entre las sábanas, recordé el largo relato de Myû e intenté enumerar los puntos esenciales. Pero mi cabeza no regía. Era incapaz de pensar sistemáticamente. «¡Es inútil! ¡Dejémoslo para mañana!», decidí. Luego, de repente, imaginé la lengua de Sumire introduciéndose en la boca de Myû. «¡Mañana, mañana!», pensé. Las perspectivas de que fuera un día mejor que el anterior eran escasas. Pero, fuera como fuese, de poco servía pensar entonces en eso. Cerré los ojos y pronto me sumí en un sueño profundo.

10

Cuando me desperté, Myû estaba en la terraza preparando el desayuno. Eran las ocho y media de la mañana y un nuevo sol llenaba el mundo de una nueva luz. Myû y yo nos sentamos a la mesa de la terraza y desayunamos contemplando el mar, que brillaba cegador. Comimos huevos y tostadas, bebimos café. Dos pájaros blancos se deslizaron por la ladera en dirección al mar. De algún lugar cercano llegaba el sonido de una radio. El locutor leía en griego las noticias de forma apresurada.

Debido a la diferencia horaria, una extraña parálisis dominaba el núcleo de mi cabeza. Posiblemente era esa la causa de que no pudiera discernir entre la realidad y lo que solo lo parecía. Me encontraba en aquella pequeña isla desayunando con una hermosa mujer mayor que yo que acababa de conocer el día antes. Aquella mujer amaba a Sumire. Pero no podía sentir por ella deseo sexual. Sumire amaba a aquella mujer y, además, la deseaba. Yo amaba a Sumire y la deseaba. Sumire me quería, pero no me amaba ni me deseaba. Yo podía sentir deseo por otras mujeres sin nombre, pero no las amaba. Era todo muy complicado. Como el argumento de una obra de teatro existencialista. Todas las cosas morían ahí, nadie podía ir a ninguna parte. No había alternativa posible. Y Sumire había abandonado sola el escenario.

Myû me llenó de café la taza vacía. Le di las gracias.

—A ti te gusta Sumire, ¿verdad? —me preguntó Myû—. Como mujer, quiero decir.

Me limité a asentir mientras untaba el pan con mantequilla. La mantequilla estaba fría, dura, costaba esparcirla sobre el pan. Después alcé la cabeza y añadí:

—No es algo que se pueda elegir.

Continuamos desayunando en silencio. Acabaron las noticias de la radio, empezó a sonar música griega. El viento soplaba y mecía las buganvillas. Aguzando la vista, se vislumbraban en alta mar pequeñas olas blancas encrespadas.

—Le he estado dando muchas vueltas y, al fin, he decidido partir para Atenas esta misma mañana —dijo Myû pelando una fruta—. Por teléfono tal vez no llegásemos a ninguna parte. Me parece mejor ir directamente al consulado y hablarlo cara a cara. Quizá vuelva acompañada de alguien del consulado o quizá espere en Atenas a que lleguen los padres de Sumire y regrese con ellos. De todas formas, me gustaría que permanecieras aquí mientras te fuera posible. Puede que llame la policía e incluso cabe la posibilidad de que vuelva Sumire. ¿Me harás este favor?

—Claro —respondí.

—Ahora voy a ir a la comisaría a preguntar cómo sigue la investigación, y luego alquilaré un barco en el puerto para ir a Rodas. Se tarda tiempo en ir y venir, así que, en Atenas, me alojaré en un hotel. Unos dos o tres días. Sí, creo que haré eso.

Yo asentí.

Myû terminó de pelar la naranja, secó cuidadosamente el filo del cuchillo con la servilleta.

—Por cierto, ¿has visto alguna vez a los padres de Sumire? —Le respondí que no. Myû exhaló un suspiro, profundo como el viento que sopla en los confines del mundo—. No sé cómo voy a explicárselo.

Comprendí muy bien su desconcierto. ¿Cómo diablos se podía explicar lo que no tenía explicación?

La acompañé hasta el puerto. Llevaba consigo una pequeña maleta con ropa y un bolso de Mila Schön, calzaba zapatos de tacón. Los dos nos acercamos a comisaría para que nos informaran sobre el curso de las investigaciones. Quedamos en que yo sería un pariente suyo que viajaba casualmente por la zona. Seguía sin haber una sola pista. «Pero no se preocupen», nos dijeron con expresión alegre. «No teman. Miren a su alrededor. Esta es una isla pacífica. No es que no haya delitos, claro. Hay peleas de parejas, borracheras, enemistades políticas. Cosas de la vida que pasan en cualquier parte. Pero todo son asuntos domésticos. Desde hace quince años que en esta isla ningún extranjero ha sido víctima de un crimen.»

Así debía de ser. Pero en cuanto a lo que podía haberle ocurrido a Sumire, no ofrecían explicación alguna.

—En la costa norte de la isla hay unas grutas muy profundas. Tal vez se haya extraviado por allí y no dé con la salida —dijeron—. Las cuevas, por dentro, forman un intrincado laberinto. Pero están muy muy lejos. Una joven no podría ir andando hasta allí.

Les pregunté si cabía la posibilidad de que se hubiera ahogado.

Negaron con un movimiento de cabeza. Por los alrededores no había corrientes fuertes. Además, durante la última semana, el tiempo había sido bueno, el mar no había estado agitado. Todos los días se hacían a la mar muchos pescadores. Si la joven se hubiese ahogado, seguro que habrían hallado el cadáver.

—¿Y un pozo? —pregunté—. ¿No es posible que, andando, haya caído en algún pozo profundo de por aquí?

Volvieron a hacer un gesto negativo.

—En esta isla nadie tiene pozos. No son necesarios. Hay muchas fuentes naturales de donde brota el agua. El subsuelo de la isla es muy duro, abrir un pozo es un trabajo ímprobo.

Al salir de la comisaría le dije a Myû que aquella mañana iría a la playa del otro lado del monte que ellas visitaban todos los días. Myû compró en el quiosco un pequeño mapa de la isla, me señaló el camino y me advirtió que se tardaban unos cuarenta y cinco minutos en llegar y que me pusiera unos zapatos adecuados. Luego se dirigió al puerto y, medio en inglés, medio en francés, negoció hábilmente la tarifa del transporte hasta Rodas con el conductor del barco-taxi.

—Si al menos todo acabara bien —me dijo Myû al despedirnos. Pero sus ojos decían otra cosa. Sabía perfectamente que no era fácil que ocurriera. Y yo también lo sabía. El motor del barco se puso en marcha y ella agitó la mano derecha mientras, con la izquierda, se sujetaba el sombrero. Cuando el barco desapareció mar adentro, sentí como si mi cuerpo hubiera sido desposeído de algunas pequeñas piezas. Vagué sin destino por los alrededores del puerto y me compré unas gafas de sol en una tienda de *souvenirs*. Luego subí las empinadas escaleras de vuelta a la casa.

A medida que el sol ascendía en el cielo, el calor aumentaba. Me puse el bañador y una camisa de algodón de manga corta, las gafas de sol, me calcé unas zapatillas de deporte y me dirigí a la playa por el estrecho y escarpado sendero de montaña. Me arrepentí de no haber echado mano de un sombrero, pero, evidentemente, ya era demasiado tarde. En cuanto empecé a subir la cuesta me entró sed. Me detuve, tomé un sorbo de agua y me unté la cara y los brazos con el aceite solar que me había dejado Myû. El camino era polvoriento, reseco, y cuando soplaba un golpe de viento, un polvo blanco se esparcía y danzaba por el aire. De vez en cuando me cruzaba con algún aldeano que guiaba un burro. Me saludaba en voz alta: «*Kalimera!*». Yo le devolvía el mismo saludo. Supuse que eso debía de ser lo correcto.

Los árboles que cubrían el monte eran achaparrados, de formas retorcidas. Ovejas y cabras deambulaban por las laderas rocosas con expresión quisquillosa. Los cencerros que les colgaban del cuello producían un sonido seco. Quienes conducían los rebaños eran en su mayoría niños y ancianos. Al cruzarse conmigo me miraban primero de reojo, y a continuación levantaban un poco la mano como si hicieran una especie de señal. Yo les devolvía el saludo alzando la mano del mismo modo. Sumire no podía estar vagando por aquellos parajes. No había un solo lugar donde esconderse, alguien la habría visto, sin duda.

En la playa no se veía un alma. Me quité la camisa, el bañador, entré desnudo en el mar. El agua era agradable, transparente. Por más que te adentraras, seguías viendo claramente las piedras del fondo. En la boca de la ensenada había anclado un gran yate, con el alto mástil con las velas plegadas balanceándose de izquierda a derecha como un enorme metrónomo. No se veía a nadie en cubierta. Solo se oía el lánguido eco de innumerables piedrecillas al ser arrastradas por las olas.

Después de nadar volví a la playa, me tumbé desnudo sobre la toalla y levanté la vista hacia el cielo, de un azul intenso. Las aves acuáticas sobrevolaban la bahía avistando peces. En el cielo no se vislumbraba una sola nube. Permanecí tumbado unos treinta minutos, dormitando. Nadie visitó la playa. De pronto se adueñó de mí una extraña sensación de quietud. Era un lugar demasiado tranquilo, demasiado bello para estar solo. Hacía pensar en algún tipo de muerte. Me vestí y regresé a casa por el mismo camino. El calor era más intenso todavía. Arrastrando maquinalmente los pies, traté de adivinar qué pensaría Sumire mientras andaba por aquel sendero con Myû. Quizá rumiara sobre el deseo sexual que sentía. Del mismo modo que yo, cuando estaba con ella, pensaba en mi deseo sexual. Podía imaginar cuáles debían de ser sus sentimientos en aquellos instantes. Sumire recordaba el cuerpo desnudo de Myû a su lado y deseaba abrazarla. En ello había esperanza, y excitación, y resignación, y duda, y desconcierto, y miedo. Se sentía pletórica. A continuación se achicaba. Pensaba que las cosas irían bien. Pero a la vez tenía la impresión de que todo acabaría mal. Y, al fin y al cabo, no había acabado bien.

Subí hasta la cima del monte, hice una pausa, bebí agua, bajé la pendiente. Cuando empezaba a avistar el tejado de la casa, recordé que Myû había mencionado que, desde su llegada a la isla, Sumire se encerraba en su habitación y escribía febrilmente. ¿Qué diablos debía de escribir? Myû no había añadido nada más, y yo, por mi parte, tampoco se lo había preguntado. Sin embargo, entre sus escritos, tal vez se ocultara algún indicio de su desaparición. ¿Por qué no habría caído en ello?

Al llegar a la casa me dirigí a la habitación de Sumire, encendí el ordenador y accedí al disco duro. No encontré nada que valiera la pena. Había datos de la contabilidad del viaje por Europa, direcciones, estaba la agenda. Asuntos, todos, administrativos, relacionados con el trabajo de Myû. No había escritos personales por ninguna parte. Seleccioné en el menú «Documentos recientes». No había nada guardado. Debía de haberlo borrado de forma deliberada. No querría que alguien pudiera leerlo. En ese caso, debía de haber copiado el texto en un disquete y guardado el disquete en alguna parte. Era poco probable que se hubiera llevado el disquete consigo. El pijama no tenía bolsillos.

Registré los cajones del escritorio. Encontré varios disquetes, pero todo eran copias de documentos del disco duro o documentos de otros trabajos. No encontré nada significativo. Tomé asiento ante la mesa e intenté deducir dónde, si yo fuera Sumire, habría escondido el disquete. La habitación era pequeña, sin un solo lugar donde poder ocultar algo. Y Sumire era muy sensible al hecho de que alguien leyera sus escritos. La maleta roja, claro. De todo lo que había en la habitación, era el único objeto que podía cerrarse con llave.

La novísima maleta no pesaba nada, parecía vacía. Cuando la sacudí, no hizo el menor ruido. Pero estaba cerrada con un código de cuatro cifras. Probé varias combinaciones susceptibles de componer el número secreto de Sumire. La fecha de su cumpleaños, su dirección, su número de teléfono, su distrito postal... Ninguna funcionó. Lógico. Los números que cualquiera podía deducir no servían de mucho como número secreto. Debían de ser cifras que ella pudiera recordar, pero que no estuvieran basadas en ningún dato personal. Tras pensar largo rato, se me ocurrió. El 0425. El código de Kunitachi..., es decir, de mi ciudad. Y el cierre se abrió con un ¡clac!

Dentro del bolsillo interior de la maleta había una pequeña bolsa de tela negra. Abrí la cremallera. Aparecieron un pequeño diario de color verde y algunos disquetes. Primero cogí el diario. Era su letra. Pero no había nada importante. Adónde había ido, qué había hecho. A quién había visto. Nombres de hoteles. El precio de la gasolina. El menú de la cena. Marcas de vino y su sabor. Palabras alineadas secamente, una detrás de otra. Muchas páginas en blanco. Al parecer, llevar un diario no era uno de sus puntos fuertes.

El disquete no llevaba título. En la etiqueta había solo una fecha escrita con la peculiar letra de Sumire. Agosto de 19**. Introduje el disquete en el ordenador y lo abrí. En la ventana aparecieron dos documentos. Ninguno de los dos tenía título. Solo había escrito un 1 y un 2.

Recorrí lentamente la habitación con la mirada antes de abrir el documento. En el armario colgaba la chaqueta de Sumire. Estaban sus gafas de natación, el diccionario de italiano, su pasaporte. Dentro del cajón había un bolígrafo, un lápiz portaminas. Al otro lado de la ventana, frente a la mesa, se extendía una suave pendiente rocosa. Un gato negrísimo se paseaba sobre el muro de la casa vecina. Y aquella habitación cuadrada desprovista de adornos estaba envuelta en el silencio de las primeras horas de la tarde. Cerré los ojos. En mis oídos aún resonaba el rumor de las olas que aquella mañana barrían la orilla de la playa desierta. Volví a abrir los ojos. Esta vez agucé el oído al mundo real. No se oía nada.

Hice un doble clic sobre el icono y el documento se abrió.

11

DOCUMENTO 1
Cuando te disparan, sangras

Yo, ahora, como conclusión provisional *a un largo destino (¿existirán, en realidad, otros frutos del destino aparte de los provisionales?; interesante cuestión, pero dejémosla correr), estoy en esta isla griega. Una pequeña isla que, hasta hace poco, ni había oído nombrar. Ahora son... las cuatro de la madrugada pasadas. Todavía no ha amanecido, claro. Las cándidas ovejas están sumidas en su apacible y colectivo sueño. Al otro lado de la ventana, las hileras de olivos siguen succionando el alimento de las tinieblas. Sobre los tejados, nuestra amiga la luna, parecida a un monje melancólico, sostiene fríamente entre las manos la ofrenda de un mar estéril.*

Me encuentre en la parte del mundo en que me encuentre, esta es la hora que prefiero sobre todas las demás. Esta hora es solo mía. Yo, ante la mesa, escribo. Pronto amanecerá. Como Buda, nacido del costado de su madre (¿era el derecho, el izquierdo?), un nuevo sol asomará de súbito por el extremo de las montañas. Pronto, la siempre discreta Myû despertará en silencio. A las seis prepararemos un desayuno sencillo, desayunaremos y emprenderemos el camino hasta la hermosa playa de siempre, al otro lado del monte. Antes de que empiece así nuestra jornada cotidiana, yo (me arremango y) me dispongo a terminar este trabajo.

Exceptuando unas cuantas cartas largas, hace mucho tiempo que no escribo nada puramente personal, así que no confío demasiado en poder expresarme bien. De hecho, confianza en «poder expresarme bien», ¿la habré tenido alguna vez en la vida? Yo solo escribía porque no podía *estar sin escribir.*

¿Por qué no podía estar sin escribir? La razón es muy clara. Para reflexionar sobre algo, yo, previamente, necesitaba plasmar *ese algo* por escrito.

Ha sido así desde mi infancia. Cuando no entiendo algo, recojo, una tras otra, las palabras esparcidas a mis pies y las conformo en frases. Si no funciona, vuelvo a mezclar las palabras y las ordeno otra vez dándoles una forma distinta. Tras repetir varias veces el mismo proceso, al fin soy capaz de pensar como el resto de los mortales. Escribir jamás me ha parecido duro o pesado. Igual que otros niños recogían hermosas piedras o bellotas, yo escribía con entusiasmo. Tomaba papel y lápiz y, con la misma naturalidad con la que respiraba, escribía una frase tras otra. Y *pensaba.*

Quizá me digas que seguir todo este proceso cada vez que tienes que pensar algo es una pérdida de tiempo, y que es muy lento llegar a una conclusión. O quizá no lo digas. Pero sí, *de hecho,* se tarda tiempo. Cuando entré en primaria, la gente se preguntaba, incluso, si yo no sería «retrasada mental». Era incapaz de seguir el ritmo de los demás niños de la clase.

La conciencia de inadaptación que me provocaba ese *desfase* había decrecido considerablemente al acabar primaria. Había aprendido, *hasta cierto punto,* cómo adaptarme al mundo circundante. Pero aquel *desfase* permaneció en mi interior hasta después de cortar mis relaciones con la sociedad. Como una serpiente sin voz entre la maleza.

Y aquí tenéis mi tesis provisional.

Habitualmente, tomo conciencia de mi identidad en forma de palabras.

¿Sí?

¡Pues sí!

Por esta razón llevo escrita hasta ahora una enorme cantidad de textos. De manera cotidiana —casi diaria—. Como si fuese cortando, yo sola, con diligencia, la hierba de una extensa pradera que creciera sin descanso a enorme velocidad. Hoy aquí, mañana allá... Tras dar una vuelta completa, cuando regreso al punto de partida, la hierba vuelve a estar tan alta como al principio.

Sin embargo, después de conocer a Myû, casi *dejé de escribir*. ¿Por qué? La teoría de K. sobre ficción = transmisión es bastante convincente. Probablemente acierte en parte. Pero tengo la impresión de que hay algo más. Intentaré pensar de manera más simple. Simple. Simple.

Quizá yo, en definitiva, dejé de pensar —por supuesto, lo que yo entiendo por *pensar*—. Me pegué a Myû como una cuchara sobre otra y, junto a ella, me dejé arrastrar a donde fuera (a cualquier parte), pensando: «¡Bueno, ya me está bien!».

En otras palabras, para seguir a Myû he tenido que aligerar al máximo mi equipaje. Incluso el acto básico de pensar se había convertido en un fardo demasiado pesado. En resumen, que debe de ser únicamente eso.

Por más que crezca la hierba, a mí (¡bah!) ¿qué más me da? Tumbada en el prado, con los ojos fijos en el cielo, veo cómo pasan las nubes blancas. A ellas confío mi suerte. Me abandono en secreto al olor de la hierba lozana, al susurro del viento. Ha dejado de importarme, incluso, la diferencia entre lo que sé y lo que no sé.

No, no es cierto. Eso no me ha importado desde el principio. Tengo que hablar con más exactitud. Exactitud. Exactitud.

Pensándolo bien, mi regla básica al escribir ha sido siempre esta: plasmar por escrito lo que (creo que) conozco como si «no lo conociera». Pensar: «¡Ah, esto ya lo sé! ¡No vale la pena escribir sobre ello!», es el fin. Quizá no vaya a ninguna parte. Pondré un ejemplo concreto: si pienso (o si piensas) confiadamente de alguien que te rodea: «¡Ah! Lo conozco muy bien. No hace falta que pierda el tiempo pensando en él. No hay problema», tal vez salgas trasquilado. Detrás de lo que creemos conocer de sobra se esconde una cantidad equivalente de desconocimiento.

La comprensión no es más que un conjunto de equívocos.

Esta (y que quede entre nosotros) es mi simple manera de conocer el mundo.

En nuestro mundo, «lo que sabemos» y «lo que no sabemos» coexisten en una nebulosa, fatalmente unidos, como hermanos siameses. Caos, caos.

¿Quién diablos puede distinguir el mar de lo que en él se refleja? ¿Puedes tú distinguir entre la lluvia que cae y la soledad?

Así pues, renuncio con gallardía a separar el conocimiento del desconocimiento. Este es mi punto de partida. Un terrible punto de partida, tal vez. Pero las personas necesitan partir de algún punto. ¿No es así? En consecuencia, tema y estilo, sujeto y objeto, causa y consecuencia, yo y las articulaciones de mis manos, todo se toma como una unidad indivisible. Todo el polvo esparcido por el suelo de la cocina es una única cosa, una mezcla de sal y pimienta y harina y fécula de patata.

Yo y mis articulaciones... Me descubro a mí misma ante el ordenador haciendo crujir los dedos. Poco después de dejar de fumar renació este vicio. Primero hago crujir las articulaciones de los cinco dedos de la mano derecha, ¡crac!, ¡crac!, luego las articulaciones de los cinco dedos de la izquierda. No es que me enorgullezca de ello, pero puedo hacer un ruido fortísimo. Un ruido seco, siniestro, como si con las manos desnudas le rompiera a alguien el cuello. Cuando estudiaba primaria no había en la escuela ningún niño que me ganara.

Poco después de entrar en la universidad, K. me hizo saber discretamente que no era una habilidad digna de alabanza. Que una chica, llegada a cierta edad, no debe hacer crujir con tanto entusiasmo los dedos, al menos en presencia de los demás. Que parecía la Lotte Lenya de *Desde Rusia con amor*. Pero entonces, ¿por qué nadie me lo había dicho antes? Yo pensé: «¡Ah, claro!», y me esforcé en desterrar aquel vicio. A mí me encantaba Lotte Lenya, pero no quería parecerme a ella. Después de dejar de fumar, me descubrí a mí misma sentada ante la mesa haciendo crujir los dedos sin darme cuenta: ¡Crac! ¡Crac! ¡Crac! ¡Crac! ¡Crac! Mi nombre es Bond. James Bond.

Como iba diciendo. Tengo poco tiempo. No puedo andarme con rodeos. Dejemos a Lotte Lenya. No me sobra el tiempo para perderlo en metáforas. Ya he afirmado antes que dentro de nosotros coexisten inevitablemente «lo que (creo que) sé» y «lo que no sé». A la mayoría de la gente le conviene vivir levantando un biombo que las separe. Porque es más cómodo, más práctico. Pero yo, simplemente, he quitado el biombo. Porque no he podido evitarlo. Porque odio los biombos. Porque yo soy así.

Si se me permite usar otra vez el ejemplo de los hermanos siameses, estos no tienen por qué llevarse siempre bien. No tienen por qué esforzarse siempre en comprenderse el uno al otro. Lo más frecuente es, más bien, lo contrario. La mano derecha no sabe lo que hace la izquierda y la izquierda no sabe lo que hace la derecha. Entonces nos sentimos confusos, nos perdemos... y chocamos contra algo. ¡Badabum!

Con esto quiero decir que una persona, para lograr que «lo que (cree que) sabe» y «lo que no sabe» coexistan en paz, necesita una hábil estrategia. Esta estrategia —¡sí, lo has adivinado!— consiste en pensar. En otras palabras, en mantenerse firmemente sujeto a algo. De otro modo, no lo dudes, emprenderás un estúpido e irremediable «rumbo al desastre».

Una pregunta.

¿Qué debe hacer, entonces, una persona para evitar el choque (¡badabum!) si no piensa en serio (tumbada en el prado, contemplando plácidamente las blancas nubes del cielo, escuchando el rumor de la hierba al crecer)? ¿Es difícil? No, ¡qué va! Expresado con pura lógica es sencillo. *C'est simple.* Lo que se debe hacer es soñar. Soñar y soñar. Entrar en el mundo de los sueños y no salir de él. Vivir allí eternamente.

En los sueños no es preciso hacer distinciones. No lo es *en absoluto*. En primer lugar, en los sueños no existen fronteras. Y, por lo tanto, apenas hay colisiones. Y, aunque las hubiera, no dolería. La realidad es distinta. La realidad muerde. La realidad. La realidad.

Hace tiempo, cuando se estrenó *Grupo salvaje*, de Sam Peckinpah, en la rueda de prensa una periodista alzó la mano y preguntó en tono inquisitivo: «¿Qué necesidad creen que hay de mostrar tanta sangre?». Ernest Borgnine, uno de los actores, respondió con aire perplejo: «Pero, señora, es que, cuando te disparan, sangras». La película se filmó en plena época de la guerra de Vietnam.

Me gusta esta frase. Posiblemente sea uno de los principios básicos de la realidad. Aceptar las cosas difíciles de desentrañar como cosas difíciles de desentrañar, aceptar el hecho de sangrar. Disparar y sangrar.

Es que, cuando te disparan, sangras.

Era justamente por eso por lo que yo escribía. Pienso, en el sentido habitual del término. Y en el territorio anónimo que se encuentra en la prolongación del pensamiento concibo un sueño: un feto ciego llamado comprensión flota en un líquido amniótico opresivo y vacío llamado incomprensión. Tal vez sea esta la causa de que mis novelas se alarguen sin medida, de que se me escapen de las manos. Yo aún no puedo mantener una línea de suministro de esta envergadura. Ni técnica, ni moralmente.

Pero *esto* no es una novela. ¿Cómo podría llamarlo?... En suma, solo son frases. No es preciso pulirlas. De momento solo estoy pensando en voz alta. No tengo aquí ningún deber moral. Yo..., pues sí, yo solo estoy pensando. Hace tiempo que no pensaba nada y quizá tarde mucho tiempo en volver a hacerlo. Pero ahora estoy pensando. Seguiré haciéndolo hasta el amanecer.

Con todo, no puedo olvidar mis viejas y oscuras dudas de siempre. ¿Debo consagrar mis energías y mi tiempo a un propósito tan inútil? ¿Debo ir acarreando, uno tras otro, pesados cubos de agua a un lugar embarrado tras una larga lluvia? ¿No debería dejarme de esfuerzos inútiles y abandonarme, simplemente, a la corriente?

¿Colisión? ¿Y esto qué es?

Digámoslo con otras palabras.

Pero ¿con qué otras palabras podría explicarlo?

¡Ah, sí!... ¡Ya lo tengo!

Si voy a seguir escribiendo sin ton ni son, será mejor que me meta en la cama, bien calentita, y me masturbe pensando en Myû. A esto me refiero.

Me encanta la curva de su culo, me gusta su cabello, blanco como la nieve. En contraste con su pelo inmaculado, el vello púbico es negrísimo y tiene una forma preciosa. Enfundado en unas pequeñas bragas negras, su culo también es sexi. Pienso sin descanso en su vello púbico, en forma de T, tan negro como las bragas que lo cubren.

¡Debo dejar de pensar en estas cosas! ¡Basta! Voy a cortar este hilo de fantasías sexuales, no me lleva a ninguna parte (¡clic!), voy a concentrarme, de momento, en la escritura. Debo aprovechar al máximo estas preciosas horas antes del alba. Decidir lo que vale y lo que no vale, eso le corresponde a otra persona que está en algún otro lugar. Y a mí, en estos momentos, me interesa menos ese alguien que un vaso de *mugicha*.

¿Sí?

Pues sí.

Prosigo, entonces.

Dicen que introducir un sueño (real o inventado) en una novela es una opción arriesgada. Que solo unos pocos escritores bendecidos por el talento logran reformular con palabras la irracional composición de los sueños. No pongo ninguna objeción. A pesar de ello, quiero contar uno. Es un sueño reciente. Lo describiré como un hecho auténtico relacionado conmigo misma. Yo solo soy una honrada guardiana del almacén. No respondo de la calidad literaria.

A decir verdad, he tenido varias veces sueños parecidos. Los detalles son distintos. El escenario es distinto. Pero están cortados por el mismo patrón. También el dolor que siento al despertarme (en intensidad y duración) es similar. En ellos se repite, una vez tras otra, el mismo tema. Como un tren que, en la noche, hace sonar siempre su silbato ante una curva sin visibilidad.

El sueño de Sumire

(Este trozo voy a narrarlo en tercera persona. Así sonará más auténtico.)

Sumire subía por una escalera de caracol para reunirse con su madre que había muerto mucho tiempo atrás. Su madre la esperaba arriba. Tenía algo que comunicarle. Una *información* importantísima que Sumire debía conocer para seguir viviendo. Sumire temía aquel encuentro. Era la primera vez que veía a un muerto y, además, no sabía cómo era su madre. Tal vez esta —por alguna razón desconocida— sintiera hacia ella hostilidad o malevolencia. Pero tenía que verla. Era su primera y última oportunidad.

La escalera era muy larga. Subía y subía, pero no llegaba arriba del todo. Sumire, jadeante, proseguía la ascensión a paso rápido. El tiempo se acababa. Su madre no iba a quedarse eternamente dentro de aquel edificio. Su frente se perlaba de sudor. Y, al final, la escalera acababa.

En lo alto había un amplio rellano con una pared al fondo. Un sólido muro de piedra. Justo a la altura de su rostro, se abría un agujero redondo parecido a un respiradero. Un pequeño agujero de unos cincuenta centímetros de diámetro. Y la madre de Sumire estaba allí incrustada, en una posición incómoda, como si la hubieran embutido en el agujero a la fuerza, empezando por los pies. Sumire comprendía que su tiempo había acabado.

Tendida en el angosto agujero, la madre tenía la cara vuelta hacia Sumire y la miraba de frente. Como si le suplicara algo. En cuanto la vio, Sumire supo que aquella mujer era su madre. Era quien le había dado la vida y la carne. Sin embargo, por una razón u otra, no era la misma persona que aparecía en las fotografías del álbum familiar. «¡Mi auténtica madre es más hermosa, más joven! ¡Así que aquella no era mi madre de verdad!», pensaba Sumire. «Mi padre me engañaba.»

—¡Mamá! —la llamó armándose de valor. Sintió cómo un tabique se derrumbaba dentro de su corazón. Sin embargo, en cuanto Sumire pronunció esta palabra, la madre fue arrastrada hacia el fondo del agujero como si un vacío gigantesco la succionase desde el otro lado. La madre abrió la boca, se dirigió a Sumire y le gritó algo. Pero, por culpa del sonido hueco del viento que penetraba por los resquicios del agujero, sus palabras no llegaron a oídos de Sumire. Al instante siguiente, la madre ya había desaparecido, arrastrada hacia las tinieblas del fondo del agujero.

Al volverse, Sumire vio que la escalera se había desvanecido. Ahora la circundaba una pared de piedra. En el lugar donde había estado la escalera, se abrió entonces una puerta de madera. Sumire hizo girar el pomo y la puerta se abrió hacia dentro. Al otro lado estaba el cielo. Ella se encontraba en la cima de una alta torre. Al mirar hacia abajo, la altura la cegó. Por el cielo volaban una infinidad de objetos parecidos a aeroplanos. Eran simples aeroplanos de una sola plaza que cualquiera podía construir. Hechos con bambú y ligeras piezas de madera. En la parte posterior del asiento llevaban una hélice y un motor del tamaño de un puño. Sumire pedía a gritos a los pilotos que la rescataran. Pero estos ni la miraban.

«Con estas ropas nadie puede verme», pensó Sumire. Llevaba una bata, larga y blanca, anónima, como las de los hospitales. Se deshizo de ella y se quedó desnuda. Debajo no llevaba nada. Arrojó la bata que acababa de quitarse al vacío, al otro lado de la puerta. Y esta, como alma liberada, desapareció en la lejanía cabalgando en el viento. El mismo viento que acariciaba el cuerpo de Sumire y arremolinaba su vello púbico. De repente, se dio cuenta de que todos los pequeños aeroplanos que habían estado volando hasta entonces a su alrededor se habían convertido en libélulas. El cielo estaba lleno de libélulas multicolores. Sus enormes ocelos miraban en todas direcciones y brillaban. Y el batir de sus alas se intensificó más y más como si fuera aumentando el volumen de una radio. No tardó en convertirse en un estruendo insufrible. Sumire se puso en cuclillas, cerró los ojos y se tapó los oídos.

Entonces se despertó.

Sumire recordaba el sueño hasta en sus menores detalles. Incluso hubiese podido dibujarlo. Lo único que era incapaz de recordar era el rostro de la madre que desaparecía succionada hacia el agujero oscuro. También las preciosas palabras que esta pronunciaba se perdían en el vacío más absoluto. Sumire, en la cama, mordió la almohada con violencia y lloró.

El barbero ya no hace agujeros.

Después del sueño tomé una determinación crucial. Por fin la punta de mi —a su manera— diligente pico ha empezado a golpear sobre roca sólida. ¡Crac! Le mostraré a Myû con claridad cuáles son mis deseos. No puedo continuar así, colgada toda la vida. No puedo ser como un tímido barbero que abre un agujero en el patio trasero de su casa y se asoma a su interior para confesar en secreto: «¡Amo a Myû!». Si esta situación se prolonga, yo me iré perdiendo poco a poco. Todos los amaneceres y todos los atardeceres irán arrancándome un pedazo tras otro. Dentro de poco, mi existencia se habrá diluido en la corriente y yo me habré convertido en «nada».

Las cosas son tan claras como el cristal de cuarzo. El cristal. El cristal.

Quiero abrazar a Myû, quiero que ella me abrace. Yo ya he entregado todo cuanto me importaba. Ya no quiero darles nada más. Aún no es demasiado tarde. Debo hacer el amor con Myû. Penetrar en su interior. Y que ella penetre en mi interior. Como dos voraces y aterciopeladas serpientes.

¿Y qué haré si Myû no me acepta?

En ese caso, tendré que aceptar las cosas como vengan.

—Es que, cuando te disparan, sangras.

Debe correr la sangre. Debo afilar mi cuchillo y degollar a un perro en alguna parte.

¿Verdad que sí?

Pues sí.

Estas líneas son un mensaje que me mando a mí misma. Parecen un bumerán. Cuando lo arrojo, rasga las tinieblas en la lejanía, asusta la pequeña alma de algún desdichado canguro y, pronto, vuelve a mi mano. Pero el bumerán que retorna no es el mismo bumerán que yo he arrojado. Lo sé. Bumerán, bumerán.

12

DOCUMENTO 2

Son las dos y media de la tarde. El mundo exterior arde, cegador, como el infierno. Las rocas, el cielo y el mar resplandecen con un blanco fulgor uniforme. Al contemplarlos, pronto se desdibujan las líneas divisorias y se funden en una única nebulosa. Toda alma consciente evita la luz desnuda del sol y se sume en el sueño de las sombras. Ni siquiera vuelan los pájaros. En el interior de la casa reina un agradable frescor. Myû escuchaba a Brahms en la sala de estar. Lleva un vestido de verano de color azul a rayas y el inmaculado pelo recogido en un pequeño moño. Yo estoy sentada a la mesa, escribiendo esto.

—¿Te molesta la música? —me pregunta Myû.

Y yo le respondo:

—Brahms no me molesta jamás.

Estoy siguiendo el hilo de la memoria, tratando de reproducir la historia que Myû me contó días atrás en una aldea de la Borgoña. No es tarea fácil. Su relato era entrecortado, tiempos y hechos diversos se entremezclaban sin cesar. Había veces que yo acababa por no entender qué iba antes y qué iba después, cuál era la causa y cuál la consecuencia. No se lo reprocho a Myû, claro. La cruel cuchilla de la conjura enterrada en la memoria rasga su carne. A medida que se apagan las estrellas del alba que brillan sobre los viñedos, sus mejillas pierden el color de la vida.

La convenzo y hago que me lo cuente. La aliento, la amenazo, la mimo, la alabo, la seduzco. Hablamos hasta el amanecer bebiendo vino tinto. Cogidas de la mano, vamos siguiendo entre las dos las huellas de sus recuerdos, las analizamos, las reconstruimos. Hay fragmentos que Myû es incapaz de recordar. Al pisarlos, Myû se aturde en silencio, bebe mucho vino. Es un territorio peligroso. Desistimos de seguir explorándolo, nos retiramos con precaución y avanzamos hacia terrenos más seguros.

Decidí convencer a Myû para que me contara esta historia al darme cuenta de que se teñía de negro el pelo. Myû es muy precavida, y quienes la rodean —exceptuando unos pocos— no saben que lo hace. Pero yo me di cuenta. Viajando juntas durante tanto tiempo, viviendo juntas día tras día, llega un momento en que acabas dándote cuenta. O quizá es que Myû no trató de ocultármelo. De haberlo querido, habría sido más cuidadosa. Quizá pensó que era inevitable, que acabaría enterándome. O tal vez quería que me diese cuenta. (Por supuesto, todo esto son puras especulaciones.)

Se lo pregunto abiertamente. Mi carácter es así. No puedo evitar preguntar las cosas a bocajarro. ¿Tienes muchas canas? ¿Desde cuándo te tiñes? Desde hace catorce años, contesta ella. Hace catorce años, todo mi cabello, sin salvarse ni uno, encaneció, me cuenta ella. ¿Alguna enfermedad? No, no es eso, dice Myû. Me pasó *algo* y el pelo se me volvió completamente blanco, en una sola noche.

Le pido que me cuente la historia. Se lo imploro. Quiero saberlo todo sobre ti. Yo no te oculto nada, te lo digo todo. Pero Myû, sin palabras, niega sacudiendo la cabeza. Jamás se lo ha contado a nadie. Ni siquiera su marido conoce la verdad. Durante catorce años lo ha mantenido como su propio y exclusivo secreto.

Al fin hablamos hasta el alba de aquello que le sucedió. Todas las cosas deben ser contadas cuando llega el momento. Si no, uno sigue eternamente encadenado a su secreto.

Cuando se lo digo, Myû me mira como si estuviera contemplando una escena lejana. Algo emerge en sus pupilas para, acto seguido, sumergirse despacio. Ella dice: «Yo no debo poner punto final a nada. Son ellos quienes tienen cosas que liquidar, no yo».

No logro desentrañar el auténtico sentido de sus palabras. Se lo confieso sinceramente.

Myû dice: «Si te lo contara, acabaríamos compartiendo esta historia. ¿No es así? Pero en realidad yo no sé si esto es lo correcto. Si destapara la caja, tú te verías involucrada en esta historia. ¿Es lo que me estás pidiendo? ¿Quieres saber lo que yo he perseguido olvidar a toda costa, a costa de cualquier sacrificio?».

Sí, le digo. Quiero compartirlo todo contigo, sea lo que sea. No quiero que me ocultes nada.

Myû toma un sorbo de vino, cierra los ojos. Reina el silencio, como si el tiempo se distendiera. Ella duda.

Por fin empieza a contármelo. Poco a poco. Pedazo a pedazo. Algunas partes de la historia se ponen enseguida en movimiento, otras permanecen eternamente inmóviles. Dentro del relato coexisten distintos estratos. En algunos casos, la diferencia de nivel cobra significado por sí misma. Yo, como narradora, debo ir reuniendo todos estos elementos con precaución extrema.

La historia de la noria de Myû

Es verano. Myû está sola en una pequeña ciudad suiza cerca de la frontera francesa. Tiene veinticinco años y vive en París, donde estudia piano. Ha viajado hasta aquí a petición de su padre para cerrar un trato comercial. El asunto en sí no era complicado, ha concluido yendo a cenar con un representante de la otra empresa y con la firma de un contrato. Ella, nada más verla, se ha prendado de esta ciudad. Una ciudad llena de belleza y de encanto. Hay un lago y, a sus orillas, un castillo medieval. Le apetece pasar unos días aquí. En un pueblecito vecino se celebra, además, un festival de verano de música. Si alquila un coche, podrá desplazarse hasta allí todos los días.

Tiene la suerte de encontrar un apartamento amueblado que puede alquilarse por un corto espacio de tiempo. Un apartamento pequeño y acogedor en lo alto de una colina, en un extremo de la ciudad. La vista es magnífica. Cerca hay un lugar donde puede hacer sus prácticas de piano. El alquiler no es bajo, pero, si no le alcanza el dinero, siempre puede pedírselo a su padre.

Myû inicia una transitoria pero plácida vida en la ciudad. Acude al festival, pasea por los alrededores, conoce a algunas personas. Encuentra un restaurante y un café que le gustan. Desde la ventana de su habitación se ve un parque de atracciones a las afueras de la ciudad. Hay una gran noria. Se ven las cabinas, con sus puertas multicolores, que ligan su destino a una enorme rueda que gira despacio en el cielo. Alcanzan el cenit y, luego, inician el descenso. La noria no va a ninguna parte. Las cabinas solo suben hasta arriba y bajan. Esto le produce a Myû una extraña sensación de placer.

Al anochecer se encienden en la noria múltiples luces. Aun después de que cierre el parque y la noria deje de girar, las luces no se apagan. La rueda sigue brillando alegremente toda la noche como si rivalizara con las estrellas del firmamento. Myû se sentaba junto a la ventana y contemplaba cómo la noria subía y bajaba (o su figura inmóvil, como un monumento) mientras escuchaba música por la radio.

Ella conoce a un hombre en la ciudad. Un hombre que ronda los cincuenta, guapo, latino. Es alto, con una nariz excepcionalmente hermosa, pelo liso y negro. Se dirige a ella en el café. Le pregunta de dónde es. Ella le responde: de Japón. Hablan. Se llama Fernando. Ha nacido en Barcelona, pero hace cinco años que trabaja en la ciudad suiza, se dedica al diseño de muebles.

Habla en tono desenfadado, bromea. Tras intercambiar algunas frases banales, se despiden. Dos días después vuelven a encontrarse en el mismo café. Se entera de que está soltero, divorciado. Le dice que se ha ido de España para empezar una nueva vida. A Myû no le produce muy buena impresión. Percibe que él intenta seducirla. Huele el deseo sexual. Y eso la asusta. Decide no volver a acercarse a aquel café.

A partir de entonces empieza a encontrárselo por todas partes. Lo suficiente para hacerla sospechar que él la sigue. Claro que tal vez sea un obsesión absurda. En una ciudad pequeña no es raro toparse a menudo con alguien. Él, cada vez que la ve, sonríe, la saluda con familiaridad. Ella le devuelve el saludo. Pero Myû, poco a poco, empieza a sentir una mezcla de desagrado e irritación. Comprende que su apacible vida en la ciudad está siendo amenazada por el tal Fernando. Y, como un acorde disonante expuesto simbólicamente al principio de un movimiento musical, su plácido verano se ve enturbiado por la sombra de un mal presentimiento.

Pero Fernando, al fin y al cabo, no es más que una parte de la sombra. A los diez días de vivir allí empieza a sentir una especie de rechazo general hacia su vida en aquella ciudad. La ciudad, hermosa y limpia en cada uno de sus rincones, empieza a parecerle estrecha de miras, engreída. La gente es amable, simpática. Pero ella percibe una invisible discriminación hacia los asiáticos. El vino que le sirven en el restaurante tiene un regusto desagradable. Las verduras están llenas de gusanos. Los conciertos del festival le parecen faltos de interés. No puede concentrarse en la música. El apartamento, que tan acogedor encontraba al principio, ahora le parece pueblerino y de mal gusto. Todo va perdiendo su brillo original. La sombra siniestra va extendiéndose. Y ella ya no puede apartar los ojos de la sombra.

El teléfono suena por las noches. Alarga la mano y agarra el auricular. «*Allô?*», dice. Cuelgan. Se repite lo mismo varias veces. «Debe ser Fernando», piensa. Pero no tiene una sola prueba. ¿Cómo puede saber su número de teléfono? El aparato es un modelo antiguo, no puede desconectarse. Myû no logra dormir bien. Empieza a tomar somníferos. Pierde el apetito.

Desea irse pronto. Aunque, por alguna razón desconocida, no es capaz de arrastrarse fuera de la ciudad. Busca excusas plausibles. Ya ha pagado un mes de alquiler, ha comprado las entradas para los conciertos. Y ha alquilado su apartamento de París durante las vacaciones de verano. «No voy a echarme atrás ahora», se dice. «Además, en realidad tampoco ha sucedido nada. No he sufrido ningún daño concreto. Quizá solo se trate de excesiva susceptibilidad por mi parte.»

Cena siempre en un pequeño restaurante del barrio. Hace quince días que vive en la ciudad. Después de cenar le apetece respirar, por primera vez desde hace tiempo, el aire fresco de la noche y emprende un largo paseo. Va de una calle a otra sumida en sus pensamientos. Se encuentra ante la entrada del parque de atracciones. El parque donde está la noria. Música animada, voces que invitan a la gente a pasar, gritos alborozados de los pequeños. Casi todos los visitantes son familias o parejas de la zona. Myû recuerda cuando, de pequeña, su padre la llevaba al parque de atracciones. Aún hoy recuerda el olor de la chaqueta de su padre el día que subieron juntos a las tazas de café. Mientras duró la atracción, Myû no soltó la manga de la chaqueta de su padre. Aquel olor era el signo del remoto mundo de los adultos, y para la pequeña Myû era un símbolo de seguridad. Piensa en su padre con nostalgia.

Compra una entrada porque, de pronto, le parece divertido, entra en el parque de atracciones. Hay muchas casetas, muchos tenderetes. Una barraca de tiro al blanco. Exhibición de serpientes. El puesto de una adivina. Una mujer ante una bola de cristal llama a Myû haciéndole señas. «*Mademoiselle*, venga. Es muy importante. Su destino está a punto de dar un gran giro», dice la mujerona. Myû sonríe y pasa de largo.

Compra un helado y se sienta en un banco a comérselo mientras mira cómo la gente va y viene. Sus pensamientos siguen en un lugar muy alejado de aquel bullicio. Un hombre se le acerca y empieza a hablarle en alemán. Ronda los treinta, es de escasa estatura, rubio, lleva bigote. Es el tipo de hombre al que le sienta bien un uniforme. Ella hace un gesto negativo con la cabeza, sonríe, señala el reloj. «Tengo una cita», dice en francés. Se da cuenta de que su voz es más aguda y seca que de costumbre. El hombre no añade nada más, esboza una sonrisa incómoda, alza ligeramente la mano en ademán de saludo y se va.

Myû se levanta y empieza a vagar sin rumbo. Alguien lanza un dardo, un globo estalla. Un oso baila con estrépito. El órgano toca *El Danubio Azul*. Levanta la vista, ve cómo la noria gira despacio en el cielo. «Voy a subir», piensa. «Desde arriba miraré mi apartamento. Al revés de como hago siempre.» Dentro del bolso lleva unos pequeños anteojos. Los había metido para ver el escenario en el festival de música un día que su asiento estaba lejos, en el césped, y allí se han quedado. Son pequeños, ligeros, pero muy potentes. Con ellos podrá ver bastante bien el interior de la habitación.

Compra un billete en la taquilla, frente a la noria.

—Señorita, estamos a punto de cerrar —le dice el viejo vendedor. Masculla estas palabras con la cabeza gacha, casi para sí mismo. Y sacude la cabeza—. Esto se acaba. Es la última vuelta. Girará una vez más y ya está.

Una barba blanca le cubría el mentón. Una barba manchada de nicotina. Tosió. Tenía las mejillas enrojecidas como si, durante largo tiempo, las hubiese azotado el viento del norte.

—Ya está bien. Con una vez es suficiente —dice Myû. Compra el billete y sube a la plataforma. Parece que va a ser la única pasajera. Por lo que alcanza a ver, dentro de las cabinas tampoco hay nadie. Solo una multitud de cabinas vacías dando vueltas ociosamente en el cielo, una vez tras otra. Como si el mundo se aproximara a un final desleído.

Monta en una cabina roja, toma asiento en el banco, el viejo se acerca, cierra la puerta, echa la llave. Quizá sea por seguridad. La noria empieza a elevarse hacia el cielo, tambaleándose, como un animal viejo. La multitud de casetas apiñadas a su alrededor empequeñecen bajo sus ojos. Las luces de la ciudad emergen en la oscuridad de la noche. A la izquierda se ve el lago. Las lamparillas de los botes que flotan en el lago están encendidas y se reflejan dulcemente en la superficie del agua. En la lejanía, las luces de los pueblos se esparcen por la ladera de la montaña. Su belleza le oprime el corazón en silencio.

Empieza a aparecer la zona donde ella vive, en la cima de la colina. Myû enfoca los anteojos, busca su apartamento con la mirada. Pero no es tan sencillo encontrarlo. La noria se acerca rápidamente a la cumbre. Debe apresurarse. Myû, frenética, va enfocando a izquierda y derecha, arriba y abajo, e intenta encontrar su casa. Pero en la ciudad hay demasiados edificios parecidos.

La noria culmina la ascensión e inicia fatalmente el descenso. Myû, por fin, descubre el edificio que busca. ¡Es aquel! Pero hay más ventanas de lo que esperaba. La mayoría de la gente las mantiene abiertas para que entre el aire del verano. Ella desplaza sus anteojos de una ventana a otra y, finalmente, localiza la segunda ventana por la derecha del segundo piso. Pero, para entonces, la noria ya se aproxima al suelo. Los muros de las casas le obstruyen la visión. ¡Qué lástima! Un poco más y habría podido atisbar el interior de su apartamento.

La noria se aproxima al suelo. Despacio. Se dispone a abrir la puerta y bajar. Pero la puerta no se abre. Recuerda que está cerrada con llave. Busca con la mirada al viejo de la taquilla. Pero este no aparece. Las luces de la taquilla están apagadas. Va a llamar a alguien. Pero no se ve a nadie a quien pueda avisar. La noria emprende de nuevo la ascensión. «¿Qué hago ahora?», piensa. Suspira. «¿Qué debe de haber pasado? Seguro que el viejo ha ido al lavabo o a algún otro sitio y se le ha pasado el tiempo. No me queda más remedio que dar otra vuelta.»

«No está mal», se dice. Le basta con pensar que gracias a que aquel pobre hombre chochea, podrá dar una vuelta de más. «Esta vez sí voy a localizar mi apartamento», decide Myû. Sujeta los anteojos con ambas manos y se asoma a la ventanilla. Como ya conoce la dirección y la posición aproximadas, esta vez encuentra la ventana sin dificultad alguna. La ventana está abierta y la luz encendida (detestaba volver a una habitación a oscuras y tenía, además, la intención de regresar en cuanto acabara de cenar).

Contemplar la habitación donde vives desde lejos con unos anteojos tiene algo de extraño. Te sientes incluso culpable por estar espiándote a ti mismo. Pero yo no estoy ahí. Es algo natural. Sobre la mesita está el teléfono. Si pudiera, me gustaría llamar. Encima de la mesa, hay una carta a medio escribir. Myû querría leerla desde donde está. Pero, como es lógico, no todo se distingue con tanto detalle.

Pronto, la noria alcanza el cenit y emprende el descenso. Baja un poco, pero de súbito se detiene con estrépito. Myû choca violentamente con el hombro contra la pared, los anteojos están a punto de caérsele al suelo. El motor que hace girar la rueda se detiene, un silencio antinatural cae sobre los alrededores. La animada música que hasta hace unos instantes sonaba como telón de fondo ha cesado. Las luces de la mayoría de las casetas se han apagado. Myû aguza el oído. Nada se oye aparte del susurro del viento. Silencio absoluto. Ninguna voz invitando a la gente, ningún chillido alborozado de niño. Al principio le cuesta entender qué ha sucedido. Pronto lo comprende. Me han dejado aquí dentro.

Se inclina por la ventana entreabierta y mira de nuevo hacia abajo. Se da cuenta de que está a una altura formidable. Piensa en gritar. En pedir ayuda. Pero, antes de hacerlo, comprende que nadie la oirá. Es demasiado alto, está demasiado lejos del suelo, su voz es demasiado débil.

«¿Adónde habrá ido el viejo? Seguro que está bebiendo», piensa Myû. Aquel color de cara, su aliento, la voz ronca... No hay duda. «El hombre estaba borracho, ha olvidado que yo he subido a la noria y ha apagado las máquinas. Ahora debe de hallarse en algún lugar, bebiendo cerveza, o ginebra, y volverá a emborracharse y a olvidarse de todo.» Myû se mordió los labios. Quizá no pueda salir de aquí hasta mañana al mediodía. O quizá al atardecer. ¿A qué hora abrían el parque de atracciones? No lo sabía.

Pese a ser pleno verano, las noches en Suiza son frescas. Myû llevaba solo una delgada blusa y una falda corta de algodón. Empieza a soplar el viento. Myû vuelve a inclinarse por la ventanilla y mira hacia abajo. Hay menos luces encendidas que antes. Parece que los trabajadores del parque han terminado su jornada y se han ido. Lo que no quiere decir que no deba quedarse alguien a vigilar. Respira hondo y grita con decisión: «¡Socorro!». Aguza el oído. Vuelve a intentarlo, una y otra vez. No hay respuesta.

Saca la agenda del bolso, escribe en francés: «Estoy atrapada en la noria del parque de atracciones. ¡Ayúdenme!». Tira la hoja por la ventanilla. El trozo de papel cabalga en el aire. El viento sopla hacia la ciudad, con un poco de suerte caerá allí. Pero, aun suponiendo que alguien la recoja y la lea, ¿se lo creerá? En la hoja siguiente apunta también su nombre y dirección. Así es más creíble. De esta forma, pensarán que es verdad, que no es una gamberrada, ni una broma. Ella va arrancando medias páginas de su agenda, las arroja, una tras otra, al viento.

Luego tiene una idea, saca la cartera del bolso, la vacía, a excepción de un billete de diez francos, y mete dentro un trozo de papel. «Estoy atrapada en la noria, encima de su cabeza. ¡Ayúdeme!», y tira la cartera por la ventana. Cae en vertical, directamente hacia el suelo. Pero no se ve dónde ha aterrizado, ni tampoco ha hecho ningún ruido al dar contra el suelo. En el monedero metió otra nota y también lo arrojó por la ventanilla.

Myû miró su reloj de pulsera. Las agujas marcaban las diez y media. Inspecciona lo que lleva en el bolso. Algo de maquillaje, un espejo, el pasaporte. Gafas de sol. Las llaves del coche de alquiler y del apartamento. La navajita que utilizaba para pelar la fruta. Una bolsa de celofán con tres galletas saladas. Un libro en francés en edición rústica. Cenar, ya ha cenado, así que hasta mañana no pasará hambre. Con el fresco que hace, sed tampoco le dará. Por suerte, tampoco tiene ganas de orinar, de momento.

Se sentó en el banco de plástico, apoyó la cabeza contra la pared. Empezó a hacerse reproches inútiles. ¿Por qué había ido al parque y montado en aquella noria? ¡Ojalá hubiera vuelto directamente a casa tras la cena! De haberlo hecho, ahora estaría en la cama, con un libro, después de haberse dado tranquilamente un baño caliente. Como siempre. ¿Por qué no lo había hecho? Y, además, ¿por qué aquella gente empleaba a un viejo alcohólico irresponsable como aquel?

El viento hacía rechinar la noria. Para impedir el paso del viento, Myû intentó cerrar el ventanuco, pero no tenía suficiente fuerza para subirlo. Desistió y se sentó en el suelo. Se arrepentía de no haberse traído una chaqueta. Al salir de casa había estado dudando si echarse una chaqueta delgada sobre los hombros. Pero la noche estival era muy agradable y el restaurante solo estaba a tres manzanas de su apartamento. Que encaminaría sus pasos hacia el parque y que montaría en la noria era algo que ni se le había pasado por la cabeza. Todo había ido mal.

Para tranquilizarse, se quitó el reloj de pulsera, el delgado brazalete de plata, los pendientes con forma de concha y los metió en el bolso. Se acurrucó en un rincón. Deseaba dormir de un tirón hasta la mañana siguiente. Por supuesto, no le sería fácil. Sentía frío, inseguridad. De vez en cuando, una fuerte ráfaga de viento zarandeaba de repente la noria. Cerró los ojos y, moviendo levemente los dedos sobre un teclado imaginario, empezó a interpretar la *Sonata en do menor* de Mozart. Sin ninguna razón especial, aún recordaba a la perfección aquella melodía que tocaba de pequeña. Pero, a medio camino del suave declive del segundo movimiento, su cabeza se fue nublando y se durmió.

No sabe cuánto tiempo ha dormido. Pero no debe de ser mucho. Se despertó de repente. De momento, no sabía dónde se encontraba. Luego, gradualmente, recuperó la memoria. «¡Ah, ya! ¡Estoy encerrada en la noria del parque de atracciones!» Sacó el reloj del bolso y lo miró. Era alrededor de medianoche. Myû se sentó en el suelo de madera. Había dormido en una posición extraña y le dolían las articulaciones. Bostezó varias veces seguidas, se desperezó, se frotó las muñecas.

No parecía que fuera a continuar durmiendo y, para distraerse, sacó el libro del bolso y empezó a leer por donde lo había dejado. Se trataba de una novela policiaca nueva que había comprado en la librería de la ciudad. Era una suerte que las luces de la noria permanecieran encendidas toda la noche. Cuando hubo leído unas cuantas páginas, se dio cuenta de que no seguía el hilo del argumento. Los ojos recorrían correctamente las líneas, pero su mente erraba por otros derroteros.

Myû desistió, cerró el libro. Alzó la cabeza, contempló el cielo nocturno. No se veía ninguna estrella, debía de estar encapotado. La luna, en cuarto creciente, también estaba velada. Debido a la iluminación, su cara se reflejaba de un modo extrañamente nítido en el cristal encastado de la ventana. Myû permaneció largo tiempo inmóvil contemplando su rostro. «También esto acabará un momento u otro», se dijo a sí misma. «Anímate. Cuando haya pasado, seguro que será una historia divertida para contar. ¡Yo encerrada toda la noche en la noria de un parque de atracciones en Suiza!»

Pero esta no será una historia divertida. La verdadera historia aún ha de empezar.

*

Poco después alcanza los anteojos y se dispone a mirar de nuevo su habitación. Nada ha cambiado. «Es lo normal, ¿no?», piensa. Y sonríe para sí.

Desplaza la vista hacia las ventanas de otros apartamentos. Es más de medianoche, casi todo el mundo duerme. Casi todas las ventanas están a oscuras. Pero algunos todavía no se han acostado, la luz permanece encendida. Los inquilinos de los pisos bajos han corrido, precavidos, las cortinas. Pero los que viven en los pisos altos, libres de la preocupación de que los vean, han descorrido las cortinas para que entre el aire fresco de la noche. Sus vidas cotidianas transcurren dentro de sus hogares, en silencio, sin reservas. (¿Quién puede imaginar que, a medianoche, hay una persona oculta en la noria con unos anteojos?) Pero a Myû le interesa poco fisgar en la vida privada de la gente. Le parece más emocionante contemplar su habitación vacía.

Con los anteojos, recorre de manera circular el edificio. Al dirigir de nuevo la mirada hacia su ventana contiene, sin darse cuenta, el aliento. Tras la ventana de su dormitorio ve a un hombre desnudo. No hace falta decir que primero piensa que se ha equivocado de habitación. Mueve los anteojos arriba y abajo, a derecha y a izquierda. Pero aquella es, sin duda, su habitación. Tanto los muebles y las flores que hay en el jarrón como los cuadros de la pared son los mismos. El hombre es Fernando. Sin duda. Fernando está sentado en la cama de Myû, completamente desnudo. Su pecho y su vientre están cubiertos de vello negro, y su largo pene cuelga flácido como un animal inconsciente. ¿Qué diablos está haciendo ese hombre en mi habitación? Su frente se perló de sudor. ¿Cómo ha podido entrar? Myû no lo comprende. Se enfada, se aturde. Aparece una mujer. Llevaba una blusa blanca de manga corta y una falda corta de algodón azul. ¿Una mujer? Myû sujeta con fuerza los anteojos, aguza la vista. Era ella.

La mente de Myû quedó en blanco. Yo estoy aquí, contemplando mi habitación con los anteojos. En la habitación, también estoy yo. Myû enfocó una y otra vez los anteojos. Pero aquella mujer, por más que mirara, seguía siendo ella. Va vestida de la misma forma. Fernando la abrazó, la condujo hasta la cama. Besándola, desnudó dulcemente a la Myû que estaba en la habitación. Le quitó la blusa, le desabrochó el sujetador, le quitó la falda, los labios pegados a su nuca, le acarició los pechos envolviéndolos en la palma de su mano, estuvo acariciándolos un rato, le quitó las bragas con una mano. También estas eran idénticas a las que llevaba Myû. Se quedó sin aliento. ¿Qué diablos estaba sucediendo?

El pene de Fernando se ha puesto duro sin que ella se haya dado cuenta, ahora está erecto como un palo. Un pene enorme. Jamás había visto uno tan grande. Él toma la mano de Myû, hace que lo agarre. Fernando acaricia cada centímetro del cuerpo de Myû, la lame entera. Invierte en ello mucho tiempo. La mujer no lo rechaza. Ella (la Myû de la habitación) se abandona a sus caricias, parece gozar de estos instantes de deseo carnal. De vez en cuando alarga la mano, acaricia el pene y los testículos de Fernando. Le ofrece sin reservas todo su cuerpo.

Myû no podía apartar los ojos de esa extraña escena. Se sentía morir. Tiene la boca completamente seca, no puede tragar saliva. Le daban ganas de vomitar. Todo estaba exagerado de manera grotesca, como una pintura alegórica medieval, todo rezumaba malicia. Myû pensó: «Me están mostrando esta escena adrede. Saben muy bien que los estoy mirando». Pero no pudo apartar la vista.

El vacío.

¿Qué sucedió después?

Myû no se acuerda de nada más. Sus recuerdos se interrumpen en este punto.

—No me acuerdo —dice Myû. Habla en voz baja, cubriéndose la cara con las manos—. Solo sé que era horrible. Yo estaba ahí, mi otro yo allá, y él, Fernando, le hacía todo tipo de cosas a mi yo del otro lado.

¿Todo tipo de cosas? ¿Como cuáles?

No me acuerdo. *Todo tipo de cosas.* Mientras estuve encerrada en la noria, le hizo lo que quiso a mi yo del otro lado. A mí el sexo no me daba miedo. Disfrutaba de él con libertad. Pero lo que vi allí era distinto. Eran actos obscenos, absurdos, tenían como único objetivo envilecerme.

Fernando ponía en juego todas sus destrezas, se servía de sus gruesos dedos y de su gran pene para mancillarme. (Pero mi otro yo, el yo del otro lado, no parecía darse cuenta de que lo mancillaban.) Y, al final, incluso resultó no ser Fernando.

¿Que ya no era Fernando? Miré fijamente a Myû. Si ya no era él, ¿en quién diablos se había convertido entonces?

No lo sé. No me acuerdo. Pero al final ya no era él. O quizá no lo había sido desde el principio.

Se descubre a sí misma en la cama de un hospital. Una bata blanca cubre su cuerpo desnudo. Siente dolor en las articulaciones. El doctor le explica lo sucedido. Por la mañana temprano, unos empleados del parque han encontrado la cartera que ella había arrojado y se han percatado de la situación. Han hecho descender la noria, han llamado a una ambulancia. Dentro de la noria, Myû estaba inconsciente, plegada sobre sí misma. Parece que ha recibido un fuerte *shock*. Sus pupilas no reaccionan con normalidad. Su cara y sus brazos están llenos de desolladuras, su blusa tiene manchas de sangre. La llevan al hospital, le hacen un reconocimiento médico. Nadie comprende cómo ha podido herirse de esa forma. Pero ninguna herida es lo suficientemente profunda como para dejar cicatriz. La policía lleva a comisaría al viejo de la noria. Este no recuerda en absoluto haber dejado que Myû montara en la noria poco antes de que el parque cerrara.

Al día siguiente, la policía acude al hospital y le hace algunas preguntas. Ella es incapaz de responder. Los policías confrontan el rostro de Myû con el de la fotografía del pasaporte y fruncen el ceño. En sus rostros aflora una expresión extraña, como si, por equivocación, se hubieran tragado algo desagradable. Luego preguntan incómodos: «Señorita, perdone, pero ¿tiene usted realmente veinticinco años?». «Sí», responde ella. «Tal como dice el pasaporte.» No entiende por qué se lo preguntan.

Poco después, va al lavabo a lavarse la cara, contempla su rostro en el espejo y comprende la razón. Su cabello ha encanecido por completo, sin salvarse un solo pelo. Es inmaculado, como la nieve recién caída. Al principio, piensa que en el espejo se refleja la imagen de otra persona. Se da la vuelta. Pero no hay nadie más. En el lavabo solo está ella. Vuelve a mirarse en el espejo. Comprende que la mujer de pelo encanecido es ella misma. Se desvanece, cae al suelo.

*

Myû se pierde.

—Yo me quedé en este lado. Pero mi otro yo, o quizá tendría que decir mi otra mitad, se fue a la orilla opuesta. Llevándose mi pelo negro, mi deseo sexual, mi menstruación, mi ovulación y, tal vez, mis ganas de vivir. La mitad que se quedó atrás es el yo que está aquí ahora. Así lo he sentido desde entonces. En una pequeña ciudad suiza, dentro de una noria, por alguna razón desconocida, mi ser se escindió de forma definitiva en dos. Quizá fuese una especie de transacción. Pero ¿sabes?, no es que me despojaran de algo. Porque ese algo aún debe de existir en la otra orilla. Lo sé. Solo que un espejo se interpone entre nosotras, simplemente. Y yo no podré cruzar jamás esa pared de cristal. Jamás.

Myû se mordisqueó las uñas.

—Claro que no se puede hablar del futuro. ¿No crees? Quizá alguna vez, en algún lugar, nos reencontremos y volvamos a fundirnos las dos en una. Sin embargo, queda aún un gran problema. Yo ya no puedo discernir cuál de las imágenes a ambos lados del espejo es la auténtica. Es decir, ¿era el verdadero yo el que aceptó a Fernando? ¿O el yo que lo detestaba? No me siento capaz de aclarar esta confusión.

Tras las vacaciones de verano, Myû no vuelve a la universidad. Abandona sus estudios en el extranjero y regresa a Japón. Tampoco vuelve a tocar el teclado. Ha perdido la fuerza necesaria para crear música. Al año siguiente fallece su padre. Ella le sucede en la dirección de la empresa.

—No poder seguir tocando el piano me ocasionó una conmoción, seguro, pero no me pareció una gran pérdida. Yo ya presentía que, antes o después, me sucedería. De todas formas... —Myû sonrió—, el mundo está lleno de pianistas. Con los veinte pianistas de primera categoría en activo que debe de haber en el mundo es suficiente. Si vas a una tienda de discos y buscas *Waldstein* o *Kreisleriana,* lo entenderás. El repertorio de música clásica es limitado y el espacio en los estantes de CD también lo es. Para la producción discográfica mundial, basta con veinte pianistas de primera en activo. Que yo desaparezca no puede importarle a nadie. —Myû extendió sus diez dedos ante los ojos, hizo girar las manos una y otra vez. Como si estuviera confirmando, una vez más, sus recuerdos—. Cuando llevaba un año en Francia, descubrí algo extraño. Descubrí que personas cuya técnica era inferior a la mía, que se esforzaban menos, eran más capaces que yo de emocionar a la audiencia. En los concursos siempre me ganaban en la última fase. Al principio pensaba que había algún error. Pero se repitió lo mismo cientos de veces. Eso a mí me irritaba, me enfurecía. ¡No es justo!, pensaba. Pero, poco a poco, incluso yo fui viéndolo. Que me faltaba algo. No sé muy bien qué, pero algo importante. Tal vez la profundidad necesaria, como persona, para producir una música capaz de emocionar a los otros. Mientras estuve en Japón no me daba cuenta. Allí, yo siempre había sido la mejor y tampoco tenía tiempo para hacerme preguntas sobre mis interpretaciones musicales. Pero en París estaba rodeada de personas con talento y yo, al final, incluso acabé comprendiéndolo. De una manera diáfana, igual que el sol asciende en el cielo y despeja la niebla.

Myû suspiró. Alzó la cabeza y sonrió.

—A mí, desde niña, me había gustado establecer mis propias normas, sin fijarme en lo que me rodeaba, y seguirlas. Era una niña independiente, concienzuda. Había nacido en Japón, iba a una escuela japonesa, había crecido jugando con amigos japoneses. Por eso me sentía completamente japonesa, pero, a pesar de ello, era de nacionalidad extranjera. Para mí, en sentido estricto, Japón era, al fin y al cabo, un país extranjero. Mis padres no eran del tipo que insiste machaconamente en las cosas, pero esto, solo esto, sí me lo metieron en la cabeza desde pequeña: «Tú aquí eres extranjera». Y yo decidí que, para vivir en este mundo, debía hacerme fuerte.

Myû prosiguió con voz serena.

—Fortalecerse, en sí mismo, no es malo. Claro está. Pero ahora veo que yo estaba demasiado acostumbrada a ser fuerte y que jamás traté de entender a los débiles. Estaba demasiado acostumbrada a que la fortuna me sonriera y jamás traté de entender a los menos afortunados. Estaba demasiado acostumbrada a gozar de salud y jamás traté de entender el sufrimiento de quienes a veces no la tenían. Cuando veía a personas que, no yéndoles bien las cosas, no sabían qué hacer o estaban paralizadas por el miedo, pensaba que se debía solo a que no se esforzaban lo suficiente. Los que se quejaban a menudo me parecían intrínsicamente holgazanes. Mi concepción de la vida era decididamente práctica, pero falta de toda calidez humana. Y no había una sola persona a mi alrededor que me lo advirtiera.

»A los diecisiete años perdí la virginidad y, desde entonces, me acosté con no pocos hombres. Salí con muchos chicos y, además, si se daba la ocasión, me acostaba con hombres a quienes apenas conocía. Pero, amar a alguien..., amar a alguien de corazón, ni una sola vez. A decir verdad, no tenía tiempo. La idea de convertirme en una pianista de primera categoría ocupaba por entero mi alma, dar un rodeo o desviarme de mi camino ni siquiera se me había pasado por la cabeza. "¿Qué me falta?", cuando me di cuenta de ese vacío, ya era demasiado tarde.

Myû volvió a extender los dedos de ambas manos ante sus ojos y reflexionó unos instantes.

—En este sentido, lo que me ocurrió en Suiza hace catorce años tal vez fuera, de alguna forma, algo que yo misma hice. A veces lo pienso.

Myû se casa a los veintinueve años. Deseo sexual, no puede sentirlo en absoluto. Tras lo sucedido en Suiza es incapaz de tener relaciones íntimas. Algo se ha extinguido en su interior para siempre. Ella le explica este hecho —solo esto— a él. «Por eso no puedo casarme con nadie.» Pero él le dijo que la amaba y que, aunque no tuvieran relaciones físicas, quería compartir su vida con ella. Myû no encontró razón alguna para rechazar su propuesta. Lo conocía desde niña y siempre había sentido afecto por él. Como compañero para toda la vida, era impensable otra persona. Y, en el terreno práctico, la formalidad del matrimonio era sumamente importante para la empresa que ella dirigía.

Myû prosigue:

—Mi esposo y yo solo nos vemos los fines de

semana, pero nos llevamos fundamentalmente bien. Somos como dos buenos amigos y compartimos nuestras vidas, nos sentimos muy cómodos el uno junto al otro. Hablamos de muchas cosas y, también en el plano humano, confiamos el uno en el otro. Cómo y dónde satisface su vida sexual, eso es algo que no sé, pero no me concierne. Sea como sea, no mantenemos relaciones sexuales. Tampoco nos tocamos. Me sabe mal, pero no quiero tocarlo. No quiero tocarlo, sencillamente.

Cansada de hablar, Myû se cubrió en silencio la cara con ambas manos. Al otro lado de la ventana, el cielo ya estaba del todo claro.

—Yo antes estaba viva, ahora todavía lo estoy, estoy realmente frente a ti, hablándote. Pero lo que hay aquí no es mi verdadero yo. Lo que ves no es más que una sombra de lo que alguna vez fui. Tú estás realmente viva. Pero yo no. Incluso las palabras que pronuncio ahora me suenan vacías como el eco.

Sin decir nada, rodeo los hombros de Myû con un brazo. No encuentro las palabras adecuadas. Por eso, inmóvil, seguiré abrazándola hasta la eternidad.

Amo a Myû. No hace falta decir que amo a la Myû de esta orilla. Pero amo también, con la misma intensidad, a la Myû que seguramente se encuentra en la otra orilla. Es un sentimiento intenso. Cuando pienso en ello, siento un chirrido en mi interior, como si estuviera partiéndome en dos. Como si el hecho de que yo me escinda fuera una proyección de la partición de Myû. Con toda intensidad, sin posibilidad de elección.

Después, aún me queda una duda. Si esta orilla en la que Myû está ahora no es el mundo de su imagen real original (es decir, si esta orilla era la orilla opuesta), ¿quién diablos soy yo, qué hago aquí compartiendo simultánea e íntimamente mi existencia con ella?

13

Leí dos veces los dos documentos. La primera, deprisa; la segunda, despacio, permanecí alerta al mínimo detalle, lo grabé todo en mi cabeza. Ambos habían sido escritos por Sumire, sin duda. Estaban llenos de palabras y expresiones características suyas, que solo cabía esperar que salieran de su pluma. El tono era, sin embargo, algo distinto. Había cierta contención, un distanciamiento que no se apreciaba en otros textos. Pero los había escrito ella, sin ningún género de dudas.

Tras vacilar unos instantes, guardé el disquete en el bolsillo de mi bolsa. Si Sumire aparecía sana y salva, bastaba con volver a ponerlo en su lugar. El problema era si no regresaba. En tal caso, alguien podría ordenar sus cosas y encontrarlo. Y yo no quería exponer, bajo ningún concepto, sus documentos a miradas ajenas.

Después de leerlos, no pude permanecer quieto en el interior de la casa. Me puse una camisa limpia, salí afuera, bajé las escaleras, me dirigí a la ciudad. Cambié cheques de viaje por valor de cien dólares en el banco situado frente al puerto, compré en el quiosco un periódico de formato reducido en inglés, lo leí bajo la sombrilla del café. Llamé a un somnoliento camarero, le pedí una limonada y tostadas con queso. Tomándose su tiempo, anotó el pedido en un bloc con un lápiz corto. En la espalda de su camisa blanca se extendía una gran mancha de sudor. Una mancha de contornos agudos, como si se quejara de algo.

Después de leer mecánicamente medio periódico, dejé vagar la mirada por la escena del puerto al atardecer. Un perro negro y flaco llegó de alguna parte, me olisqueó las piernas, luego, desinteresado, se marchó. La gente dejaba pasar, sin moverse del sitio, aquella lánguida tarde de verano. Los únicos que realmente se movían, poco o mucho, eran el camarero y el perro; claro que no se sabía hasta cuándo seguirían haciéndolo. El viejo del quiosco, que poco antes me había vendido el periódico, estaba dormido bajo un parasol, recostado en una silla, con las piernas extendidas. La estatua del héroe empalado del centro de la plaza ofrecía su espalda, impertérrito como siempre, al fuerte sol de la tarde.

Me refresqué la frente y las palmas de las manos con la limonada fría mientras cavilaba sobre las posibles conexiones entre los textos de Sumire y su desaparición.

Durante mucho tiempo, Sumire no había escrito una línea. Al conocer a Myû, en el banquete de bodas, había perdido las ganas de escribir. No obstante, en aquella isla griega había escrito, casi simultáneamente, dos textos. Por rápido que escribiera, para producir todo aquello había necesitado, con toda seguridad, una considerable cantidad de horas y de concentración. Algo la había estimulado con fuerza y la había hecho ponerse en pie y sentarse ante la mesa.

¿Qué diablos debía de haber sido? Concretando un poco más, ¿cuál debía de ser el tema común —si lo había— de ambos escritos? Alcé la mirada y, mientras reflexionaba sobre ello, contemplé las aves marinas posadas a lo largo del malecón.

Hacía demasiado calor para pensar en cosas complicadas. Al final me sentía confuso, cansado. Sin embargo, como si reorganizara los restos de un ejército, fui capaz de reunir —sin tambores ni cornetas— la capacidad de concentración que me quedaba. El estado de mi conciencia se rehízo y pensé.

«Lo que importa no son las grandes ideas de los otros sino las pequeñas cosas que se te ocurren a ti», me dije en voz baja. Era lo que siempre les enseñaba en clase a mis alumnos. Pero ¿era cierto? Decirlo es muy fácil. En la práctica, por pequeña que sea la idea, cuesta horrores concebirla. No, quizá sea aún más difícil tener ideas simples. En especial cuando estás lejos de casa.

El sueño de Sumire. La división de Myû.

«Dos mundos distintos», se me ocurrió poco después. Ese era el elemento común a los dos «documentos» que escribió Sumire.

(Documento 1)

En su mayor parte relata el sueño que tuvo Sumire una noche. Ella sube por una larga escalera para reunirse con su madre muerta. Pero, cuando llega, su madre ya ha regresado al otro mundo. Sumire no puede retenerla y, en lo alto de una torre sin destino, se ve rodeada de objetos de un mundo diferente. Ha tenido muchos sueños parecidos.

(Documento 2)

Narra la extraña experiencia que sufrió Myû catorce años atrás. Myû queda atrapada toda la noche dentro de una noria en un parque de atracciones de una pequeña ciudad suiza y, desde allá, con unos anteojos, ve a su segundo yo que está dentro de su habitación. Una *Doppelgänger.** La experiencia aniquila a Myû como ser humano (o pone de manifiesto su destrucción). Utilizando sus propias palabras: está dividida en dos y un espejo se interpone entre ambas mitades. Sumire persuadió a Myû para que se lo contase y, después, lo plasmó por escrito.

El tema común a ambos documentos es, obviamente, la relación entre «este lado» y el «otro lado». Su corres-

* Doble, sosia. *(N. de los T.)*

pondencia. Ese debía de ser el tema que despertó el interés de Sumire. Lo que hizo que se sentara frente a la mesa e invirtiera tanto tiempo en escribir los documentos. Tomando prestadas sus propias palabras: a medida que los escribía pensaba.

El camarero vino a retirar el plato de las tostadas, le pedí otra limonada. Con mucho hielo. Cuando me la trajeron, tomé un sorbo y volví a refrescarme la frente.

«¿Y qué haré si Myû no me acepta?», había escrito Sumire hacia el final del primer documento. «En ese caso tendré que aceptar las cosas como vengan. Debe correr la sangre. Debo afilar mi cuchillo y degollar a un perro en alguna parte.»

¿Qué intentaba decir Sumire? ¿Estaba insinuando que se suicidaría? No podía creerlo. No percibía en esas palabras el olor de la muerte. En ellas vibraba, más bien, una especie de desafío, la voluntad de seguir hacia delante. Los perros y la sangre no eran, al fin y al cabo, más que metáforas... Tal como le había explicado en el banco del parque de Inogashira. Se referían a la fuerza de la vida en sentido mágico. Le había hablado de aquellas puertas de China como metáfora del proceso a lo largo del cual un relato atrapa la magia.

«Debo degollar a un perro en alguna parte.»

¿En alguna parte?

Mis cavilaciones chocaron contra un duro muro de piedra y ya no pude proseguir.

¿Adónde diablos habría ido Sumire? ¿Habría, en aquella isla, algún lugar adonde ella tuviera que ir?

No podía alejar del pensamiento la imagen de Sumire cayendo dentro de un profundo pozo, en algún lugar recóndito, esperando allí, sola, a que la rescataran. Tal vez estuviera herida, atenazada por la soledad, por el hambre, la sed. Al pensarlo me desesperaba.

Pero la policía aseguraba que no había un solo pozo en la isla. Jamás han oído que haya en agujero cerca de la ciudad. Dicen. La isla es muy pequeña y, de haber algún pozo o algún agujero, lo sabrían. Eso dicen. Y así debe de ser.

Aventuro una hipótesis.

Sumire se ha ido *al otro lado.* Eso explicaría muchas cosas. Sumire ha atravesado el espejo, ha pasado al otro lado. Quizá haya ido a reunirse con la Myû del otro lado. Ya que la Myû de este lado no la acepta, ¿no es ese el camino más lógico a seguir?

Ella ha escrito..., reconstruyo mis recuerdos: «Entonces, ¿qué debe hacer una persona para evitar el choque? Si se aborda la cuestión con lógica, es sencillo. Lo que debe hacer es soñar. Soñar y soñar. Entrar en el mundo de los sueños y no salir de él. Vivir allí eternamente».

Queda una pregunta. Una *gran* pregunta. ¿Cómo ha conseguido llegar hasta allí?

Desde un punto de vista lógico, es sencillo. Sin embargo, no puedo dar una explicación concreta, claro está.

Y vuelvo al punto de partida.

Pienso en Tokio. En mi apartamento, en la escuela donde trabajo, en la basura de la cocina que he tirado a hurtadillas dentro de una papelera de la estación. No hace ni dos días que he dejado Japón y ya me parecen cosas de otro mundo. Dentro de una semana empezará el nuevo curso. Me imaginé a mí mismo de pie frente a treinta y cinco niños. Visto desde lejos, el hecho de estar yo, como maestro, enseñando algo a alguien me parecía extraño, absurdo. Aunque fuese a niños de diez años.

Me quito las gafas de sol, me enjugo con un pañuelo el sudor de la frente, vuelvo a ponérmelas. Contemplo las aves marinas.

Pienso en Sumire. Pienso en la violenta erección que tuve a su lado el día de la mudanza. Una erección tan turgente y violenta como jamás había tenido. Tanto que parecía que mi cuerpo fuera a desgarrarse. Y yo, en aquellos instantes, en mi imaginación —o, tal vez, como decía Sumire, «en el mundo de los sueños»— hice el amor con ella. Y esa sensación era más vívida en mi recuerdo que el sexo real con otras mujeres.

Me aclaro la garganta con el último sorbo de limonada.

Vuelvo de nuevo a mi «hipótesis». La llevo un paso más allá. Sumire ha encontrado, en alguna parte, una salida. Lo aventuro, simplemente. Qué tipo de salida es o cómo la ha encontrado, esto no puedo saberlo. Lo dejaremos para más tarde. Supongamos que es una puerta. Cierro los ojos y configuro una imagen concreta, definida, de una puerta. Una puerta normal que se abre en una pared corriente. Sumire ha hallado esta puerta en algún lugar, ha alargado la mano, ha hecho girar el pomo y ha pasado sin más... De este lado al otro lado. Con un pijama fino de seda y unas sandalias de playa.

¿Qué escena podía haber al otro lado de la puerta? Eso escapaba a mi imaginación. Pero la puerta se había cerrado, Sumire ya no volvería.

Regresé a la casa, me preparé una cena sencilla con lo que encontré en la nevera. Pasta con tomate y albahaca, ensalada y cerveza Amstel. Después me senté en la terraza y me perdí en mis pensamientos. O, quizá, no pensé absolutamente en nada. Nadie llamó. En Atenas, Myû debe de estar intentando ponerse en contacto conmigo. Pero con los teléfonos de la isla no se puede contar.

Igual que el día anterior, el azul del cielo iba, minuto a minuto, ganando en profundidad, una gran luna esférica ascendía sobre el mar y una multitud de estrellas perforaban el cielo. El viento que subía la cuesta mecía suavemente los hibiscos. Los faros desiertos que se levantaban en el malecón parpadeaban con una luz polvorienta. La gente bajaba despacio la pendiente tirando de sus burros. Retazos de conversaciones a voz en grito se acercaban y se perdían en la distancia. Yo aceptaba esa exótica escena en silencio, como si fuera lo más natural.

Al final no hubo ninguna llamada. Tampoco apareció Sumire. Solo sentía el tiempo deslizándose con suavidad, en silencio, la noche que avanzaba. Cogí algunas cintas de casete de la habitación de Sumire y las escuché en el aparato estéreo de la sala. Una de las cintas era una recopilación de canciones de Mozart. La letra de Sumire anunciaba en la etiqueta: «Elisabeth Schwarzkopf y Walter Gieseking (p)». No soy un gran entendido en música clásica, pero enseguida comprendí lo bellísima que era. La interpretación de las canciones tenía un aire un poco anticuado, pero te producía una agradable sensación, la misma que cuando lees un texto de estilo fluido y elegante, la sensación de ponerte instintivamente alerta. Los avances y retrocesos del hálito de la cantante y del pianista se reproducían de una manera tan viva como si los tuviera a ambos realmente ante mis ojos. ¿Cuál de aquellas melodías debía de ser *Violeta*? Me hundí en la silla, cerré los ojos y compartí la música con Sumire.

Me despertó una melodía. No sonaba muy alto. Era un eco lejano, apenas audible. Sin embargo, despertó mis sentidos de una manera suave pero infalible, como un marinero sin rostro que fuera recogiendo un ancla hundida en el mar de la noche. Me senté sobre la cama, agucé el oído mirando hacia la ventana. Es música, sin duda. A la cabecera de mi cama, las agujas del reloj señalan poco más de la una. ¿A estas horas quién diablos escuchará música a todo volumen?

Me puse los pantalones, me metí por la cabeza la camisa sin desabrochar, me calcé y salí afuera. Las luces de las casas de los alrededores estaban apagadas, todas sin excepción. No se ve un alma. No había viento, no se oía el rumor del oleaje. Solo la luz de la luna bañando sin palabras la superficie de la tierra. Allí, de pie, agucé de nuevo el oído. La música, al parecer, venía de la cima del monte. Es extraño. Allí no hay ningún pueblo, los únicos que viven allí son los monjes ascetas del monasterio y un puñado de pastores. Era impensable que se reunieran todos a esas horas para alguna celebración.

Fuera, la música se oía con más claridad. No puedo distinguir la melodía, pero, por el ritmo, comprendo que es música griega. Tenía la resonancia, aguda e irregular, propia de la música en vivo. No está sonando por altavoces.

Por entonces, ya me había despejado del todo. La noche estival era agradable, poseía una profundidad íntima. De no haber estado preocupado por la desaparición de Sumire, mi ánimo hubiera sido, incluso, festivo. Con ambas manos en las caderas me desperecé, alcé la vista y respiré hondo. El frescor de la noche me lavó por dentro. «¿No se hallará Sumire ahora, tal vez, en algún lugar, oyendo esta música?», se me ocurrió de repente.

Decidí acercarme un poco al lugar desde el cual sonaba la música. Tenía que descubrir de dónde venía, quién diablos la estaba tocando. El camino que conducía a la cima era el mismo que aquella mañana había seguido para ir a la playa, no podía perderme. Decidí llegar lo más lejos posible.

La luna iluminaba vivamente los alrededores y andar no resultaba imposible. Entre las rocas, la luz de la luna creaba sombras de formas extrañas, teñía la tierra de tonos enigmáticos. Cada vez que pisaba piedras pequeñas, la suela de goma de mis zapatillas deportivas hacía un ruido excesivo, antinatural. Conforme iba subiendo la cuesta, el sonido aumentaba progresivamente de volumen y la melodía se apreciaba con mayor precisión. Tal como había supuesto, la representación musical tenía lugar en la cima del monte. Debían de formar parte del conjunto algunos instrumentos de percusión que no podía precisar, un buzuki* y, tal vez, un acordeón y una flauta travesera. Y quizá también una guitarra. Aparte del sonido de los instrumentos, no se oía nada más. Ni cantos ni ovaciones. Solo una música que

* Instrumento griego de cuerda. *(N. de los T.)*

proseguía sin pausas ni cortapisas, con un paso calmado, casi inexpresivo.

Quería ver qué pasaba en lo alto de la montaña y, al mismo tiempo, algo me decía que era mejor no acercarme allí. Me dominaba una curiosidad irrefrenable y, a la vez, sentía, instintivamente, miedo. Con todo, avancé. Me sentía como en un sueño. El principio que hacía posible poder elegir no me había sido dado. O, quizá, lo que no me era dado era la alternativa para establecer un principio.

¿Y si, unos días atrás, esa misma música hubiese despertado a Sumire e, impelida por la curiosidad, hubiese subido en pijama la cuesta de la montaña? Me vino esta idea a la cabeza.

Me detuve, miré hacia atrás. La pendiente descendía hasta la ciudad serpenteando, blanca, como el rastro de un gusano gigantesco. Alcé la vista hacia el cielo y, luego, bajo la luz de la luna, me miré la palma de la mano. Entonces tuve la repentina impresión de que ya no era mi mano. No puedo explicarlo. Pero, de todos modos, *lo* comprendí de un solo vistazo. Mi mano ya no era mi mano, mis pies ya no eran mis pies.

Bañado por la pálida luz de la luna, mi cuerpo carecía de todo hálito de vida, igual que una figurilla de barro. Alguien se ha valido de un maleficio, como los que hacen los hechiceros de las islas de las Indias Occidentales, y ha insuflado mi vida transitoria a ese pedazo de barro. Aquí no existe la llama de la vida verdadera. La vida de mi auténtico yo se encuentra aletargada en alguna parte y una persona sin rostro la ha metido en una bolsa y está a punto de llevársela.

Sentí un escalofrío tan violento que casi me dejó sin respiración. En algún lugar desconocido, alguien estaba reordenando mis células, desatando el hilo de mi conciencia. No tenía tiempo para pensar. Lo único que podía hacer era guarecerme en mi refugio habitual. Me llené los pulmones de aire y me sumergí en el mar de mi conciencia. De cuatro enérgicas brazadas bajé a través de la pesada agua hasta el fondo y me abracé con fuerza a una gran piedra que había allí. Para intimidar al intruso, el agua presionaba con fuerza mis tímpanos. Cerré los ojos, contuve la respiración, resistí. Una vez que te decides, no es difícil. Enseguida te acostumbras a la presión del agua, a la falta de aire, a las heladas tinieblas, a las señales que emite el caos. Era un acto que yo dominaba bien, pues lo había repetido una y otra vez desde niño.

El tiempo avanzaba y retrocedía, se entrelazaba, se hundía, se reordenaba. El mundo se expandía sin fin y, al mismo tiempo, estaba limitado. Algunas imágenes nítidas —solo imágenes— pasaban sin hacer ruido por el oscuro pasillo y desaparecían. Como medusas, como almas flotantes. Evité posar los ojos en ellas. Seguro que si hacía ademán de mirarlas, aunque solo fuera un instante, cobrarían sentido de inmediato. El sentido se une a la temporalidad, la temporalidad me empuja con fuerza hacia la superficie del agua. Sellé mi mente, dejé que pasaran en procesión.

No sé cuánto tiempo permanecí de ese modo. Pero cuando volví a la superficie, abrí los ojos y respiré en silencio, la música ya había cesado. Al parecer, la misteriosa interpretación musical había llegado a su fin. Agucé el oído. No se oía nada. No se oía nada *en absoluto*. Ni música, ni voces, ni el susurro del viento.

Quise ver qué hora era, pero no llevaba el reloj de pulsera. Me lo había dejado a la cabecera de la cama.

Al mirar hacia el cielo, vi que había aumentado el número de estrellas. O tal vez fueran imaginaciones mías. Incluso tuve la impresión de que el cielo mismo se había convertido en una cosa distinta. Aquella extraña sensación de disociación se había esfumado. Me desperecé, doblé los brazos, los dedos de las manos. No me sentía extraño. Solo los costados de mi camisa estaban algo fríos, empapados en sudor.

Me incorporé sobre la hierba y reanudé la ascensión. Habiendo llegado a esa altura, quería proseguir hasta la cima. Quería comprobar si quedaba algún indicio de que hubiera habido música. Llegué a la cumbre en cinco minutos. Al pie de la ladera sur, por donde había subido, se divisaban el mar, el puerto y la ciudad dormida. Unas pocas farolas iluminaban, a trechos, el paseo marítimo. Al otro lado de la montaña, las sombras se extienden en lo que alcanza la vista. No hay ni una sola luz. Al aguzar la mirada vislumbré, mucho más allá, otra cresta flotando bajo la luz de la luna. A lo lejos, la oscuridad era aún más profunda. No hay indicio alguno de que, hace poco, se haya celebrado una animada fiesta.

Ahora ya no estoy seguro de haber oído realmente la música. En el fondo de mis oídos aún resuena aunque muy poco. Pero conforme pasa el tiempo la certeza es cada vez menor. Quizá no haya existido nunca. Quizá fuera una ilusión y mis oídos captasen por error algo que pertenecía a un espacio y a un tiempo completamente distintos. ¿Quién podía reunirse a la una de la madrugada en la cima de una montaña y tocar música allí arriba?

Alcé la vista hacia la cumbre. La luna me pareció asombrosamente cercana, feroz. Una salvaje bola de piedra con la piel carcomida por el violento paso del tiempo. Las siniestras sombras de formas diversas que flotaban en su superficie eran células cancerígenas ciegas alargando sus tentáculos hacia el calor de la vida. La luz de la luna distorsionaba todo sonido, borraba todo significado, extraviaba todo pensamiento. A Myû la había hecho presenciar su segundo yo. Se había llevado el gato de Sumire. La había hecho desaparecer a ella. A mí me había conducido hasta allí con una música que (probablemente) no había existido jamás. Ante mis ojos se extendía una oscuridad sin fondo y a mis espaldas había un mundo de pálida luz. Yo estaba en lo alto de una montaña, en un país extranjero, expuesto a la luz de la luna. ¿No estaría planeado todo meticulosamente desde un principio? No pude evitar que me asaltara la duda.

Volví a la casa, bebí un poco del brandi de Myû, y me dispuse a dormir. Pero no pude. Ni siquiera pude echar una cabezada. Hasta que empezó a clarear por el este me asediaron, implacables, la luna, la gravedad y los susurros.

Me imaginé a los gatos encerrados en el piso, medio muertos de hambre. Aquellos blandos, pequeños carnívoros. Yo —mi yo real— estaba muerto, ellos estaban vivos. Vi cómo devoraban mi carne, roían mi corazón, chupaban mi sangre. Aguzando el oído podía sentir cómo, en algún lugar remoto, los gatos sorbían mis sesos. Tres gatos de movimientos flexibles rodeaban mi cráneo partido y chupaban la densa sopa gris que contenía. Sus lenguas rojas y ásperas lamían con deleite cada pliegue de mi conciencia. Y, a cada lametón, mi mente vacilaba y se iba diluyendo como la neblina.

14

No descubrimos qué había sido de Sumire. Tomando prestadas las palabras de Myû: se había desvanecido como el humo.

Dos días después, Myû volvió a la isla en el ferri de antes del mediodía. La acompañaba un miembro del cuerpo consular japonés y un oficial de la policía griega encargado de asuntos turísticos. Colaboraron con la policía local, se llevó a cabo una investigación a gran escala. En la prensa griega aparecieron grandes fotografías de Sumire, sacadas de su pasaporte, y se recabó información. Como resultado de ello, no pocas personas se pusieron en contacto con la policía o con los periódicos, pero, desgraciadamente, ninguna aportó pistas válidas. Casi toda la información hacía referencia a terceros.

También los padres de Sumire fueron a la isla. Aunque, cuando ellos llegaron, yo ya me había ido. El curso estaba a punto de empezar y, ante todo, a mí no me apetecía encontrarme allí con ellos. Los medios de comunicación japoneses, por otro lado, recogieron el suceso de la prensa griega y se pusieron en contacto con el consulado japonés y con la policía local. Le anuncié a Myû que debía regresar a Tokio. Permanecer más tiempo en la isla ya no ayudaría en nada a encontrar a Sumire.

Myû asintió.

—Que hayas estado aquí —dijo— ha representado para mí una gran ayuda. Te lo digo de corazón. Si no hubieras venido, me habría hundido hace tiempo. Pero ahora ya está. A los padres de Sumire se lo explicaré lo mejor que pueda. De los medios de comunicación también puedo encargarme yo. Así que ahora ya no tienes por qué preocuparte. Tampoco tenías, de buen principio, ninguna responsabilidad en el asunto. Cuando hace falta, puedo ser muy fuerte. Además, estoy acostumbrada a despachar trámites y asuntos prácticos.

Me acompañó hasta el puerto. Volví a Rodas en el ferri de la tarde. Hacía diez días que Sumire había desaparecido. Al final, Myû me abrazó. Fue un abrazo espontáneo. Durante largo tiempo, en silencio, mantuvo los brazos alrededor de mi espalda. Bajo el cálido sol de la tarde, sentí su piel extrañamente fría. A través de las palmas de las manos, Myû intentaba comunicarme algo. Pude sentirlo. Cerré los ojos y agucé el oído. Pero no era algo que pudiera traducirse en palabras. Tal vez fuese algo que no debía formularse con palabras. Myû y yo, sumidos en el silencio, intercambiamos varias cosas.

—Cuídate —dijo Myû.

—Y tú también —dije yo.

Luego, Myû y yo permanecimos en silencio ante el embarcadero del ferri.

—Quiero que me respondas con sinceridad —me abordó Myû con tono grave cuando me disponía a embarcar—. ¿Crees que Sumire ya no está viva?

Negué con un movimiento de cabeza.

—No tengo ninguna prueba concreta, pero me da la impresión de que Sumire está en alguna parte, viva. Ni siquiera ahora, tanto tiempo después, siento realmente que haya muerto.

Myû cruzó sus bronceados brazos y me miró.

—A decir verdad, yo tampoco. Siento lo mismo que tú. Que Sumire no está muerta. Pero, al mismo tiempo, tengo el presentimiento de que no volveré a verla jamás. Claro que yo tampoco dispongo de pruebas concretas.

No dije nada. El silencio que nos unía llenaba diversos resquicios vacíos. Las diferentes aves marinas cruzaban chillando el cielo sin nubes, y en el café el camarero de siempre servía bebidas con cara somnolienta.

Myû reflexionó unos instantes con los labios firmemente apretados. Luego dijo:

—¿No me odias?

—¿Porque Sumire haya desaparecido?

—Sí.

—¿Y por qué habría de odiarte?

—No lo sé. —En su voz se traslucía una especie de cansancio contenido durante largo tiempo—. Tengo la impresión de que no es solo a Sumire a quien no volveré a ver. Que tampoco te veré a ti jamás. Por eso te lo pregunto.

—Claro que no te odio —respondí.

—Pero, en el futuro, vete a saber, ¿no es así?

—Yo no odio de ese modo a la gente.

Myû se quitó el sombrero, se arregló el flequillo, se lo volvió a poner. Me miró con ojos deslumbrados.

—Eso seguro que es porque no esperas nada de nadie —dijo. Sus ojos eran profundos y límpidos como las tinieblas del anochecer en que nos habíamos conocido—. No es mi caso. Pero tú a mí me gustas. Mucho.

Y nos separamos. Myû permaneció de pie en el extremo del malecón, despidiéndome, mientras el barco retrocedía, enfilaba con la popa la salida del puerto y, luego, lentamente, levantando espuma con las hélices, iba virando en redondo, como si se retorciera. La figura de Myû, de pie en el pequeño puerto de aquella isla griega, con su vestido blanco ceñido y sujetándose de vez en cuando el sombrero para que no se lo llevara el viento, era tan efímera y adecuada que no parecía real. Apoyado en cubierta, no pude apartar los ojos de ella.

Por un instante, el tiempo se detuvo y esa imagen quedó impresa, con toda nitidez y para siempre, en las paredes de mi memoria.

Sin embargo, cuando el tiempo reanudó su marcha, la imagen de Myû se fue empequeñeciendo poco a poco, se convirtió en un punto borroso y, al fin, se fundió en la calina. La ciudad se fue alejando, las siluetas de las montañas se desdibujaron y, al fin, la isla entera desapareció como si se fundiera en el halo de luz. Aparecieron otras islas y, también ellas, de igual forma, desaparecieron. Poco después, tuve la sensación de que nada de lo que dejaba atrás había existido nunca.

Quizá debería haberme quedado con Myû. Lo pensé. ¡Qué importaba el nuevo curso! Debería haber permanecido en la isla, alentar a Myû, hacer todo lo posible para encontrar a Sumire y, de suceder algo malo, estrecharla fuertemente entre mis brazos. Creo que Myû me necesitaba y yo, en algún sentido, también la necesitaba a ella.

Myû había cautivado mi corazón con una fuerza extraña.

Lo descubrí mientras, desde cubierta, miraba cómo su silueta desaparecía en la distancia. Quizá a aquello no pudiera llamársele amor, pero sí era algo parecido. Sentía cómo innumerables hilos se me enrollaban, apretando, alrededor del cuerpo. Incapaz de sosegarme, me senté en un banco de cubierta, apoyé la bolsa de plástico del gimnasio sobre las rodillas y me quedé contemplando indefinidamente la blanca y recta estela que el barco dejaba tras de sí. Unas gaviotas seguían el ferri como si se aferraran a él. El tacto de la pequeña palma de la mano de Myû permanecería en mi espalda para siempre como la sombra de un espíritu.

Pensaba volver directamente a Tokio, pero la reserva del avión que había hecho el día anterior quedó cancelada y tuve que pasar una noche en Atenas. Subí al pequeño autobús que la compañía aérea puso a nuestra disposición para llevarnos a un hotel de la ciudad. Se trataba de un hotelito muy simpático, cerca de Plaka, aunque, atestado como estaba de turistas alemanes en un viaje organizado, era terriblemente ruidoso. No tenía nada especial que hacer, así que paseé por la ciudad, compré algunos *souvenirs* no destinados a nadie en particular y, al atardecer, subí solo a la Acrópolis. Me tumbé sobre una roca plana y, mientras el viento soplaba sobre mí, contemplé los blancos templos que se dibujaban de forma vaga en la azulada penumbra. Una escena bellísima, de ensueño.

Pero yo solo sentía una soledad profunda, indescriptible. Sin darme cuenta, el mundo que me rodeaba había perdido definitivamente sus colores. Desde aquella cima mísera de ruinas vacías de sentimientos pude vislumbrar mi propia vida extendiéndose hasta un futuro remoto. Se asemejaba a las desoladas escenas de planetas deshabitados que aparecían en las ilustraciones de las novelas de ciencia ficción que leía de pequeño. No había ninguna señal de vida. Los días eran todos terriblemente largos, la temperatura de la atmósfera era o tórrida o gélida. El vehículo que me había llevado hasta allí había desaparecido sin que yo me diera cuenta. No podía ir a ninguna otra parte. Lo único que podía hacer era ir sobreviviendo en aquel lugar valiéndome de mis propias fuerzas.

Comprendí de nuevo lo importante, lo irreemplazable que era Sumire para mí. De una manera que solo ella conocía lograba mantenerme ligado a este mundo. Cuando la veía y hablaba con ella, cuando leía sus textos, mi mente se expandía en silencio y era capaz de vislumbrar escenas que jamás había visto. Ella y yo podíamos unir nuestros corazones. Sumire y yo habíamos abierto nuestros corazones y nos los habíamos mostrado, el uno al otro, igual que una pareja joven se desnuda y se muestra sus cuerpos. Eso era algo que no había experimentado jamás en ningún otro lugar ni con ninguna otra persona y, para no malograr este sentimiento —aunque jamás lo habíamos formulado con palabras—, lo tratábamos con un cuidado exquisito.

No compartir el placer físico con ella fue para mí, no hace falta decirlo, algo muy amargo. De haber sido posible, ambos habríamos sido, sin duda, más felices. Pero eso sobrepasaba mis fuerzas, era algo como el flujo y reflujo de las mareas o el cambio de las estaciones, algo que yo no podía alterar. En este sentido, tal vez estuviésemos destinados a no ir a ninguna parte. Por más sensata, serena y reflexiva que fuese la manera en que Sumire y yo salvaguardáramos nuestra sutil relación de amistad, esta no podía continuar para siempre. No teníamos más que un callejón sin salida que alargábamos tanto como podíamos. Y eso era evidente.

Pero yo amaba a Sumire más que a nadie en este mundo, la necesitaba. Por más que este sentimiento no me condujera a ninguna parte, no podía dejarlo así como así. Era algo que escapaba a la comprensión.

Además, soñaba con que se produjera un «gran cambio repentino». Por remota que fuera esa posibilidad, yo tenía todo el derecho del mundo a soñar. Claro que, por supuesto, ese cambio no se produjo jamás.

Al perder a Sumire, muchas cosas murieron en mi interior. De la misma forma que desaparecen muchas cosas de la playa cuando se retira la marea. Lo único que me ha quedado es un mundo deforme y vacío. Un mundo frío y tenebroso. Las cosas que surgieron entre Sumire y yo jamás podrán renacer en ese nuevo mundo. Soy consciente de ello.

En la vida de las personas hay una cosa especial que solo puede tenerse en una época especial. Es como una pequeña llama. Las personas precavidas y con suerte la preservan con todo cuidado, la hacen crecer, la llevan como una antorcha que ilumine sus vidas. Pero, una vez que se pierde, esa llama no puede volver a recuperarse jamás. Yo no solo he perdido a Sumire. Junto con ella también he perdido esa preciada llama.

Pensé en el «otro lado». Quizá Sumire esté allí y quizá también la parte perdida de Myû. Su otra mitad, de pelo negro y vivo deseo sexual. Quizá ellas se encuentren allí, y se amen. «Hacemos cosas que no se pueden traducir en palabras», me diría tal vez Sumire. (Aunque, al fin y al cabo, ella me lo diría a mí con palabras.)

¿Habrá allí algún lugar para mí? ¿Podría estar allí con ellas? Mientras se amaran apasionadamente, quizá yo, en un rincón de alguna habitación, mataría el tiempo leyendo las obras completas de Balzac. Luego daría un largo paseo con una Sumire recién duchada y ambos hablaríamos de mil cosas (claro que la voz cantante la llevaría ella, como de costumbre). ¿Era posible mantener eternamente una relación como esa? ¿Era natural? «Claro», diría Sumire. «Eso ni siquiera tienes que preguntarlo. ¡Pero si tú eres mi único amigo de verdad!»

Pero yo no sabía cómo llegar a aquel mundo. Acaricié la lisa y dura superficie de una roca de la Acrópolis y pensé en lo que encerraba, pensé en la larga historia que se había infiltrado en ella. Yo, como ser humano, estaba confinado, lo quisiera o no, en el interior de aquel flujo intermitente del tiempo. No podía salir de él. No, no es cierto. En realidad, yo realmente no quería escapar.

Mañana tomaré un avión y volveré a Tokio. Pronto acabarán las vacaciones de verano y pisaré de nuevo la interminable senda de la costumbre. Allí sí hay un sitio para mí. Está mi apartamento, está mi mesa, está mi aula, están mis alumnos. Una sucesión de días tranquilos, de novelas por leer, algún amorío de tarde en tarde.

Con todo, jamás volveré a ser el mismo. A partir de mañana seré una persona distinta. Pero nadie de los que me rodean se dará cuenta de que he vuelto a Japón transformado en otro. Porque exteriormente nada habrá cambiado. No obstante, algo dentro de mí ha quedado reducido a cenizas, ha desaparecido. Ha corrido la sangre. Dentro de mí, alguien, algo, se irá. Con la mirada baja, sin una palabra. La puerta se abrirá, la puerta se cerrará. La luz se apagará. Para mí, tal como soy ahora, hoy es mi último día. Este es mi último atardecer. Cuando amanezca, yo, tal como soy ahora, ya no estaré aquí. Una persona distinta habrá ocupado mi cuerpo.

¿Por qué tenemos que quedarnos todos tan solos?, pensé. ¿Qué necesidad hay? Hay tantísimas personas en este mundo que esperan, todas y cada una de ellas, algo de los demás, y que, no obstante, se aíslan tanto las unas de las otras. ¿Para qué? ¿Se nutre acaso el planeta de la soledad de los seres humanos para seguir rotando? Me tumbé de espaldas sobre una piedra plana, alcé la vista hacia el cielo y pensé en la multitud de satélites artificiales que debían de estar girando alrededor de la Tierra. El horizonte aún estaba ribeteado de una pálida luz, pero en aquel cielo teñido de un profundo color vino empezaban a brillar ya las estrellas. Busqué en él la luz de los satélites. Pero aún había demasiada claridad para que pudieran apreciarse a simple vista. Las estrellas visibles permanecían inmóviles, cada una en su lugar, como clavadas en el cielo. Cerré los ojos, agucé el oído y pensé en los descendientes del *Sputnik* que cruzaban el firmamento teniendo como único vínculo la gravedad de la Tierra. Unos solitarios pedazos de metal en la negrura del espacio infinito que de repente se encontraban, se cruzaban y se separaban para siempre. Sin una palabra, sin una promesa.

15

El domingo por la tarde sonó el teléfono. Era el segundo domingo después de empezar el nuevo curso, en septiembre. Justo en aquel instante estaba preparándome, bastante tarde, el almuerzo; tuve que apagar el gas a toda prisa y descolgar. Pensé que a lo mejor era Myû con noticias de Sumire. El timbre dejaba traslucir cierta urgencia. O, al menos, eso me pareció. Pero era mi «novia» quien llamaba.

—Es muy importante —me dijo sin saludar, cosa extraña en ella—. ¿Puedes venir enseguida?

Por el tono de voz colegí que había pasado algo malo. Quizá su marido hubiera descubierto lo nuestro. Contuve el aliento. Si en la escuela se enteraban de que me acostaba con la madre de uno de mis alumnos, tendría problemas. En el peor de los casos, incluso podría perder el trabajo. Pero, al mismo tiempo, me lo tomé con resignación. Sabía a lo que me exponía desde el principio.

—¿Adónde debo ir? —le pregunté.

—Al supermercado —me dijo.

Cogí el tren, fui hasta Tachikawa. Eran las dos y media cuando llegué al supermercado que estaba cerca de la estación. Era una tarde tan calurosa que parecía que hubiese vuelto el verano, pero yo llevaba, tal como ella me había indicado, camisa blanca, corbata y un fino traje gris. «Vestido de esta forma pareces un profesor», me había dicho. «Así darás mejor impresión. Es que tú, a veces, pareces un estudiante», había añadido.

En la entrada le pregunté a una joven empleada que ordenaba los carros de la compra dónde estaba la oficina de seguridad. Me dijo que en un edificio aparte, al otro lado de la calle, en el segundo piso. Un pequeño edificio de tres plantas de aspecto deslucido que ni siquiera tenía ascensor. Las grietas que se extendían por las paredes de cemento parecían anunciar: «Un día de estos van a demoler la casa, así que no te preocupes demasiado». Subí por una vieja escalera y llamé con suavidad a una puerta donde una placa indicaba: OFICINA DE SEGURIDAD. Respondió una profunda voz masculina y, al abrir la puerta, la vi a ella junto a su hijo. Frente a ambos, mesa por medio, había un vigilante de mediana edad con uniforme. Solo estaban ellos tres. La habitación no podía calificarse de grande, pero tampoco era pequeña. A lo largo de la ventana se alineaban tres mesas y, en la pared opuesta, había unas taquillas de acero. En una pared lateral colgaba un papel con los turnos de trabajo y, en una estantería de acero, se veían tres gorras, la una junto a la otra. Tras la puerta de cristal esmerilado, al fondo, había otra habitación, destinada, al parecer, a que los guardias echaran un sueñecito. En la habitación no había un solo adorno. Ni flores, ni cuadros, ni siquiera un calendario. Solo un reloj de pared redondo, exageradamente grande. La habitación parecía desierta, un rincón del viejo mundo que el paso del tiempo hubiera dejado, por alguna razón, atrás. En el aire flotaba una extraña mezcla de tabaco, papeles y sudor, un olor acumulado a lo largo de los años.

El guardia responsable era un hombre rechoncho, de cincuenta y pico años tirando a sesenta. Brazos gruesos, cabeza grande, pelo entrecano, hirsuto y espeso, domado con una loción capilar de olor barato. Frente a él, un cenicero lleno de colillas de Seven Stars. Cuando entré en la habitación se quitó las gafas, las limpió con un trapo, se las volvió a poner. Al parecer lo hacía por costumbre cada vez que se encontraba frente a alguien nuevo. Al quitarse las gafas aparecieron unos ojos tan fríos como una roca lunar. Al ponérselas de nuevo, la frialdad retrocedió, cubierta por algo turbio y poderoso. Ni una mirada ni la otra tenían como objetivo tranquilizar a la gente.

Hacía calor. Las ventanas estaban abiertas de par en par, pero no entraba ni una gota de aire. Desde la calle solo llegaba ruido. Un gran camión se detuvo en el semáforo con un ronco sonido de frenos neumáticos que recordaba al Ben Webster de los últimos años y su saxo tenor. Todos sudaban copiosamente. Me acerqué a la mesa, dirigí un breve saludo al guardia de seguridad y le alargué mi tarjeta. La cogió en silencio, apretó los labios y la contempló unos instantes. Luego la dejó encima de la mesa, levantó la cara y me miró.

—Es usted muy joven para ser profesor, ¿verdad? ¿Cuánto tiempo lleva trabajando?

Fingí reflexionar unos instantes.

—Tres años.

—¡Hum! —dijo. No añadió nada más. Pero su silencio fue elocuente. Volvió a tomar la tarjeta y contempló mi nombre como si quisiera confirmar algo una vez más.

—Me llamo Nakamura y soy el jefe de seguridad —se presentó. No me dio ninguna tarjeta—. Eche mano de una de aquellas sillas vacías. Me sabe mal que haga tanto calor aquí dentro. Es que se ha averiado el aire acondicionado. Y los domingos no hay quien te lo repare. Además, ni siquiera se han tomado la molestia de traer un ventilador. Así que, ya ve, hace un calor infernal. Quítese la americana si lo desea. No haga cumplidos. Este asunto puede alargarse y, con solo mirarlo, me entra más calor.

Tal como me había indicado, tomé una silla y me quité la americana. Tenía la camisa pegada al cuerpo por el sudor.

—¿Sabe usted? Siempre he envidiado a los profesores —comenzó el guardia. En sus labios flotaba la sombra de una sonrisa. Tras las gafas, sin embargo, sus ojos escudriñaban mi interior como un depredador de las profundidades marinas, alerta al menor movimiento. Su manera de hablar era educada, pero eso no era más que una máscara. En sus labios, la palabra «profesor», en especial, sonaba claramente despectiva—. En verano tienen más de un mes de vacaciones, los domingos no trabajan, por las noches, tampoco. Les traen regalos. La verdad, no pueden quejarse. A veces lo pienso. Que ojalá hubiera estudiado más aplicadamente en la escuela y fuese ahora profesor. Pero, entre unas cosas y otras, he acabado siendo vigilante de un supermercado. No debía de ser lo bastante inteligente, supongo. A mi hijo siempre se lo repito. De mayor, sé profesor. Digan lo que digan, son los que mejor viven.

Mi «novia» llevaba un sencillo vestido azul de manga corta. El pelo pulcramente recogido en lo alto de la cabeza y unos pequeños pendientes en las orejas. Calzaba unas sandalias blancas de tacón y, sobre las rodillas, sostenía un bolso blanco y un pequeño pañuelo de color crema. Era la primera vez que la veía desde que había vuelto de Grecia. Sin decir una palabra, nos miraba alternativamente, al guardia y a mí, con los ojos abotargados por el llanto. Por su expresión, deduje que ella también había pasado antes lo suyo.

Intercambiamos una breve mirada, luego dirigí los

ojos hacia su hijo. Su verdadero nombre era Shinichi Nimura, pero sus compañeros de clase lo llamaban «Zanahoria». Con su rostro estrecho y alargado, y su mata de pelo encrespado, realmente lo parecía. Yo también solía llamarlo así. Era un niño tranquilo y no acostumbraba a decir una palabra más de las necesarias. Sus notas no eran malas, no descuidaba los deberes, no se saltaba el turno de limpieza. No ocasionaba problemas. Sin embargo, en clase jamás alzaba la mano para pedir la palabra ni jamás tomaba las riendas de nada. Sus compañeros de clase no lo detestaban, pero tampoco podía decirse que fuera muy popular. Quizá su madre se sintiera insatisfecha con esta definición, pero, desde mi punto de vista como profesor, lo encontraba, ante todo, un buen chico.

—Supongo que la madre ya lo habrá puesto en antecedentes, ¿no es así? Por teléfono —me preguntó el guardia.

—Sí —respondí—. Se trata de un hurto.

—Exactamente —dijo el guardia; agarró una caja de cartón que había a sus pies y la depositó sobre la mesa. Luego la empujó hacia mí. Dentro de la caja había ocho pequeñas grapadoras todavía envueltas en el plástico. Tomé una y la examiné. La etiqueta del precio marcaba ochocientos cincuenta yenes.

—Ocho grapadoras —dije—. ¿Eso es todo?

—Sí. Esto es todo.

Volví a meter la grapadora dentro de la caja.

—El valor total es de seis mil ochocientos yenes.

—Exacto. Seis mil ochocientos yenes. Seguro que usted está pensando lo siguiente: «Robar en una tienda es algo que no debe hacerse. Eso no hace falta ni decirlo. Es un acto delictivo. Pero ¿por qué armar tanto revuelo por el hurto de ocho grapadoras? Total, no es más que un estudiante de primaria». ¿Me equivoco? —No dije nada—. No, si no importa que piense así. Tiene usted razón. En este mundo se cometen miles de delitos peores que robar grapadoras. Yo mismo, antes de trabajar aquí como guardia de seguridad, he sido policía muchos años y sé de lo que estoy hablando.

El guardia me miraba fijamente a los ojos mientras hablaba. Sostuve su mirada, atento, sin embargo, a no parecer desafiante.

—Si fuese la primera vez, nosotros seríamos los primeros en no darle importancia a un hurto tan pequeño. El nuestro es un establecimiento público y optamos por complicar las cosas lo menos posible. En circunstancias normales traemos al niño aquí, lo asustamos un poco y asunto resuelto. Incluso en los peores casos nos limitamos a llamar a los padres y les pedimos que les llamen ellos mismos la atención. No solemos avisar a la escuela. Este tipo de cosas preferimos resolverlas amigablemente. Esta es la política del establecimiento frente a los hurtos infantiles.

»No obstante, no es la primera vez que este niño comete un hurto. Si contamos solo nuestro establecimiento, solo las veces que lo hemos descubierto, son ya tres veces. ¿Se da cuenta? ¡Tres veces! Y, encima, este niño, tanto la primera como la segunda vez, se negó tercamente a darnos su nombre o el de la escuela. Las dos veces me encargué yo del asunto, así que lo recuerdo bien. No respondió. Le preguntaras lo que le preguntases, no abría la boca. La estrategia del mutismo, como suele decir la policía. Ninguna disculpa, ninguna señal de arrepentimiento, una conducta obstructiva y terca. Le dije que si no me daba su nombre, llamaría a la policía, pero ni siquiera entonces abrió la boca. Esta vez, como no había más remedio, le he quitado el pase del autobús a la fuerza y así he logrado averiguar cómo se llama.

Hizo una pausa, dándome tiempo a que asimilara los pormenores. Seguía mirándome fijamente, yo no desviaba la mirada.

—Además, hay otra cosa. Los objetos que roba. No hay nada bonito. La primera vez eran quince portaminas. Por valor de nueve mil setecientos cincuenta yenes. La segunda vez, ocho compases. Por valor de ocho mil yenes. Es decir, que siempre coge un solo tipo de cosas. No son para usarlas él. O roba por el gusto de hacerlo, o bien para venderlo luego a sus compañeros de colegio.

Intenté imaginar al Zanahoria forzando, durante el recreo, a comprar grapadoras robadas a sus compañeros. Una suposición sencillamente descabellada.

—No acabo de entenderlo —dije—. ¿Por qué habrá hurtado de un modo tan ostensible, siempre en la misma tienda? Al no ser la primera vez, es de esperar que se acuerden de él y que lo vigilen. Además, si lo atrapan, el castigo será mayor. De querer salirse con la suya, ¿no sería normal que se hubiese ido a otra tienda?

—A eso no puedo responderle. Tal vez también lo haya hecho en otros establecimientos. O quizá le guste más el nuestro. O, tal vez, no le guste mi cara. Yo solo soy un guardia de supermercado. No le doy tantas vueltas a las cosas. Tampoco me pagan por ello. Si quiere usted una respuesta, ¿por qué no se lo pregunta directamente a él? Ya llevamos tres horas aquí y el niño aún no ha abierto la boca. A simple vista, parece un niño tranquilo, pero es de cuidado. Por eso le he pedido a usted que viniera. Lamento haberle molestado en un día de fiesta.

»... Por cierto, hay algo que me estoy preguntando desde hace rato. Luce usted un bronceado muy bonito. No tiene nada que ver con el asunto que nos ocupa, pero ¿ha ido usted a algún sitio durante las vacaciones de verano?

—No, a ningún lugar en especial —dije.

A pesar de ello, continuó escudriñándome la cara. Con ojos de pensar que yo era una parte importante del problema.

Volví a alcanzar una grapadora y la examiné con atención. Era una pequeña grapadora de las que se encuentran en cualquier casa, en cualquier despacho. Un artículo de oficina todo lo barato que podía ser. El guardia se puso un Seven Stars entre los labios y lo encendió con un mechero de gran tamaño. Se volvió hacia un lado y soltó una nube de humo.

Me dirigí al niño y le pregunté en tono calmado:

—¿Por qué has robado las grapadoras?

El Zanahoria, que había estado todo el rato con los ojos clavados en el suelo, levantó la vista en silencio y me miró. Pero no dijo nada. En aquel instante, me di cuenta, por primera vez, de que su cara había cambiado por completo. Extrañamente inexpresiva, los ojos vacíos. Mirada perdida.

—¿Te ha obligado alguien a hacerlo?

El Zanahoria siguió sin responder. Dudaba, incluso, de que me hubiera comprendido. Desistí. Nada sacaría interrogándolo allí, en aquel momento. El niño ya había cerrado las puertas, atrancado las ventanas.

—¿Y cómo debemos actuar entonces, señor profesor? —me preguntó el guardia—. Mi trabajo consiste en hacer la ronda por el interior del establecimiento, en vigilar por los monitores, en traer aquí a los que descubro robando. Para eso me pagan. Qué hacer después es otro asunto. Y difícil de llevar, sobre todo cuando se trata de un niño. ¿Ha decidido cómo vamos a resolver esto, señor profesor? Un profesor debe de saberlo mejor que yo. ¿O prefiere que lo dejemos todo en manos de la policía? Para mí sería lo más cómodo. Así no tendríamos que perder medio día en pulsos inútiles.

A decir verdad, en aquellos instantes yo estaba medio pensando en otra cosa. Aquella mísera oficina de supermercado me había recordado la policía de la isla griega y no pude evitar pensar en Sumire. En su ausencia.

Por eso, cuando el hombre se dirigió a mí, al principio no comprendí de qué me estaba hablando.

—Se lo contaré todo a su padre y él lo reñirá severamente. Le haremos entender que hurtar en un supermercado es un delito. No volverá a molestarlo jamás —dijo la madre con una voz carente de modulación.

—Es decir, que lo que usted no quiere es que se haga público. Eso ya me lo ha repetido muchas veces —dijo el jefe de seguridad con una terrible voz de aburrimiento. Golpeó el cigarrillo contra el borde del cenicero, hizo caer la ceniza. Luego se volvió hacia mí—: Pero, desde mi punto de vista, tres veces son demasiadas. Eso han de pararlo en algún lugar. ¿Qué opina usted, señor profesor?

Respiré hondo, arrastré mi conciencia hasta el mundo real. Las ocho grapadoras y la tarde de un domingo de septiembre.

—No puedo decirle nada sin hablar antes con el niño. Hasta ahora jamás había ocasionado ningún problema. Tonto no es. En este momento, no puedo ni imaginar por qué habrá hecho algo tan absurdo. Pienso hablar con él tranquilamente. De este modo, seguro que doy con alguna explicación. Siento muchísimo las molestias que les ha ocasionado.

—Oiga, hay algo que no entiendo —dijo el guardia entrecerrando los ojos detrás de las gafas—. Este niño, Shinichi Nimura, está en su clase, ¿verdad? Lo que significa que usted debe de verlo cada día, ¿no es así?

—Exacto.

—Está en cuarto. Es decir, que va a su clase desde hace un año y cuatro meses, ¿me equivoco?

—No, lo tengo desde tercero.

—¿Cuántos alumnos tiene usted en clase?

—Treinta y cinco.

—Entonces usted habrá podido observarlos a todos con atención. Pero jamás se ha imaginado que este niño pudiera ocasionar problemas. Jamás ha visto una sola señal.

—Así es.

—Un momento. Este niño, por lo que yo sé, en solo medio año ha robado tres veces en el supermercado. Siempre está solo. No es que alguien le diga: «¡Va! ¡Hazlo!». Tampoco es que lo necesite. Ni se trata de un impulso momentáneo. Tampoco lo hace por el dinero. Por lo que su madre dice, le dan para gastos más dinero del que el niño necesita. Lo hace a sabiendas. Roba por robar. En resumen: es obvio que este niño tiene un «problema». ¿Y dice usted que no ha visto ninguna señal?

—Yo, como profesor, puedo decirle que un acto como el hurto habitual en las tiendas, especialmente en el caso de niños, más que un delito suele ser producto de una sutil desviación emocional. Por supuesto, si yo lo hubiera observado con más atención, quizá me habría dado cuenta de ello. Es algo sobre lo que tendré que reflexionar. Sin embargo, estas desviaciones son muy difíciles de detectar a simple vista. Además, si solo se tiene en cuenta el hecho en sí y se les castiga, no se curan. Hay que descubrir la causa fundamental y tratarla adecuadamente. Si no se hace así, más adelante el problema puede manifestarse de forma distinta. No son pocas las veces que, al robar, los niños nos envían algún mensaje y, aunque tal vez no sea el camino más rápido, la única manera de solucionarlo es hablar con calma con el niño.

El guardia aplastó el cigarrillo y estuvo observándome sin apartar los ojos largo tiempo como si fuera un extraño animal. Los dedos que apoyaba sobre la mesa eran terriblemente gruesos. Parecían diez seres vivos obesos cubiertos de pelo negro. Al verlos, sentí que me asfixiaba.

—Esto que dice, ¿lo ha aprendido en las clases de pedagogía de la universidad, tal vez?

—No necesariamente. Se trata de psicología elemental, lo dice cualquier libro.

—Lo dice cualquier libro —repitió inexpresivo. Luego agarró una toalla y se secó el ancho cuello—. Una *sutil desviación emocional...*, ¿eso qué diablos significa? Escuche, señor profesor. Como policía he estado tratando, de la mañana a la noche, con personas desviadas de una manera poco sutil. El mundo está lleno de ellas. Hay para dar y tomar. Si tuviese que escuchar detenidamente las historias de toda esa gente y desentrañar cuál es el mensaje, no me bastaría con una docena de cerebros.

Suspiró y volvió a poner la caja con las grapadoras debajo de la mesa.

—Señores, tienen ustedes toda la razón. El corazón de los niños es puro. No se les deben infligir castigos corporales. Los seres humanos son todos iguales. No se puede juzgar a nadie por sus notas. Hay que resolverlo todo hablando con calma. No, si no me importa. Pero, oiga, ¿cree que así el mundo irá mejorando poco a poco? Yo no lo creo. El mundo irá, por el contrario, cada vez peor. Y no es cierto que todos los hombres sean iguales. Jamás había oído cosa semejante. Mire, solo en un país tan pequeño como Japón se apretujan ciento diez millones de personas. Haga que todas ellas sean iguales. Inténtelo. Será un infierno.

»Es muy fácil decir palabras bonitas. Basta con cerrar los ojos, fingir no ver las cosas, ir dejando los problemas para más tarde. No levantéis la alfombra, dad a cada niño su diploma cantando una canción de despedida y, ¡ya está!, todos felices. Un robo en una tienda es el mensaje de un niño. Y después ya veremos. Así es más cómodo. ¿Y quién sacará luego las castañas del fuego? ¡Nosotros! ¿Cree que nos gusta hacerlo? Ustedes ponen cara de estar pensando que, total, son solo seis mil ochocientos yenes, pero pónganse en el lugar de la persona a quien roban. Aquí trabajan cien personas y a todas ellas les afecta la diferencia de uno o dos yenes en el precio de algo. Al cerrar caja, si hay una diferencia de cien yenes, tienen que quedarse hasta que cuadren los números. ¿Sabe usted cuánto ganan las mujeres de las cajas registradoras? ¿Por qué no les enseña eso a sus alumnos?

Yo callaba. Ella también callaba. El niño también callaba. Y también enmudeció el jefe de seguridad, cansado de hablar. En la otra habitación sonó brevemente el teléfono, alguien descolgó.

—¿Qué sugiere que hagamos entonces?

—¿Qué le parece colgarlo por los pies del techo con una cuerda hasta que pida disculpas? —dije.

—No estaría mal. Pero, como usted sabe, si lo hiciéramos, nos despedirían. A usted y a mí.

—Entonces, la única solución que queda es hablar con el niño, tranquilamente, con paciencia. No tengo más que decir.

Alguien entró de la habitación vecina sin llamar.

—Señor Nakamura, déjeme la llave del almacén.

El «señor Nakamura» registró durante unos instantes el cajón de su mesa, pero no la encontró.

—No está —dijo—. ¡Qué raro! Si siempre la pongo aquí.

Su interlocutor le informó de que se trataba de un asunto importante, que era imprescindible encontrar la llave. Por su manera de hablar, colegí que era una llave muy importante y que, en realidad, no debía estar allí. Volvieron del revés los cajones de la mesa, pero la llave no apareció.

Mientras tanto, los tres permanecimos en silencio. Ella me miraba de vez en cuando con ojos suplicantes. El Zanahoria seguía inexpresivo, con los ojos clavados en el suelo. A mí me asaltaban todo tipo de pensamientos deshilvanados. Hacía un calor horroroso.

El hombre que necesitaba la llave desistió y se fue refunfuñando.

—Ya es suficiente —dijo, volviéndose hacia nosotros, el jefe de seguridad Nakamura con voz mecánica e inexpresiva—. Lamento haberles robado su tiempo. Lo dejo todo en manos del señor profesor y de la madre. Pero si vuelve a suceder, ¿me oyen?, entonces no se solucionará todo tan fácilmente. ¿Entienden lo que quiero decir? A mí, ¿saben?, no me gustan las complicaciones. Pero el trabajo es el trabajo.

Ella asintió, yo también. El Zanahoria parecía no haber oído nada. Cuando me levanté del asiento, los dos me imitaron temblorosos.

—Una última cosa —dijo el guardia, todavía sentado, levantando los ojos hacia mí—. Quizá sea descortés por mi parte hablar así, pero en fin. ¿Sabe? Al mirarlo a usted, hay algo que no me convence. Usted es joven, alto, simpático, luce un bonito bronceado, es una persona lógica. Todo lo que usted dice tiene sentido. Seguro que agrada mucho a los padres de sus alumnos. Sin embargo..., no sé expresarlo bien, pero, desde el primer momento que lo he visto, hay algo en usted que me inquieta. Hay algo que no acabo de entender. No es nada personal contra usted, así que no se enfade. Simplemente, hay algo que me molesta. ¿Qué debe de ser?

—Me gustaría hacerle una pregunta personal, ¿le importa? —dije.

—Adelante.

—Suponiendo que los hombres no fuesen iguales, ¿dónde se colocaría usted?

El jefe de seguridad Nakamura dio una profunda calada al cigarrillo y, luego, exhaló el humo muy despacio, como si obligara a alguien a hacer algo.

—No lo sé. Pero no se preocupe. Al menos no sería en el mismo lugar que usted.

Ella había dejado su Toyota Celica rojo en el aparcamiento del supermercado. La llamé aparte y le pedí que volviera a casa sola. Que quería hablar con el niño. Y que después lo acompañaría a casa. Ella asintió. Iba a decir algo, pero, al final, entró en el coche en silencio, sacó del bolso las gafas de sol y puso el motor en marcha.

Cuando se hubo ido, entré con el Zanahoria en una cafetería de aspecto alegre que descubrí por allí cerca. Suspiré de alivio al sentir el aire acondicionado y pedí un té con hielo para mí y un helado para el niño. Me desabroché el botón del cuello de la camisa, me quité la corbata y me la guardé en el bolsillo de la americana. El Zanahoria, como era de esperar, seguía sumido en el mutismo. Ni su mirada ni su expresión habían cambiado desde que había salido de la oficina de seguridad. Parecía llevar mucho tiempo abstraído. Con sus pequeñas manos sobre las rodillas, miraba hacia el suelo como si quisiera ocultar el rostro. Me tomé el té con hielo, pero el Zanahoria no tocó el helado. Ni siquiera parecía darse cuenta de que el helado se estaba deshaciendo en el plato. Permanecimos largo tiempo el uno frente al otro en silencio, como un matrimonio cuyas relaciones se han enfriado. La camarera ponía cara de apuro cada vez que tenía que acercarse a la mesa.

—¡Qué cosas pasan! —exclamé mucho después. No es que pretendiera empezar a hablar. Las palabras me salieron espontáneamente del corazón.

El Zanahoria levantó la cabeza despacio y me miró. Pero no dijo nada. Cerré los ojos, suspiré, enmudecí un rato.

—Aún no se lo he contado a nadie, pero este verano he estado en Grecia —dije—. Sabes dónde está Grecia, ¿verdad? Vimos un vídeo en clase de ciencias sociales. Está en el sur de Europa, en el Mediterráneo. Hay muchas islas, allí se recolecta la aceituna. En el año 500 antes de Cristo la civilización clásica estaba en su apogeo. En Atenas nació la democracia y Sócrates tomó un veneno y murió. Pues allí he ido yo. Es un lugar muy hermoso. Pero no he ido de vacaciones. Una amiga mía desapareció en una de aquellas islas y yo fui a buscarla. Por desgracia, no he podido encontrarla. Ha desaparecido, sin más. Como el humo.

El Zanahoria abrió un poco la boca y me miró directamente a la cara. Su rostro seguía careciendo de expresión, pero en sus ojos volvía a brillar una débil luz. Me estaba escuchando.

—Yo quería a mi amiga. La quería mucho. Me importaba más que nadie en este mundo. Por eso cogí el avión y me fui a buscarla a la isla griega. Pero he fracasado. No he podido encontrarla, ¿sabes? Y si esa amiga mía desaparece, me quedaré sin ningún amigo. Sin ningún otro amigo. —No le hablaba a él. Solo me hablaba a mí mismo. Solo estaba pensando en voz alta—. ¿Sabes lo que me gustaría hacer ahora? Subir a un lugar tan alto como las pirámides. Al lugar más alto que pueda encontrar. Desde donde pueda ver lo más lejos posible. Subir hasta la cima, observar todo el mundo a mi alrededor y descubrir con mis propios ojos qué paisajes pueden verse, qué ha desaparecido de la faz de la tierra. No, tal vez no. No lo sé. Quizá no quiera ver eso en realidad. Quizá yo ya no quiera ver nada.

La camarera se acercó, retiró el plato con el helado deshecho que el Zanahoria tenía delante, y a mí me dejó la cuenta a la vista.

—Desde niño he vivido solo. En casa estaban también mis padres y mi hermana, pero yo no podía querer a nadie. No podía comunicarme con ninguno de ellos. A menudo me preguntaba si yo no sería un niño adoptado. Si no habría sucedido algo y me habrían adoptado unos parientes lejanos. O si no me habrían recogido, tal vez, del hospicio. Ahora comprendo que era una tontería. Mis padres no son del tipo de personas que recogen huérfanos desamparados. De todos modos, no podía aceptar que estuviera ligado a aquella familia por lazos de sangre. Era más fácil pensar que aquellas personas me eran totalmente ajenas.

»Imaginaba una ciudad lejana. En ella había una casa donde vivía mi verdadera familia. Una casa pequeña y modesta, pero acogedora. En aquella casa todos nos comprendíamos, podíamos hablarnos los unos a los otros con entera libertad. Al atardecer se oía a mi madre en la cocina preparando la cena y un cálido olor a buena comida se extendía por la casa. Aquel era el sitio al que yo pertenecía. Mi hogar siempre me lo representaba así, y yo me incluía en él.

»En mi casa real teníamos un perro. Era al único de toda la casa al que yo quería con locura. Un perro sin raza, pero muy inteligente, ¿sabes? Una vez que aprendía algo, no lo olvidaba jamás. Cada día lo llevaba de paseo, íbamos al parque, nos sentábamos en un banco y hablábamos. Nos comprendíamos el uno al otro. Esos fueron los momentos más divertidos de toda mi infancia. Pero, cuando yo estaba en quinto de primaria, un camión lo atropelló cerca de casa y murió. Después ya no volvimos a tener perros en casa. Decían que eran ruidosos, sucios, que daban trabajo.

»Desde que murió mi perro, empecé a pasar mucho tiempo encerrado en mi habitación, leyendo. Y es que el mundo de los libros me parecía mucho más real que el mundo que me rodeaba. Allí se abrían paisajes que jamás había visto. Los libros y la música se convirtieron en mis mejores amigos. En la escuela también tenía algunos buenos amigos, pero jamás encontré a uno a quien pudiera hablarle con el corazón en la mano. Cada día, cuando nos veíamos, charlábamos, jugábamos al fútbol. Pero solo eso. Cuando tenía problemas, no se los contaba a nadie. Pensaba por mi cuenta, sacaba mis propias conclusiones y actuaba solo. Pero no sentía la soledad. Creía que eso era lo normal. Que los seres humanos, al fin y al cabo, deben seguir su camino solos.

»Pero cuando yo estaba en la universidad, encontré a esta amiga y empecé a opinar de un modo distinto. Comprendí que, si solo piensas por tu cuenta las cosas durante mucho tiempo, acabas por no considerar más que tu punto de vista. Vi que al estar siempre solo sientes a veces una terrible soledad.

»Estando solo te sientes como cuando te plantas una tarde lluviosa en la desembocadura de un gran río y te quedas largo rato contemplando cómo va vertiendo sus aguas al mar. ¿Has estado alguna tarde de lluvia en la desembocadura de un gran río mirando cómo vierte sus aguas al mar?

El Zanahoria no respondió.

—Yo sí. —El Zanahoria me miraba con los ojos muy abiertos—. No sé por qué se siente uno tan solo al ver cómo una gran cantidad de agua de río se va mezclando con una gran cantidad de agua de mar. Pero es así. De verdad. También tú tienes que verlo alguna vez.

Luego alcancé la americana y la cuenta y me levanté despacio. Al ponerle una mano encima del hombro, el Zanahoria también se levantó. Salimos de la cafetería.

Tardamos unos treinta minutos en llegar a su casa andando. Mientras caminábamos, uno junto al otro, no despegamos los labios.

Cerca de su casa había un pequeño río que cruzaba un puente de cemento. Ni siquiera merecía ser llamado río. Era una especie de canal de desagüe agrandado. En la época en que por la zona había campos de cultivo debía de haber servido para regar. Pero ahora el agua estaba turbia y despedía un ligero olor a detergente. Ni siquiera sé si el agua fluía o no. En el lecho del río crecían, frondosos, los hierbajos del verano y había un cómic tirado, abierto por la mitad. El Zanahoria se detuvo en medio del puente y se quedó mirando hacia abajo inclinado sobre la barandilla. Yo hice exactamente lo mismo. Permanecimos en la misma posición, inmóviles, durante mucho tiempo. A lo mejor no quería volver a su casa. Entendía muy bien cuáles eran sus sentimientos.

El Zanahoria hundió la mano en el fondo del bolsillo de su pantalón, sacó una llave y me la entregó. Una llave corriente que colgaba de una gran placa roja de plástico. En la placa ponía: «Almacén n.º 3». Era la llave del almacén que el jefe de seguridad Nakamura había estado buscando. Por algún motivo, debían de haber dejado al Zanahoria solo en la habitación y este habría descubierto la llave dentro del cajón y se la habría metido, veloz, en el bolsillo. Probablemente, la mente de aquel pequeño era un enigma mucho mayor de lo que había imaginado. Era un niño extraño.

Cuando me puso aquella llave en la palma de la mano, la sentí pesada y pegajosa, impregnada de las miserias y renuncias de tantas personas. Bajo los deslumbrantes rayos de sol se veía terriblemente miserable, sucia, insignificante. Dudé unos instantes, la dejé caer en el río con decisión. Levantó una pequeña salpicadura. No era un río profundo, pero el agua era turbia y ocultó la llave. El Zanahoria y yo, en el puente, uno junto al otro, contemplamos unos instantes la superficie del agua allí donde había desaparecido la llave. Librarme de ella aligeró mi espíritu.

—Ya no puedo echarme para atrás —dije hablándome a mí mismo—. Además, tratándose de su preciado *almacén,* seguro que en alguna parte tienen un duplicado.

Cuando le alargué la mano, el Zanahoria me la asió suavemente. En la palma de mi mano percibí el tacto de la suya, pequeña y delgada. Un tacto que hacía mucho tiempo, en algún lugar —¿dónde debió de ser?—, ya había sentido. Caminé hasta su casa sin soltarle la mano.

Al llegar a su casa, ella nos estaba esperando. Se había puesto una pulcra blusa sin mangas de color blanco y una falda plisada. Tenía los ojos rojos e hinchados. Debía de haber estado llorando sola desde que había vuelto a casa. Su marido dirigía una agencia inmobiliaria y los domingos, fuera por el trabajo o por el golf, apenas paraba en casa. Ella mandó al Zanahoria a su habitación, en el primer piso, y a mí me condujo, en vez de a la sala de estar, a la cocina. Pensé que tal vez le resultara más fácil hablarme allí. Había un enorme refrigerador de color verde aguacate, un ventanal grande y luminoso orientado al este.

—Pone mejor cara que antes —me dijo con voz débil—. En la oficina, al principio, cuando miraba la cara del niño, no sabía qué hacer. Era la primera vez que lo veía con aquella expresión. Era como si estuviese en otro mundo.

—No te preocupes. Dale tiempo y volverá a la normalidad. Durante un rato es mejor que lo dejes solo, que no le digas nada.

—¿Qué habéis estado haciendo los dos?

—Hemos estado hablando —dije.

—¿De qué?

—De nada importante. Mejor dicho, he hablado yo solo de lo primero que se me ha pasado por la cabeza. De cualquier cosa.

—¿Quieres tomar algún refresco?

Negué con la cabeza.

—Hay momentos en que no sé de qué hablar con él. Y esa sensación cada vez es más fuerte —dijo ella.

—No hace falta que te esfuerces en hablar con él. Los niños tienen su propio mundo. Si tienen ganas de hablar, ya lo hacen.

—Pero este niño apenas abre la boca.

Estábamos sentados frente a frente, procurando no rozarnos, en la mesa de la cocina, hablando con incomodidad. Como suelen hablar un profesor y la madre de un niño con problemas. Mientras hablaba, ella se retorcía los dedos nerviosa por encima de la mesa, los estiraba, los apretaba. No pude evitar que me vinieran a la cabeza las cosas que aquellas manos me habían hecho en la cama.

—No voy a informar a la escuela de lo sucedido —dije—. Hablaré con el niño tranquilamente, con paciencia, y lo resolveré todo. Así que tú no le des demasiadas vueltas. El niño es inteligente, es un buen chico. Con el tiempo, todo se arreglará. Es cuestión de tiempo. Esto es algo pasajero. Lo principal es que tú te tranquilices.

Se lo repetí una y otra vez, despacio, con voz calmada, hasta metérselo en la cabeza. Al oírme, pareció serenarse un poco.

Me acompañó en coche a mi apartamento de Kunitachi.

—¿Crees que el niño habrá notado algo? —me preguntó mientras esperábamos en un semáforo. Se refería a lo nuestro, claro está.

Hice un gesto negativo con la cabeza.

—¿Por qué lo dices?

—Hace un rato, cuando estaba sola en casa esperando a que volvierais, he tenido esa sensación. Sin ningún fundamento. Es solo una impresión. Es un niño muy intuitivo y debe de haberse dado cuenta a la fuerza de que las cosas entre su padre y yo no van bien.

Permanecí en silencio. Tampoco ella agregó nada más.

Metió el coche en un aparcamiento dos manzanas antes de llegar a mi casa. Puso el freno de mano, dio la vuelta a la llave de contacto y el motor se apagó. El motor enmudeció y, al dejar de oírse el sonido del aire acondicionado, un silencio incómodo reinó dentro del coche. Sabía que ella quería que hiciésemos el amor. Al imaginar su cuerpo aterciopelado bajo la blusa, se me secó la boca.

—Creo que es mejor que dejemos de vernos —decidí.

Ella no repuso nada. Con ambas manos sobre el volante, tenía los ojos clavados en el indicador del nivel de aceite. De su rostro se había borrado casi toda expresión.

—Me lo he pensado mucho —dije—, y no quiero convertirme en parte del problema. Pienso en varias personas. Si soy una parte del problema, no puedo ser una parte de la solución.

—*¿En varias personas?*

—En tu hijo en especial.

—¿Y también en ti?

—Sí, en mí también. Claro.

—¿Y yo? ¿También me incluyo yo entre esas *«varias personas»?*

Quería responderle que sí. Pero no me salieron las palabras. Ella se quitó las Ray-Ban de cristales color verde oscuro pero luego cambió de opinión y volvió a ponérselas.

—¿Sabes? Para mí no es fácil de decir, pero dejar de verte me resultaría muy difícil.

—A mí también, claro. Me gustaría continuar así. Pero no es lo correcto.

Ella aspiró hondo, espiró.

—«Lo correcto», ¿qué diablos significa eso? ¿Me lo puedes explicar? A decir verdad, no sé muy bien qué es «lo correcto». Lo que no es correcto sí lo sé. Pero «lo correcto», ¿qué es?

A eso no pude responderle.

Parecía a punto de echarse a llorar. O de empezar a gritar. Pero logró dominarse. Solo aferró con fuerza el volante. El dorso de sus manos enrojeció ligeramente.

—Cuando aún era joven, la gente solía hablarme. Me contaban historias de todo tipo. Historias divertidas, historias bonitas, historias extrañas. Pero, a partir de cierto momento, ya nadie se acercó a hablar conmigo. Nadie. Ni mi marido, ni mi hijo, ni mis amigos..., nadie. Como si en este mundo ya no hubiera nada de que hablar. A veces tengo la sensación de que soy transparente, de que se puede ver a través de mi cuerpo. —Separó las manos del volante y las dejó suspendidas en el aire—. Pero tú seguro que no entiendes nada de lo que te estoy diciendo. —Busqué dentro de mí las palabras adecuadas. Pero no las hallé—. Muchas gracias por todo lo de hoy —me dijo ella como si hubiera cambiado de idea. Su voz volvía a ser tan serena como siempre—. No creo que hubiese podido solucionarlo sola. Era muy duro para mí. Ha sido una gran suerte que estuvieras tú. Te lo agradezco mucho. Creo que serás un magnífico profesor. Ahora ya casi lo eres.

¿Había ironía en sus palabras? Lo pensé. Quizá, sin duda, la había.

—Todavía no —dije.

Ella esbozó una sonrisa. Así acabó nuestra conversación.

Abrí la portezuela del acompañante, me apeé. La luz de esa tarde veraniega de domingo ya había perdido intensidad. Me ahogaba y, de pie en el suelo, notaba una extraña sensación en las piernas. El motor del Celica rugió y ella salió de mi vida privada. Quizá para siempre. Bajó el cristal de la ventanilla y me hizo un pequeño gesto de despedida. Yo también levanté la mano.

Llegué a casa, arrojé la camisa sudada y la ropa interior en la lavadora, me duché y me lavé el pelo. Fui a la cocina, acabé de prepararme el almuerzo que había dejado a medias y comí solo. Después me hundí en el sofá y me dispuse a leer un libro que acababa de empezar. Pero a la quinta página no pude continuar leyendo. Desistí, cerré el libro y pensé durante unos instantes en Sumire. Y pensé en la llave del almacén que había dejado caer en aquel río sucio. Pensé en las manos de mi «novia» agarrando con fuerza el volante del Celica. El día acababa al fin y dejaba atrás recuerdos deshilvanados. Pese a haber permanecido mucho tiempo bajo la ducha, mi cuerpo aún estaba impregnado del olor del tabaco. Y, en mi mano, aún persistía la cruda sensación de haber amputado a la fuerza algo vivo.

¿Había hecho lo correcto? No creía haber hecho lo correcto. Solo había hecho lo que creía que era necesario para mí. Es muy diferente una cosa de la otra. «¿Varias personas?», me había preguntado ella. «¿También me incluyo yo entre esas *varias personas?*»

A decir verdad, en aquellos instantes yo no pensaba en *varias personas.* Pensaba solo en Sumire. Ni pensaba en ellos que estaban allí, ni en nosotros. Solo en Sumire, que estaba ausente.

16

No había sabido nada de Myû desde que nos habíamos despedido en el puerto de la isla. Era muy extraño. Había prometido ponerse en contacto conmigo, tanto si descubrían algo como si no sobre Sumire. No podía creer que me hubiese olvidado, tampoco era el tipo de persona que habla por hablar. Tal vez no encontrara, por alguna razón, la manera de ponerse en contacto conmigo. Pensé en llamarla yo. Pero no sabía su nombre. Tampoco sabía el nombre de su empresa, ni el de su oficina particular. Sumire no había dejado tras de sí ninguna pista concreta.

En el contestador automático del piso de Sumire, permaneció el mismo mensaje durante un tiempo; después desconectaron el aparato. Pensé en llamar a sus padres. Pero tampoco sabía su número de teléfono. Por supuesto, podía averiguarlo fácilmente buscando la clínica dental de su padre en las páginas amarillas de Yokohama, pero no llegué a hacerlo. Fui a la biblioteca y hojeé los periódicos de agosto. En la sección de sucesos había varios artículos sobre ella. «Una turista japonesa de 22 años desaparece mientras viaja por una isla griega. La policía local prosigue las investigaciones, pero sigue sin haber pistas. De momento, se desconocen las circunstancias de su desaparición.» Solo se decía eso. No ponía nada que yo no supiera. No eran pocos los turistas que desaparecían durante un viaje al extranjero. Ella solo era una más.

Dejé de seguir las noticias. Fuera cual fuese el motivo de su desaparición, o el curso de las investigaciones, una sola cosa era cierta: si Sumire regresaba, se pondría en contacto conmigo. Para mí, eso era lo principal.

Terminó septiembre, el otoño pasó en un abrir y cerrar de ojos, llegó el invierno. El 7 de noviembre fue el vigésimo tercer cumpleaños de Sumire; el 9 de diciembre fue mi vigésimo quinto cumpleaños. Empezó el año, terminó el curso.* El Zanahoria pasó a quinto, a otra clase, sin ocasionar más problemas. No volví a hablar con él sobre los hurtos del supermercado. Solo con mirar su cara comprendía que no era necesario.

Como ya no era el tutor de su hijo, las ocasiones de ver a mi «novia» dejaron de propiciarse. Creo que fue lo mejor, tanto para ella como para mí. Así todo pasó a formar parte del pasado. No obstante, a veces añoraba el calor de su piel y estuve a punto de llamarla en varias ocasiones. Lo que me detuvo fue el tacto de la

* En Japón, el curso escolar termina en marzo. *(N. de los T.)*

llave del almacén, aquella tarde de verano, y el tacto de la pequeña mano del Zanahoria dentro de la mía.

A veces me acordaba del Zanahoria. «¡Qué niño tan extraño!», pensaba cada vez que lo veía en la escuela. ¿Qué pensamientos debían de ocultarse tras aquel rostro delgado y apacible? Imposible adivinarlo. Pero yo estaba seguro de que eran muchas las ideas que le rondaban por la cabeza. Y de que aquel niño tenía la capacidad de realizarlas raudo, con precisión, cuando era necesario. Percibía una especie de profundidad en su interior. Creo que fue bueno que aquella tarde, en la cafetería, le hablara con sinceridad de mis sentimientos. Para él, pero también para mí. Más para mí que para él. Aquel día, él me comprendió, me aceptó —pensándolo bien, es extraño hablar así—. Incluso me perdonó. Ni más ni menos.

¿Cómo serán los días (en la etapa de crecimiento, una etapa tan larga que parece eterna) por los que deberá abrirse camino un niño como el Zanahoria hasta hacerse adulto? Días duros, sin duda. Los momentos duros son más frecuentes que los que no lo son. Desde mi propia experiencia puedo hacerme una idea aproximada de esa dureza. ¿Llegará a amar a alguien? ¿Lo aceptará esa persona a él? Sin embargo, no hace falta decir que no sirve de nada que piense en ello en estos momentos. Cuando se gradúe, saldrá a un extenso mundo que no tendrá relación alguna conmigo.

Y, además, yo ya tengo mis propios problemas en los que pensar.

Fui a la tienda de discos, compré un CD con las canciones de Mozart cantadas por Elisabeth Schwarzkopf y las escuché muchas veces. Amaba la hermosa quietud que contenían. Al cerrar los ojos, la música me devolvía a aquella noche en la isla griega.

Lo único que me dejó Sumire, aparte de algunos vívidos recuerdos (entre ellos, por supuesto, el del violento deseo sexual que sentí la tarde de la mudanza), eran algunas largas cartas y un disquete. Leí aquellos documentos cientos de veces. Los releí con tanta atención que casi me los aprendí de memoria. Y solo con releerlos volvía a compartir el tiempo con Sumire, podía unir mi corazón al suyo. Eso me reconfortaba más que nada en el mundo. Como si, desde la ventanilla de un tren que atravesara un vasto páramo en medio de la noche, vislumbraras la pequeña luz de una granja. En un instante queda atrás, absorbida por las tinieblas. Pero si cierras los ojos, ese punto de luz permanece un tiempo, pálido, en tu retina.

A medianoche me desperté, salté de la cama (de todos modos, no podría volver a conciliar el sueño), me hundí en el sofá y, mientras escuchaba a Elisabeth Schwarzkopf, fui rememorando mis recuerdos de la isla griega. Revivo cada escena, una a una, como si fuese volviendo en silencio las páginas de un libro. La hermosa playa desierta, el café al aire libre delante del puerto. La mancha de sudor en la espalda del camarero. Me represento el noble perfil de Myû, reproduzco en mi cabeza los destellos del Mediterráneo que veía desde la terraza. El desafortunado héroe empalado irguiéndose en la plaza. Y la música griega que llegaba de la cima del monte a medianoche. Recuerdo con toda su viveza la mágica luz de la luna y el misterioso eco de la música. La sensación de disociación que tuve cuando fui arrancado del sueño por aquella música lejana. Aquel dolor a medianoche falto de esencia, como si un objeto afilado se clavara en mi cuerpo insensible.

En el sofá, mantengo unos instantes los ojos cerrados, después los abro. Aspiro en silencio, espiro. Voy a pensar en algo, después intento no pensar en nada. Sin embargo, entre una cosa y otra no hay, en realidad, una gran diferencia. No puedo discernir una cosa de otra, algo que existe de algo que no existe. Miro por la ventana. El cielo se vuelve blanco, las nubes corren, los pájaros cantan, se levanta un nuevo día para apropiarse de las conciencias de todos los que habitan este planeta.

Volví a ver a Myû una vez en Tokio. Era un templado domingo de marzo, medio año después de la desaparición de Sumire. El cielo estaba uniformemente cubierto de bajos nubarrones y parecía a punto de llover. Desde la mañana, nadie perdía de vista su paraguas. Yo iba a visitar, por cierto asunto, a unos parientes que viven en el centro de la ciudad cuando, a medio camino, en Hiroo, en el cruce de Meiji-ya, vi un Jaguar azul marino que avanzaba a través del embotellamiento. El Jaguar circulaba por el carril izquierdo, de sentido obligatorio, justo al lado del taxi en el que yo iba montado. Me fijé en el coche porque lo conducía una mujer de magnífica cabellera blanca. El azul marino impoluto del coche y el pelo blanco de la mujer ofrecían, incluso de lejos, un vivo contraste. Yo la había visto siempre con el pelo negro, así que me costó asociar ambas imágenes, pero era Myû, sin duda. Tan hermosa como antes, con aquella encantadora sofisticación. La blancura abrumadora de su pelo le confería un aire resuelto, casi mítico, un gran atractivo. Sin embargo, aquella Myû no era la mujer de la que yo me había despedido agitando la mano en la isla griega. Solo había pasado medio año, pero se había convertido en una mujer completamente distinta. Por supuesto, el color del pelo había cambiado. Pero no era solo eso.

Es como la *muda vacía* que dejan tras de sí diversos animales... Esa fue la primera impresión que me produjo. Myû me recordó una habitación vacía después de que todo el mundo la haya abandonado. Algo precioso en extremo (lo que había atraído fatalmente a Sumire con la fuerza de un remolino, lo que me había hecho estremecer a mí en la cubierta del ferri) se había perdido para siempre. Y lo que había quedado en ella no era la existencia sino la *ausencia*. No era el calor de la vida, sino la quietud del recuerdo. La blancura inmaculada de su pelo hacía pensar inevitablemente en el color de los huesos blanqueados por el paso del tiempo. Durante unos instantes no pude exhalar el aire que había aspirado.

El Jaguar que conducía Myû corría a veces por delante del taxi, a veces por detrás, pero ella no se dio cuenta de que la estaba observando desde tan cerca. Tampoco traté de llamarla. No hubiese sabido qué decirle y, además, las ventanillas del Jaguar estaban completamente cerradas. Myû tenía ambas manos sobre el volante, conducía sentada con la espalda recta, concentrada en la escena que tenía ante sí. Tal vez estuviera absorta pensando en algo. O tal vez estuviera escuchando con atención el *Arte de fuga* por el estéreo del coche. Desde el principio hasta el final no se le descompuso su expresión severa, fría como la nieve, apenas pestañeó. Poco después, el semáforo cambió a verde, el Jaguar avanzó en línea recta en dirección a Aoyama y mi taxi quedó atrás esperando su turno para girar a la derecha.

«Ya ves, continuamos viviendo, cada uno a su manera, incluso ahora», pensé. Por profunda y fatal que sea la pérdida, por importante que sea lo que nos han arrancado de las manos, aunque nos hayamos convertido en alguien completamente distinto y solo conservemos, de lo que antes éramos, una fina capa de piel, a pesar de todo, podemos continuar viviendo, así, en silencio. Podemos alargar la mano e ir tirando del hilo de los días que nos han destinado, ir dejándolos luego atrás. En forma de trabajo rutinario, el trabajo de todos los días..., haciendo, según cómo, una buena actuación. Al pensarlo, me sentí terriblemente vacío.

Quizá, al volver a Japón, le fue imposible ponerse en contacto conmigo. No, más bien debió preferir guardar silencio y perderse en algún lugar remoto sin nombre, llevándose sus recuerdos. Eso es lo que imaginé. No pude recriminárselo. Y, por supuesto, no sentí odio hacia ella, ni nada parecido.

En aquel momento, la imagen que me vino a la cabeza fue la de la estatua de bronce del padre de Myû irguiéndose en algún pueblo entre las montañas al norte de Corea del Sur. Imaginé la pequeña plaza, la hilera de casas bajas, la estatua cubierta de polvo. En aquellos parajes, el viento sopla con fuerza y todos los árboles se doblan adoptando formas irreales. No sé por qué, pero, en mi mente, la imagen de esa estatua se fue solapando con la imagen de Myû, las manos sobre el volante, hasta convertirse en una.

Quizá todas las cosas ya estén perdidas de antemano secretamente en algún lugar remoto. Al menos existe un lugar tranquilo donde todas las cosas van fundiéndose, unas sobre otras, hasta conformar una única imagen. A medida que vamos viviendo no hacemos más que descubrir, una tras otra, como si tirásemos de un hilo muy fino, esas coincidencias. Cerré los ojos e intenté recordar el mayor número de cosas bellas perdidas. Intenté retenerlas en mi mano. Aunque solo fuera un instante.

Sueño. A veces pienso que es la única acción correcta que puedo hacer. Soñar, vivir en el mundo de los sueños... Tal como escribió Sumire. Pero no dura mucho. La vigilia siempre acaba apoderándose de mí.

Me despierto a las tres de la madrugada, enciendo la luz, me incorporo sobre la cama y contemplo el teléfono, en la cabecera. Imagino a Sumire en una cabina encendiendo un cigarrillo y marcando mi número de teléfono. Su pelo está alborotado, lleva una chaqueta masculina de *tweed* demasiado grande, los calcetines desparejados. Frunce el entrecejo, de vez en cuando se sofoca con el humo del cigarrillo. Tarda tiempo en marcar correctamente mi número hasta el final. Pero su cabeza está llena de cosas que tiene que decirme.

Puede que esté hablándome hasta que amanezca y ni siquiera entonces acabe. Por ejemplo, de la diferencia entre «signo» y «símbolo». El teléfono parece que vaya a sonar de un momento a otro. Pero no suena. Y yo, todavía acostado, me quedo eternamente mirando un aparato que continúa en silencio.

Pero el teléfono sonó una vez. Sonó de verdad, ante mis ojos. Haciendo vibrar el aire del mundo real. Descolgué de inmediato.

—¿Diga?

—¡Oye! ¡Ya estoy de vuelta! —exclamó Sumire. De un modo muy natural. Muy real—. Me ha pasado de todo, pero, en fin, ya he vuelto. Ha sido como *La Odisea* de Homero resumida en menos de cincuenta palabras.

—¡Qué bien! —dije. Aún no acababa de creérmelo. Que estaba oyendo su voz. Que estaba pasando de verdad.

—¿Qué bien? —preguntó Sumire frunciendo (tal vez) el entrecejo—. ¿Y qué quieres decir con eso? Vuelvo después de sudar sangre, de tener todo tipo de experiencias inimaginables, si te las contara una a una, no acabaría, ¿y a ti solo se te ocurre decir «¡Qué bien!»? ¡No me lo puedo creer! ¡Pero vamos! Frase tan ingeniosa, tan rebosante de calidez y humanidad, guárdatela para los niños de tu clase cuando, al fin, aprendan a multiplicar.

—¿Dónde estás ahora?

—*¿Que dónde estoy?* ¿Y dónde crees que estoy? Dentro de una vieja, añorada cabina telefónica. Por las cuatro paredes de esta pobre caja cuadrada hay pegados anuncios de servicios de contacto telefónico y otros de esas empresas de financiación que son un puro timo. Del cielo cuelga una media luna de tonos enmohecidos y, por el suelo, hay esparcidos montones de colillas. Miro a mi alrededor, pero no logro descubrir nada que tenga el más mínimo calor humano. Es una cabina telefónica intercambiable, simbólica. ¿Dónde se encuentra? No estoy segura. Todo es demasiado simbólico. Además, ya me conoces, ¿no? Nunca sé dónde estoy. Nunca logro explicarlo bien. Los taxistas siempre me riñen: «A ver, ¿adónde diablos quieres ir?», gruñen. Pero no creo que esté demasiado lejos. Me parece que está muy cerca.

—Voy a buscarte.

—Me encantará que lo hagas. Averiguo dónde estoy y te llamo otra vez. Además, me he quedado sin monedas. Espérame, ¿eh?

—Tenía muchas ganas de verte —dije.

—Yo también tenía muchas ganas de verte a ti —dijo Sumire—. Después de dejar de verte lo comprendí todo muy bien, a la perfección. Lo vi tan claro como si todos los planetas, de mutuo acuerdo, se hubiesen alineado uno junto al otro. Que te necesito de verdad. Que tú eres una parte de mí, que yo soy una parte de ti. Oye, creo que en algún lugar (no sé dónde, en alguna parte) he degollado algo. Con el cuchillo afilado y el corazón de piedra. Simbólicamente, como cuando hacían las puertas en China. ¿Entiendes lo que te estoy diciendo?

—Creo que sí.

—Ven a buscarme.

La llamada se cortó de repente. Todavía con el auricular en la mano, me quedo contemplándolo un rato. Como si el auricular fuese, en sí mismo, un mensaje importante. Como si su color o su forma contuvieran algún significado implícito. Me lo pienso mejor y cuelgo. Me siento en la cama, espero a que suene de nuevo. Me apoyo en la pared y respiro lentamente, en silencio, fijando la atención en un punto del espacio, ante mis ojos. Compruebo los lazos entre un tiempo y otro tiempo. El teléfono no suena. Un silencio sin promesas llena indefinidamente el aire. Pero yo no tengo prisa. No hay por qué apresurarse. Estoy preparado. Puedo ir a cualquier parte.

¿Verdad que sí?

Sí.

Salto de la cama. Descorro las viejas cortinas quemadas por el sol, abro la ventana. Me asomo, alzo los ojos hacia un cielo todavía oscuro. En él, no hay duda, flota una media luna de tonos enmohecidos. Con eso basta. Estamos mirando la misma luna del mismo mundo. Estamos ligados a la realidad por una sola línea. Seguro. Solo tengo que ir tirando de ella en silencio.

Luego extiendo los dedos y me contemplo las palmas de las manos. Busco en ellas rastros de sangre. Pero no hay rastros de sangre. Ni olor a sangre, ni rigidez. Quizá se haya filtrado ya hacia algún lugar.

Últimos títulos Colección Andanzas

1092. Hotel Roma
Pierre Adrian

1093. Una joven en Tokio
Aki Shimazaki

1094. El viaje inútil
Camila Sosa Villada

1095. Lo que sé de Almudena
Rafael Reig

1096. Los mensajeros de la oscuridad
John Connolly

1097. Morir en la arena
Leonardo Padura

1098. Los últimos de la lista
Grégory Cingal

1099. Lo que no se ve
Cristina Fernández Cubas

1100. El corazón revolucionario del mundo
XXI Premio TQE de Novela
Francisco Serrano

1101. Mesopotamia
Olivier Guez

1102. Ese montón de espejos rotos
Gonzalo Celorio

1103. Quince años
Ramiro Pinilla

1104. Wendy
Eugenio Fuentes

1105. La tierra de las cosas perdidas
John Connolly

1106. Primer amor
Banana Yoshimoto

1107. Eileen
Miquel Berga

1108. Las damiselas y el escritor
María Bengoa

1109. Los antropólogos
Ayşegül Savaş

1110. La traición de mi lengua
Camila Sosa Villada

1111. Distancia de fuga
Cristina Araújo Gámir

1112. Coloquio de invierno
Luis Landero

1113. Entre amigos
Hal Ebbott

1114. Manual de terapia felina
Joaquín Berges